KiWi Paperback

KiWi 572

Über das Buch:
Ein Mann stürzt ab. Mitten in einer vielversprechenden Karriere versagt einem jungen Sänger auf der Bühne des Münchner Opernhauses die Stimme. Geblendet vom Erfolg, hat er seine Möglichkeiten überschätzt. Das Urteil der Spezialisten ist einhellig – nur durch ein längeres Aussetzen kann er seine Stimme wieder finden. Auf Anraten Catherines, einer jungen Kollegin, reist der Erzähler nach Rhodos, und ist bereits beim ersten Blick von dem Dörfchen Lindos völlig verzaubert. Hier, am Fusse des früheren Heiligtums der Athene, glaubt er, wieder zu sich selbst finden zu können, und siedelt daher für die nächsten drei Jahre nach Rhodos über.
Auf dem Flughafen in Athen lernt er sein erstes griechisches Wort: *Ipomoni*, Geduld, dessen ganze Bedeutung ihm aber erst während der Suche nach seiner verlorenen Stimme aufgehen wird. Beeindruckt von der griechischen Lebensart, richtet er sich in Lindos ein altes Haus ein, schliesst Freundschaft mit den Dorfbewohnern und fängt an, noch einmal zu leben.
Doch auch seine Streifzüge über die Insel und gelegentliche Ausflüge nach Athen oder Patmos, ja nicht einmal die Liebesgeschichte mit der Engländerin Lukrezia lassen ihn seine Sehnsucht nach Caherine, seiner Athene, vergessen …

Der Autor
Hans-Ulrich Mielsch, geboren 1935 in Essen. Nach Jura- und Musikstudium Karriere als Opern- und Konzertsänger. Daran anschließend Professur am Conservatoire de Musique de Genève. Seit 1990 als freier Schriftsteller tätig. Veröffentlichung verschiedener musik- und literaturgeschichtlicher Bücher. »Das Lächeln der Athene« ist sein erster Roman.

Hans-Ulrich Mielsch

Das Lächeln der Athene

Ein Griechenland-Roman

Kiepenheuer & Witsch

Originalausgabe

2. Auflage 2000

Umschlaggestaltung Rudolf Linn, Köln
Umschlagmotiv Rudolf Linn
Gestaltung Karte Jens Krause, Köln
Gesetzt aus der Stempel Garamond
Satz Fotosatz Reinhard Amann, Aichstetten
Druck und Bindearbeiten Clausen & Bosse, Leck
ISBN 3-462-02908-8

Doch das Paradies ist verriegelt und der Cherub hinter uns; wir müssen die Reise um die Welt machen, und sehen, ob es vielleicht von hinten irgendwo wieder offen ist.

Heinrich von Kleist: über das Marionettentheater

RHODOS
Griechenland
Ägäis
Rhodos
Bucht von Triánda
Triánda
Ixiá
Agía Marína
Paradíssi
Asgourou
FILÉRIMOS
Káto Kalamón
Soroní
Marítsa
Bucht von Kalithéa
Koumouli
Kalithéa
Faliráki
Kalavárda
KÁMIROS
Psinthós
Afándou
Mandríkon
Sálakos
Kapion
Dimilía
Eleoúsa
Archípolis
ALIMNIÁ
Alimnía
MAKRI
KASTÉLLOS
796
Apóllona
Platánia
Kolímbia
Kritinía
Gadourás
Embónas
1215
Bucht von Glyfáda
Mákkaris
Malóna
Archángelos
Lakkion

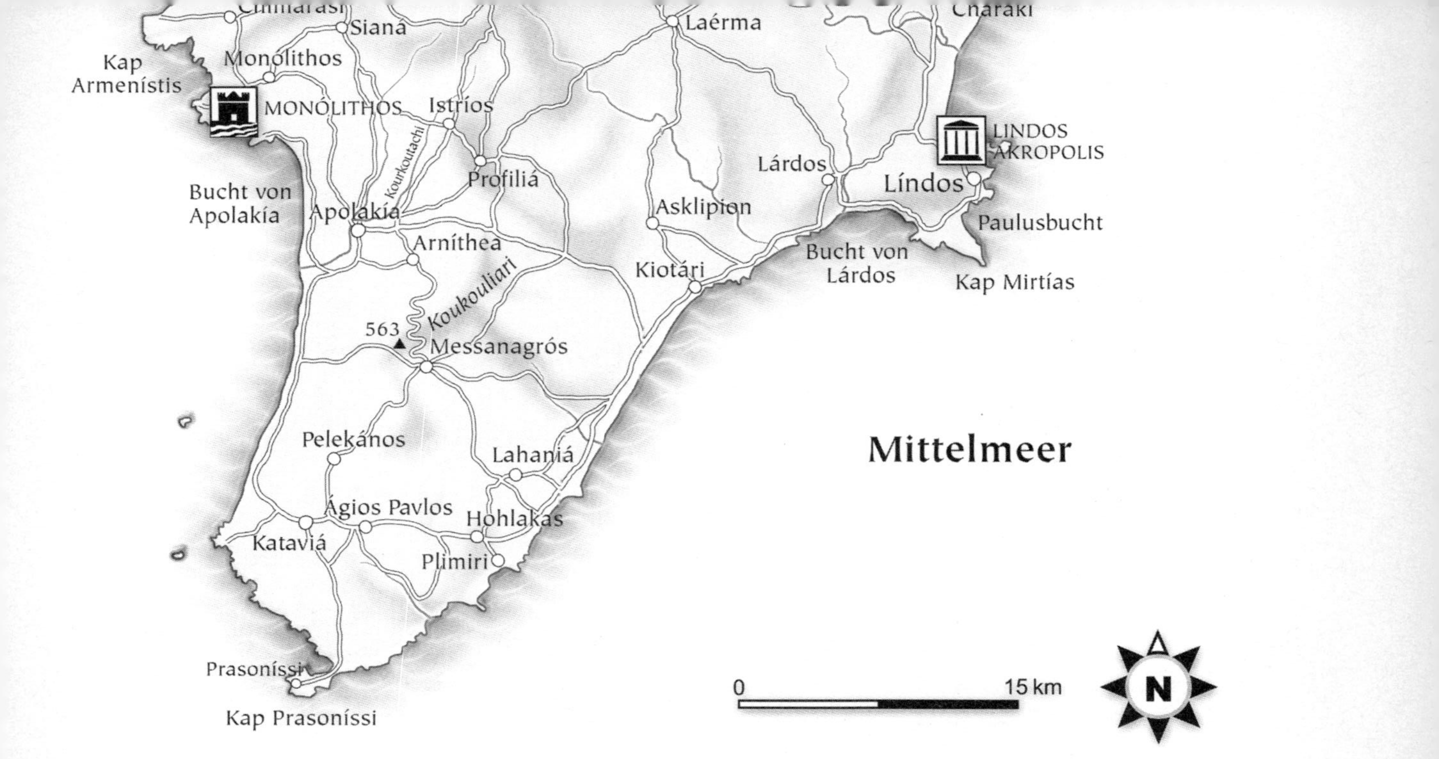
Laérma
Siana
Kap Armenístis
Monólithos
MONÓLITHOS
Istríos
Kourkoutachi
Profiliá
Bucht von Apolakía
Apolakía
Arníthea
Koukouliari
563
Messanagrós
Pelekános
Lahaniá
Ágios Pavlos
Hohlakas
Kataviá
Plimiri
Prasonissi
Kap Prasonissi
Asklipion
Kiotári
Lárdos
Líndos
LINDOS AKROPOLIS
Paulusbucht
Bucht von Lárdos
Kap Mirtías
Mittelmeer
0
15 km
N

I

Landet man bei Nacht auf einer griechischen Insel, so ist es eine Ankunft wie alle anderen auch, und der angesteuerte Flughafen nichts weiter als eben ein Flughafen mehr. Die Dunkelheit hat das Besondere der Anreise verschluckt – das erste Eintauchen in die einzigartige Helligkeit, zu der sich in der Ägäis Licht und Meer gegenseitig steigern.

Auch hat man auf diese Weise nicht erlebt, dass hier das Wasser und nicht die Erde das tragende Element ist und dass die unzähligen Inseln und Inselchen, die man überfliegt, in dieser Lichtfülle nur zu schweben scheinen, ohne tatsächlich im Erdboden verankert zu sein. Aber wegen eines Motorenschadens hatten wir in Zürich mehr als sechs Stunden auf den Abflug warten müssen, und so kamen wir erst nach Mitternacht in Rhodos an.

Beim Aussteigen war ich vor lauter Müdigkeit zunächst so apathisch, dass ich überhaupt nichts wahrnahm. Aber dann auf einmal hatte die Dunkelheit einen Geruch, einen intensiven Geruch nach Kiefern – und das hat sich für mich auf immer mit dieser Insel verbunden. Auch heute noch glaube ich, ihn wahrnehmen zu können, sobald sich die Kabinentüre öffnet. Dann weiß ich, ich bin angekommen.

In den frühen Sechzigerjahren war eine Reise nach Griechenland noch ein Abenteuer, ein Spiel mit vielen Unbekannten. Nicht nur der Flugverspätungen wegen, die gibt es ja auch heute, sondern weil sich das Land Homers noch nicht dem Tourismus verschrieben hatte. Damals dachte man im Zusammenhang mit Griechenland nicht gleich an Sandstrände und bequeme Hotels. Dorthin zu reisen bedeutete vielmehr den Aufbruch in eine ferne, mythologische Welt.

Der Auftakt meiner Reise war allerdings nicht gerade vielversprechend. Nachdem ich mir im Dunkeln vor dem Flughafengebäude eines der wenigen Taxis erkämpft hatte, bat ich den Mann am Steuer, mich zu einem Hotel zu fahren, das um diese Zeit noch offen habe. Er lachte – ich sei wohl zum ersten Mal in Griechenland, denn im Sommer schliefe bei ihnen um Mitternacht noch niemand. Und gab Gas.

Ich konnte seinen Optimismus gebrauchen, doch das Hotel, vor dem er mich dann absetzte, sah leider nur sehr wenig einladend aus. Ich war allerdings viel zu müde, noch weiterzusuchen, zudem war der Mann mit seinem Taxi inzwischen auf und davon. Also versuchte ich, mich an der Rezeption bemerkbar zu machen.

Erst nach einer ganzen Weile erschien ein junger Mann, der sich damit entschuldigte, dass er auch an der Bar zu bedienen habe. Trotz der späten Stunde war er außerordentlich gesprächig – er erzählte mir etwas von einem Ort auf der Insel, den ich unbedingt besuchen müsse. Aber ich war viel zu müde, um mich dafür zu interessieren.

Das Zimmer, zu dem er mir schließlich den Schlüssel

gab, enthielt nur das Allernötigste: ein Bett, einen Stuhl, einen Schrank, alles grob geschreinert. Dazu als einzigen Schmuck einen Kalender der Olympic – ich muss sagen, unter den gegebenen Umständen empfand ich das als blanken Hohn. Aber noch ärgerlicher war das Pochen stumpfsinniger Musik, das zu mir ins Zimmer drang und die Hitze mit jedem Schlag nur noch kompakter machte.

Ich verspürte wenig Lust, mich in dieser Lieblosigkeit einzurichten. Aber ich hatte keine andere Wahl, und so fing ich an, auszupacken. Weit kam ich allerdings nicht damit, denn mein Ärger über meine verunglückte Ankunft wuchs mit jedem Augenblick. An Schlafen war unter diesen Umständen überhaupt nicht zu denken, es sei denn, ich half an der Bar, von der der junge Mann gesprochen hatte, etwas nach.

Während ich mir die Hände wusch, fiel mein Blick in den Spiegel, und ich erschrak – ich hatte nicht gewusst, dass man mir die Müdigkeit so sehr ansah. Aber es war nicht die Müdigkeit allein, mit meinem Gesicht war etwas passiert, es gab nicht mehr wieder, was ich zu sehen gewohnt war. Verstörung war darin, Enttäuschung, Unglauben über einen grausamen Entzug. Nur meine Brille war noch immer die gleiche – ich würde mich hinter ihr verstecken müssen.

Was hatte die junge Frau in Bern zu mir gesagt, als sie sich ein Autogramm holte?

»Dass Sie Sänger sind, hätte ich nie gedacht.«

»Wie sehen Sänger Ihrer Meinung nach denn aus?«

»So wie Sie jedenfalls nicht.« Nun ja.

Ich trat hinaus auf den Gang. Auch hier war es dürftig, nackte Wände, nur roh verputzt, man hatte den Eindruck, als wären sie mit dem Bau nicht ganz fertig geworden. Ich stieg zwei Treppen hinunter und näherte mich dabei dem Stampfen der Musik. Wenn ich auch mitgenommen aussah, so hatte ich es doch geschafft – ich war in Griechenland. Nur unterschied sich dieses, für den Augenblick wenigstens, ganz erheblich von dem Griechenland meiner Vorstellung.

Die Bar war fast leer. Ohne zu überlegen, bestellte ich mir einen Scotch. Aber nein, diesmal musste ich es von Anfang an ganz richtig machen, und so verlangte ich stattdessen einen Ouzo. Zwar schmeckte er nicht sonderlich, aber als ich einen zweiten ausgetrunken hatte, fand ich die Musik, über die ich mich anfangs so geärgert hatte, eigentlich ganz annehmbar, und nach einem weiteren Ouzo wurde mir auch der junge Mann an der Bar durchaus sympathisch. Doch als ich ihm ebenfalls einen anbieten wollte, wehrte er ab:

»*Ochi*«, sagte er, dabei hob er lächelnd das Kinn und zog die Augenbrauen nach oben.

»Ouzo trinken wir nur im Winter.«

Er schickt dich schlafen, dachte ich. Im Grunde genommen hatte er Recht, denn ich war hundemüde, aber drei Ouza waren nicht genug, um das zu vergessen, wovon ich nichts mehr wissen wollte. Oben in meinem Zimmer legte ich mich aufs Bett, doch es war viel zu heiß, um schlafen zu können, und die Musik dröhnte, kumpelhaft verbrüdernd, weiter.

Die junge Sängerin in München hatte mir von einem Griechenland im Winter erzählt, von windig klarer Kühle, und genau das hatte ich erwartet. Es war also wohl nicht sonderlich klug gewesen, ausgerechnet Ende August hierher zu fahren – man erstickte in diesem Zimmer. Obwohl ich wusste, dass es sinnlos war, stand ich noch einmal auf, um das Fenster zu öffnen. Doch da hörte die Musik mit einem Mal auf, als habe sie die Nacht verschluckt. Als ich auf die Uhr schaute, war es drei Uhr früh.

Damals in München. Wie war es möglich, dass man plötzlich wie ein Stein aus dem Himmel hinunter auf das Pflaster stürzte. Aber leider war mir dabei die Brille nicht entzweigegangen, so dass ich sehr genau realisierte, wie es um mich stand. Es wäre wahrhaftig besser gewesen, wenn ich von diesem Moment an nicht mehr allzu klar hätte sehen können.

Draußen im Dunkeln spürte ich das Meer. Hin und wieder schlug es in kleinen Wellen ans Ufer, müde und lustlos. Kein Wind, auch nicht die leiseste Brise, wie eine schwarze Wand stand die Nacht im Fensterrahmen. Aber langsam gewöhnten sich meine Augen an das Dunkel – dort, ganz weit hinten am Horizont, musste die Küste der Türkei liegen. Und wie hatte ich nur bislang die Sterne nicht sehen können – den Großen Bären und die Cassiopeia, sie standen dort oben und strahlten mit einer Klarheit, die ich nicht für möglich gehalten hatte. Vielleicht war es doch richtig gewesen, hierher zu fahren.

Ich wachte auf von dem Gefühl, dass mich jemand ansah. Es war eine Katze. Vollkommen schwarz und zierlich saß sie in der Morgensonne im Fenster und schaute mit ihren gelben Augen unverwandt zu mir herüber. So wie die Dinge lagen, konnte das nur Unglück bedeuten, und so warf ich mit meiner Hose nach ihr. Aber sie war schneller und rettete sich mit einem Sprung aus dem Fenster.

Vor mir lag das Meer und glänzte. Kein Anzeichen mehr von Lethargie, überall kleine, zitternde Bewegung, wie gemalt vom Pinsel eines Impressionisten. Ähnliches hatte ich bisher nur am Genfersee gesehen, als ich dort auf dem Quai vor meinem Hotel spazieren ging, um mich abzulenken, weil ich am Abend im Grand Theatre zu singen hatte. Eine schwierige Partie – den *Renaud* in Lullys *Armide*, und das jeden zweiten Abend.

Das Meer war tatsächlich so blau, wie Catherine behauptet hatte, tintenblau, und dort wo es flach wurde, türkisfarben. Am Strand ein paar struppige Tamarisken, niedergebogen vom Wind, kein Sand, dafür aber feinkörniger Kiesel, darin steckten zwei rostige Sonnenschirme. Ich zog mich an und stieg ein Stockwerk hinunter. Das Hotel schien nicht gerade ausgebucht.

»In Ihrem Pass habe ich gesehen, dass Sie morgen Geburtstag haben«, sagte der Mann aus der Bar von gestern Nacht, auch ohne Ouzo war er ausnehmend sympathisch. Anscheinend war er das Faktotum des Hotels, ich bestellte mir bei ihm einen Kaffee. »Wenn ich Sie wäre, nähme ich mir ein Auto und führe nach Lindos. Es gibt nichts Schöneres für einen Geburtstag, sage ich immer.« Das klang verlockend, ein Name, der einem auf der Zunge zerging wie Honig.

»Ja, warum eigentlich nicht. Wenn Sie mir sagen, wo ich den Wagen dazu herkriege.«

»Mein Schwager hätte einen, sogar einen offenen.«

»Dann brauchen Sie mir nur noch zu erklären, wo ich diesen Schwager finde.« Das tat er, sehr umständlich, halb auf Englisch, halb auf Griechisch und schrieb mir die Adresse auf einen Zettel. Dabei versicherte er, es sei ganz einfach zu finden.

Ich machte mich also auf den Weg zum Hafen. Zwar hatte der junge Mann versprochen, es seien nicht mehr als zehn Minuten bis dorthin, aber die Sache zog sich gewaltig in die Länge. Auch wenn die Autos einem entgegenrasten, war der Spaziergang doch ausnehmend schön, und dank dem Meltemi spürte ich zunächst die Hitze kaum. Von Agaven gesäumt, die silbergrau in den Himmel stachen, ging es am Meer entlang. Auf der Landseite gegenüber eine schier endlose Reihe gleichförmiger, niedriger Häuser, manche davon verfallen. Dazwischen Palmen, die das Armselige ins Orientalische verfremdeten.

Aber als ich schließlich am Hafen anlangte, war ich über eine Stunde gegangen, und mein Hemd klebte mir auf Brust und Rücken. Vollkommen verschwitzt ließ ich mich mit einer Zeitung an einem der Tische unter den Arkaden nieder und schaute hinaus auf den Yachthafen.

Alles an den ankernden Booten war vibrierende Gegenwart. Die im Meltemi knatternden Wimpel schienen begierig davonzufliegen. Segeltaue schlugen hart im Wind, hin- und herwiegende Masten, stöhnend unter ihrer eigenen Bewegung, überragten einander schaukelnd. Reflexe von Sonnenlicht, Aufbruch, Gedränge. Selbstbewusst hantierten bärtige Männer an Steuerrädern und gaben Befehle.

Eigentlich war es unmöglich, bei diesem Anblick unglücklich zu sein, aber ich fühlte mich von all dem ausgeschlossen, hypnotisiert von einer Erinnerung, die mich umgab wie eine Glasglocke und mich unfähig machte zu jeglicher Teilnahme. Warum überhaupt verreisen, wenn man seinen Kopf nicht dort lassen konnte, wo er hingehörte – bei den Erinnerungen nämlich, derentwegen man verreist war.

Einige Tische weiter saß ein Ehepaar, Schweizer ihrer gaumigen Sprechweise nach. Ein kahlköpfiger Herr mit Brille und einem sorgfältig gestutzten Knebelbart. Mit hochgezogenen Brauen studierte er die *Financial Times*, während die Dame lustlos in den Journalen blätterte, die vor ihr lagen. Ihre Ehe befand sich, das war offensichtlich, in einem vorgerückten Stadium zerrüttender Langeweile, und da war jedes Mittel recht, um etwas Abwechslung in diesen heißen Nachmittag zu bringen. Denn sie blickten zu mir herüber – ich hatte das Gefühl, dass sie über mich sprachen. Ich hob meine Zeitung etwas höher. Trotzdem verstand ich sehr genau, was sie sagten, der heimatliche Dialekt siegte gegen die Buchstaben auf dem Zeitungsblatt, auf das ich starrte. Schließlich erhob sich die Dame und trat an meinen Tisch.

»Sie sind doch – «

»Nein, der bin ich nicht«, unterbrach ich sie rasch.

»Aber lassen Sie mich doch ausreden«, korrigierte sie mich mit ihrer seltsam brüchigen Stimme. »Wir haben Sie nämlich letztes Jahr in Zürich in der *Schöpfung* gehört.« Wieder unterbrach ich sie:

»Ich bin es aber nicht, verdammt noch mal. Ich kann

Ihnen diesen Gefallen nun einmal nicht tun. Abgesehen davon mache ich mir nicht das Geringste aus klassischer Musik.« Ohne zu wollen, war ich sehr laut geworden, an den Nebentischen drehte man sich nach uns um. Ich war so nervös, als stünde ich in Flammen. Du musst nur aufstehen und an ihnen vorbeigehen, ein Kinderspiel, vielleicht sie sogar grüßen, sagte ich mir. Dorthinüber musst du gehen, auf die Windmühlen zu, dorthin, wo es keine Leute gibt, die dumme Fragen stellen.

Aber ich konnte nicht aufstehen, sondern starrte an der Frau vorbei hinaus aufs Meer und wünschte mir, auf einem dieser Segler zu sein. Warum hatte ich rote Ohren wie ein Pennäler, seitdem diese törichte Frau ihre Fragen gestellt hatte. Da doch außer mir niemand wusste, dass es den, nach dem sie sich erkundigt hatte, nicht mehr gab. Endlich ging sie, wobei sie mir noch einmal einen Blick zuwarf, als hätte ich ihr den Spaß verdorben.

Ich nahm die Zeitung wieder auf und versuchte, mich zu beruhigen. Es war fürs Erste vorüber. Wovon hatte er gesprochen, der Mann an der Rezeption? Von einem Ort, dessen Namen einem auf den Lippen zerging wie Honig.

Ich zahlte, stand auf, ohne zu den Schweizern hinüberzusehen, und ging an den Stand, an dem ich vorher meine Zeitung gekauft hatte. Dort fing ich an, die Postkarten durchzusehen. Ein Bergkegel, darum ein Kranz weißer Häuser – das musste das Dorf sein. Es sah aus, als stiege es eben erst aus dem Meer empor, von der Hand des Zeus gezogen, so wie es der Mythos von Rhodos erzählt, um Helios zu entschädigen, der bei der Verteilung der Welt leer ausgegangen war. Vielleicht würden sie dort keine Fragen stellen. Man würde sehen.

An Hand meines Zettels fragte ich mich durch bis zu der kleinen Garage. Eigentlich war es nicht viel mehr als eine Blechhütte, direkt gegenüber der Mole, an der die großen Dampfer aus Athen festmachten. Autos verschwanden in dem Bauch eines der riesigen Schiffe, dunkel gekleidete Frauen rannten aufgeregt durcheinander, Pakete und Taschen tragend. Die Männer standen abseits beieinander und halfen nicht.

Aber da sprach mich auch schon jemand an, es war der Mann, den ich suchte. Sein Schwager habe telefoniert – ja, er habe ein Auto, und zeigte dabei auf einen etwas ramponierten, kleinen Sportwagen.

»Es ist ein Alfa Romeo«, sagte er stolz, »und Musik hat er auch«, damit beugte er sich hinunter und drehte das Radio auf volle Touren. Wir kamen in den Genuss einer Opernarie, von einem Tenor gesungen.

»Machen Sie das Ding da aus«, fuhr ich ihn an. Aber dann gab ich mir Mühe, besonders nett zu ihm zu sein, denn ich hatte ihn enttäuscht. Schließlich war es ja nicht seine Schuld, dass ich nicht mehr singen konnte. Plötzlich schien ich alle Leute zu enttäuschen, weil ich das nicht mehr sein wollte, was alle veranlasst hatte, mich so nachsichtig zu behandeln wie ein besonders begabtes Kind.

»Sänger sind Sie?« hatten sie gefragt und mich dabei bedeutsam angesehen. Sänger, das war etwas anderes als die anderen. Und ich hatte mich wohl gefühlt in ihrer Bewunderung, dem eine Portion Unglauben, ja manchmal auch ein leichtes Misstrauen beigemischt gewesen war. Als sei Singen keine richtige Arbeit, und ich eine Art *Golden Boy*, der einen Haufen Geld verdiente, weil er eben eine schöne Stimme besaß, wofür man im Grunde genommen ja nichts konnte.

Manche Frauen, die sentimentalen unter ihnen, hatten schwärmerische Augen bekommen, Gott weiß warum, und waren für einen Augenblick der Idee eines Seitensprungs nicht grundsätzlich abgeneigt gewesen. Wonach sie sich, wie zur Absicherung, nur umso fester an den Arm ihrer Männer geklammert hatten, die anständigen, soliden Berufen nachgingen. Berufen ohne Ausschweifungen sozusagen. Es war in der Tat höchst sonderbar, was sich die Leute unter einem Sänger vorstellten. Dass Härte, Disziplin und eine ungeheure Portion Mut zu dieser Arbeit gehörten, wussten sie offenbar nicht.

»Willst du ihn für mehrere Tage?« fragte der Mann, er meinte den Wagen.

»Zunächst möchte ich morgen nur bis Lindos.«

»Keine schlechte Idee. Miete dir dort ein Boot, kauf dir eine Flasche Wein und fahr hinaus, bis du das Ganze vom Meer aus betrachten kannst.« Anscheinend lächelte ich ihm etwas zu skeptisch.

»Warte, bis du dort bist, dann verstehst du, was ich meine. Es ist kein Ort für jedermann, ist es aber einer für dich, bleibst du am besten gleich dort.«

»Wenn es dort tatsächlich so schön ist, wie du sagst, solltest du es besser gar nicht weitererzählen.«

»Mein Schwager meinte am Telefon, du seist in Ordnung.« Damit gab er mir den Schlüssel. Ich musste lachen – es klang wie eine Vertrauenserklärung unter Gangstern. Der kleine Wagen war dunkelgrün, so wie ich es gern hatte, allerdings war sein gelbes Lederpolster von der Sonne bereits etwas rissig.

»Und was soll er kosten?«

»Gib mir von Lindos aus Bescheid, wie lange du ihn brauchst, dann reden wir über den Preis«, damit wandte er sich einem anderen Kunden zu.

Ich stieg in den kleinen Wagen, er war ein Verführer – man schlüpfte in ihn hinein wie in eine Umarmung. Langsam und genüsslich fuhr ich am Meer entlang und ließ die anderen in aller Ruhe hinter mir hupen.

Wieder in meinem Hotel hätte ich am liebsten gleich zusammengepackt und wäre losgefahren. Aber ich wollte nicht in der Nachmittagshitze in Lindos ankommen, und so legte ich mich mit einem Buch an den Strand. Es war wie das Warten auf ein Konzert, die Nervosität zumindest war die gleiche. Aber etwas fehlte, ich hatte keine Verantwortung mehr. Es war, als schwänzte ich ein Examen. Ich war nie besonders begabt gewesen für Ferien, auch das gehörte zu den Dingen, die ich lernen musste.

Natürlich schlief ich schlecht, dafür war es viel zu heiß, auch ging die Musik bald wieder los. Es war vollkommen ausgeschlossen, dabei zu lesen. Schließlich geriet ich so in Zorn, dass ich mit dem Fuß im Rhythmus auf den Boden stampfte, aber die unter mir waren stärker und ließen sich nicht stören. Resigniert legte ich mich wieder aufs Bett, und irgendwann muss ich dann doch wohl eingeschlafen sein.

Bereits vor Sonnenaufgang fuhr ich los. Der Weg war

nicht zu verfehlen – zwei Kilometer entlang dem Meer, danach stieg er rechts hinauf in die Felsen, und bald war ich außerhalb der schweren Befestigungen der Stadt. Auch an den Rest der Fahrt erinnere ich mich sehr deutlich. Es war, als hätte die Nacht Flügel bekommen. Aus Angst, mich zu erkälten, war ich nie zuvor in einem offenen Wagen gefahren und genoss nun den Fahrtwind, der warm und frisch zugleich war.

Der kleine Wagen schien den Weg allein zu finden. Als ich etwas über eine Stunde gefahren war, fing es an zu dämmern. Dabei fiel mir auf, wie rasch es in diesen Breiten heller wurde. Inzwischen fuhr ich auf einem schmalen Weg dahin, der sich gefährlich erhöht durch die tiefer liegenden Orangengärten wand. Dabei duftete es so stark zu mir herauf, dass ich mich einen Augenblick der Illusion hingab, der betäubende Geruch käme von der Morgendämmerung. Zwischen den Orangengärten standen Zypressen, einzeln oder in malerischen Gruppen hoben sie sich tiefschwarz gegen den sich zart belebenden Himmel ab. Dahinter ein noch schlafendes Dorf.

Nachdem es eine Weile immer geradeaus gegangen war, stieg die Straße langsam an. In der Kurve links, fast senkrecht unter mir, eine Bucht, ihr weiter, unbebauter Strand lag noch gänzlich im Schatten. Rechter Hand eine kantige Felswand, überrieselt von Wasser und metallisch glänzend, der Weg war kaum ausgebaut. Man konnte nur hoffen, dass einem niemand entgegenkam. Dann gab die nächste Kehre den Blick durch die Felsen frei.

2

Ich hielt den Wagen an – vor mir lag der Ort, den ich gesucht hatte. Ein Kranz weißer Häuser, locker gefügt um einen Bergkegel, aus dem Meer aufsteigend und gekrönt von Tempeln. Ein reiner Dreiklang, ocker, weiß und blau, umgeben von weit ausschwingenden, felsigen Buchten. Doch diese Kargheit hatte gleichzeitig etwas Überschwängliches, denn die Sonne war aufgegangen und überflutete den Berg mit ihrem Licht, als stünde er in Flammen.

Ich hob meine Tasche aus dem Wagen und fing an, auf das Kleinod zuzugehen. Doch immer wieder blieb ich stehen, denn mit jeder Kehre verschob sich die außerordentliche Kulisse zu einem weiteren Bild der Vollkommenheit. Am Eingang zum Dorf bewachten staubige Zypressen einen Friedhof, am Hang darunter lag ein weiterer, offenbar aus der Türkenzeit, denn seine halb eingesunkenen Grabsteine waren mit steinernen Turbanen geschmückt. Immer wieder gab das Silbergrau der Olivenbäume den Blick auf den Hafen frei, in dem zwei Yachten ankerten.

Bis auf die Katzen schien unten im Dorf noch alles zu schlafen. Lautlos flüchteten sie vor mir hinauf auf die Mauern, von wo aus sie mich geduckt und feindlich beobachteten, als gehöre ihnen allein dieser Platz. Ich ließ sie starren und versuchte die kyrillischen Schriftzeichen an dem Kafenionion gegenüber zu entziffern. Aber auch hier rührte sich niemand, und als ich klopfte, blieben die blauen Fensterläden geschlossen.

Die Luft war erfüllt von einem metallischen Schwirren. Ich konnte das Geräusch zunächst nicht lokalisieren, bis ich merkte, dass es aus der Blätterkrone des mächtigen Baumes kam, der den Platz fast gänzlich überwölbte. Es waren Vögel, und es mussten sehr viele sein. Aber warum waren sie so außer sich? Denn mit jedem Augenblick schien sich ihre Erregung noch zu steigern – ja, es klang tatsächlich so, als gelte ihr Singen dem anbrechenden Tag.

Obwohl die Sonne gerade erst aufgegangen war, brannte sie bereits unbarmherzig herunter. Etwas benommen von der Hitze, setzte ich mich in den Schatten, den der Baum so großzügig spendete, und hörte dem Lärmen der Vögel zu. Und während ich über die Weinberge hinweg auf das felsige Oval des Hafens blickte, war mir, als säße ich in der Loge eines Theaters, dessen Vorstellung noch nicht begonnen hatte. Über einer Zeile blendend weißer Häuser stieg rechts von mir das Felsenmassiv der Akropolis in den Himmel, gesäumt von den Zinnen einer Burg – im Verein mit dem zweifachen Blau des Meeres und des Himmels war es eine wahrhaft unvergleichliche Kulisse.

Was aber das Bild dieses schlafenden Dorfes vollends für mich ins Traumhafte verrückte, war das Fehlen der Menschen, denn noch immer war niemand zu sehen. Wie auf einem Bild von De Chirico schien es hier keine Zeit zu geben. War ich der verlorene Sohn, der endlich heimkehrte?

Ich hatte Durst, und so versuchte ich die Verzauberung abzuschütteln. Doch hier schien alles anders zu sein als anderswo, denn ich brauchte eine ganze Weile, bis ich im Schatten der Felswand einen Brunnen entdeckt hatte, da er so lautlos floss, dass es die Stille nicht unterbrach. Über ihm eine Marmortafel mit einer Inschrift auf Türkisch, mir ebenso unverständlich wie meine seltsame Vertrautheit mit diesem Ort, den ich doch nie zuvor gesehen hatte. Während ich mir Gesicht und Hände kühlte, fiel mir ein, dass ich den kleinen Wagen oben am Berg hatte stehen lassen. Aber ich würde später nach ihm sehen – er würde sich schon nicht selbstständig machen. Darauf begann ich durch den schlafenden Ort zu wandern.

Niemals habe ich stärker das Gefühl gehabt, ein Fremder zu sein, und doch war hier endlich alles genau so, wie ich mir Griechenland vorgestellt hatte. Schmale Straßen, flankiert von meterhohen Mauern, schlichte, weiße Häuser, viele davon verfallen, in ihren Ruinen Hühnerställe, zusammengeflickt aus Kisten und Drahtgeflecht. Dann wieder vornehme, klassizistische Fassaden von fast städtischem Aussehen.

Aus einer von ihnen ragte, zur Hälfte eingemauert, eine riesige Säulenbasis aus Marmor hervor, als habe eine Riesenhand sie mitten in die Gegenwart geschoben, um an die große Vergangenheit des Ortes zu erinnern. An anderer Stelle wieder wurzelten Feigenbäume in dem brüchigen Mauerwerk, ihre Blätter wiesen mir wie grüne Hände den Weg.

In seiner Lautlosigkeit war es ein Ort wie geträumt. Auf meinem Weg hierher hatte ich das Gefühl gehabt, als warte am Ende dieser Fahrt etwas auf mich, das stärker sein würde als alle Erinnerung, und meine Ahnung hatte mich nicht getäuscht.

Die Straßen glichen sich und waren doch verschieden. Treppen führten überraschend auf und nieder und machten so das Labyrinth vollkommen, denn noch immer war niemand zu sehen, den ich hätte fragen können. Weiter oben am Berg traf ich auf größere Anwesen aus schön gefügtem Stein mit Türmen, die auf gotischen Gewölben über der Straße hockten. Mit ihren fensterlos aufstrebenden Mauern glichen sie kleinen Burgen, ja Festungen, und doch wirkten sie nicht abweisend.

Eines ihrer Tore stand halb offen. Ich konnte der Versuchung nicht widerstehen und wagte mich in einen schmalen, lang gestreckten Hof hinein. An dessen Ende, halb verborgen unter Kaskaden roter und lila Bougainvilleen, eine reich verzierte Fassade – Vögel und Rosetten waren über einer Türe mit Spitzbogen eingemeißelt, die eingefasst war von einer Art geflochtenem, steinernen Tau.

Wer hatte hier gewohnt, waren es seefahrende Kaufleute aus Venedig gewesen? War das, was ich vor mir sah, gotisches Mittelalter oder stammte es nicht eher aus der Zeit der Türken? Jedenfalls war es für ein Dorf überraschend prächtig. Jetzt merkte ich auch, dass ich auf einem Mosaik aus weißen und schwarzen Kieseln stand. Einige seiner Steine hatten sich gelöst, was den Eindruck erweckte, als habe sie das Meer hierher gespült.

Als ich wieder aufblickte, stand dort, wo vorher niemand gestanden hatte, eine Frau, die üppigen Bougainvilleen mussten sie bislang verborgen haben. Zwar wandte sie mir im Augenblick den Rücken zu, doch wenn ich mich bewegte, würde sie merken, dass ich sie beobachtete.

Sie trug ein langes, plissiertes Kleid in der Farbe der Fassade, vielleicht hatte ich sie auch deshalb nicht sofort bemerkt. Ihr Haar umstand in sorgfältig arrangierter Unordnung weit und lockig ihren Kopf wie eine aufwendige Perücke des *Grand Siècle*. Sie war im Begriff, die trockenen Äste der Bougainvillea abzuschneiden. Von Zeit zu Zeit trat sie einen Schritt zurück, um ihr Werk zu kontrollieren.

Dann wieder bewegte sie die Arme in ausdrucksvollen Gesten, als probe sie ein Theaterstück, wobei sie die Schere leidenschaftlich durch die Luft führte, um sie sich wie einen Dolch auf die Brust zu setzen. Darauf vertiefte sie sich mit größter Selbstverständlichkeit von neuem in ihre Gartenarbeit. Plötzlich spürte sie offenbar, dass sie nicht mehr allein war, denn sie wandte sich heftig nach mir um, wobei sie die Schere wie zur Verteidigung gegen mich ausgestreckt hielt.

Aber sofort hatte sie sich wieder gefasst und lächelte. Nach der Leere des schlafenden Ortes wirkte sie wie eine Erscheinung. Ihr Lächeln erinnerte mich an etwas, aber es wollte mir im Augenblick nicht einfallen, an was. Ich wusste nur, dass es etwas mir Unangenehmes war.

»Haben Sie sich verlaufen?« fragte sie spöttisch, noch immer lächelte sie.

»Ja, gewissermaßen.« Das war alles, was mir einfiel, denn noch immer suchte ich nach einer Erklärung, warum mich ihr Lächeln so irritierte. Aber da ich nichts weiter sagte, sondern sie lediglich anstarrte, drehte sie sich um und fuhr fort, ihre Bougainvilleen zu schneiden, als habe sie keine Lust, sich weiterhin mit einem Halbwilden zu beschäftigen, der nicht sprechen konnte. Es blieb mir also nichts anderes übrig, als mich zu empfehlen.

Als ich wieder draußen vor ihrem Tor stand, fragte ich mich, warum ich mich nur so gänzlich unmöglich benommen hatte. Etwas war aufgetaucht mit dem Lächeln dieser Frau, das ich vergessen wollte, und ließ mich nicht mehr los. Auch merkte ich, dass ich nun endgültig die Orientierung verloren hatte. Und während ich versuchte, den Weg aus dem Labyrinth der Treppen und Gassen zurückzufinden, dachte ich darüber nach, wie merkwürdig doch dieser Morgen war – alles schien das Gefühl des Schicksalhaften dieser Ankunft noch vertiefen zu wollen.

Dann aber erkannte ich den durchbrochenen Turm der Kirche wieder, und die blau umrandeten Fenster, von denen es gleich drei nebeneinander gab, hatte ich auch schon einmal gesehen. Mit einem Mal stand ich wieder auf der Platea. Ich musste im Kreis gegangen sein. Außer mir gab es hier auch jetzt noch immer keine Menschenseele. Ich stützte mich auf die Brüstung – war es die absurde Hitze, die mir so zusetzte? Warum strichen sie ihre Häuser auch so strahlend weiß, wo es einem doch vor lauter Helligkeit bereits schwindelte? Hier hatte die Farbe Weiß nichts Neutrales, sondern wirkte aggressiv, wie aufgeladen von der Sonne.

Draußen auf dem Meer hatte der griechische Alltag begonnen. Die ersten Fischerboote kehrten mit ihrem

Fang zurück, schwarz gekleidete Frauen warteten an der Mole, wahrscheinlich wollten sie den Männern ihre Fische abkaufen. Auf einem der großen Segler lichtete man den Anker, um auszulaufen.

Aber ich konnte den Gedanken an die Frau in den Bougainvilleen nicht loswerden, und plötzlich wusste ich auch warum:

Lullys *Armide* – letztes Jahr im Theater von Versailles.

Die Sängerin der Titelrolle hatte gelächelt genau wie sie. Sie warnte mich vor der Partie des *Renaud* – diese sei zwar nicht lang, läge aber ständig über der Passage. Und sie hatte Recht gehabt, denn zum ersten Mal in meinem Sängerleben war ich am Ende jeder Probe heiser gewesen.

»Du singst mit deinem Kapital, mein Kleiner, aber man sollte nur von seinen Zinsen leben. Darum lass es langsamer gehen mit deiner Karriere. Mir wird ganz schwindelig, wenn ich daran denke, wo du überall singst«, hatte sie gesagt, als ich mich nach den Vorstellungen ständig räusperte und mir an den Hals griff.

Damals hatte ich mir ihre Bemerkung verbeten – was ging sie meine Stimme an – und mir eingebildet, sie sei lediglich neidisch auf meinen Erfolg. Aber inzwischen wusste ich längst, dass sie es tatsächlich gut mit mir gemeint hatte – Versailles war bereits der Anfang vom Ende gewesen. Aber ich hatte die Gefahr nicht erkannt, weil der prachtvolle Rahmen, die illusionistischen Dekors und Kostüme sie auf gefährliche Weise tarnte.

Das Meer leuchtete, der große Segler schickte sich an, die Bucht zu verlassen. Was vor mir lag war keine

Collage qualvoller Erinnerungen, sondern schöne, griechische Wirklichkeit. Eine Wirklichkeit in den Farben Ocker, Weiss und Blau, deutlich gegeneinander abgesetzt und mir bereits so vertraut, als hätte ich immer gewusst, dass sie eines Tages auf mich warten würde. War es denn möglich, dass man seine Heimat fand, wo man nie zuvor gewesen war?

Später habe ich begriffen, dass es meine eigene Verstörung war, die mich diese Ankunft so gesteigert erleben ließ. Etwas von dieser Intensität musste geschehen, damit ich den grausamen Entzug, den der Verlust meiner Stimme für mich bedeutete, überlebte. Ich war förmlich konditioniert für ein Wunder und setzte, als ich ihm begegnete, alles auf eine Karte. Es hätte mich nicht einmal überrascht, wenn die Dame aus den Bougainvilleen die Göttin dieses Ortes gewesen wäre. Und etwas von der Magie dieses totalen, ersten Erlebens hat Lindos immer für mich behalten.

3

Inzwischen hatte ein Junge die Fensterläden des Kafenions geöffnet. Ich setzte mich auf einen der blau gestrichenen Stühle und bestellte mir bei ihm einen Kaffee.

»*Gliko*, *sketo* oder *metrio*?« fragte er. »Das heißt: süß, ganz ohne Zucker oder mittel«, erklärte er ernsthaft auf meine Frage. Ich entschied mich für einen *metrio* und versuchte mich während des Wartens noch einmal am Entziffern der kyrillischen Schrift.

Dabei hatte ich ihn gar nicht kommen hören, den kleinen Mann, der plötzlich neben mir stand, zierlich, ganz in Schwarz, die Hosen ausgebeult, ebenso wie die Taschen seiner Jacke. Er zog an einer Zigarette, wobei er die Augen ein wenig schloss. Die Art, wie er seine Zigarette mit dem Daumen und dem Zeigefinger an die Lippen hielt, während er die anderen Finger wegspreizte, wie er dastand und den kleinen Kopf auf die Seite legte, all das war von großer Anmut. Er hatte etwas von einem Tänzer, einem Künstler, ja, irgendwie gab er den Eindruck, als käme er anderswoher. Und das tat er auch, wie ich später erfuhr, denn er stammte von der Insel Chalkis.

Ohne zu überlegen, fragte ich ihn, ob eins der alten Steinhäuser zu kaufen sei, die ich weiter hinten im Ort gesehen hatte. Dabei versuchte ich es mit Italienisch und meinen paar Brocken Griechisch, ja, ich redete selbst mit den Händen wie ein Taubstummer, so wichtig war mir, was ich zu sagen hatte. Der kleine Mann schaute mich dabei höflich an und legte den Kopf mit den eisgrauen Haaren noch etwas mehr auf die Seite. Als Antwort nickte er nur, als sei das, wonach ich gefragt hatte, die einfachste Sache von der Welt und verschwand.

Bereits nach zehn Minuten kam er zurück mit einem rostigen Schlüssel. Wieder nickte er, aber diesmal bedeutete es eine Einladung, ihm zu folgen, die Dinge schienen sich wie von selbst zu fügen.

Wie war das alles merkwürdig – kaum war ich eine Stunde in diesem Ort, und schon stand ich vor dem Haus, das bald darauf mein Haus sein sollte. Es war weniger ein Inbesitznehmen als ein Wiedererkennen, eine kleine Burg, mittelalterlich, ganz ähnlich dem Haus, in das ich zunächst geraten war, allerdings war hier der Stein der Fassade weiß übertüncht. Der kleine Mann sagte nichts, sondern machte nur mit der rechten Hand eine einladende Geste, damit schickte er mich in eins der Nebengebäude. Nur ein paar Bretter anstelle einer Türe, als ich sie beiseite schieben wollte, fielen sie zu Boden. Ein Esel stand einsam in dem wunderschönen hohen und kühlen Raum und wandte den Kopf nach mir, während seine Ohren spielten. Bis auf das Gesumm der Fliegen war es vollkommen still.

Währenddessen stieg draußen der kleine Mann in dem Gerümpel umher, das den Hof bedeckte, stieß mit dem Fuß nach einer Blechdose, verscheuchte ein paar Katzen und pfiff verächtlich durch die Zähne, während er dem oberen Kranz der Mauer einen Stoß versetzte, so dass er donnernd nach draußen auf die Straße schlug.

Darauf winkte er mir mit den Augen, um mir das Haupthaus zu zeigen.

Hier stoben erst einmal die Ziegen auseinander, aber als sich der Staub verzogen hatte, sah ich, auf was ich absolut nicht gefasst war – eine bemalte Holzdecke, getragen von einem gotischen Bogen, darunter ein großer Raum von vollkommener Proportion. Was einmal eine hölzerne Galerie gewesen sein mochte, lehnte morsch und schief gegen die Rückwand des Saals. Der Fußboden aus Kieselmosaik war geborsten, darüber Schutt und der Kot der Tiere.

Etwas in der Sala missfiel mir allerdings sofort, und zwar ganz entschieden – ein kleines Fenster mit Spitzbogen, hoch oben unter der Decke, mit einem Mosaik aus blauen Glassplittern, durch das das Sonnenlicht unnatürlich verfärbt auf den Boden fiel. In seinem Strahl stand zitternd der Staub, den unsere Schritte aufgewirbelt hatten. Der am Boden liegende Schatten wirkte beunruhigend, er störte die Harmonie des Raumes.

Das ganze kleine Anwesen war umgeben von einer hohen Mauer, und als ich noch einmal vor das Tor auf die Straße trat, sah ich, dass über dem Eingang das Kreuz der Ritter in den Stein gehauen war. Es überraschte mich nicht, mir schien, als hätte ich auch das erwartet. Das war *mein* Haus, darüber gab es schon jetzt überhaupt keinen Zweifel, und der kleine Mann schien ganz meiner Meinung zu sein, ohne dass wir auch nur ein Wort gewechselt hatten.

»*Poli thulia*«, nickte er nur, »viel Arbeit«, und presste die Lippen unter seinem schmalen Bärtchen fest zusammen, »was wir brauchen, sind gute Leute.« Auch er plante also bereits. Alles schien von Anfang an endgültig, wenn auch schwierig und noch in weiter Ferne.

Danach saßen wir miteinander im Kafenion, der kleine Mann gelassen, ich dagegen nicht wenig aufgeregt. Aber im Grunde genommen versuchte ich ihm immer nur das eine zu erklären: Das Haus solle wieder genauso werden, wie es einmal ausgesehen hatte. Ich liebte Jorgo – so hieß der kleine Mann – schon jetzt für seine Fähigkeit, ruhigen Optimismus zu verbreiten. Anscheinend war alles für ihn nichts weiter als eine Frage der Geschicklichkeit und des vernünftigen Planens.

Als Antwort auf meine vielen Fragen hob er mit einem wegwerfenden *»Tipota«* stets nur leicht die Schultern, wozu er mit der Hand eine abschätzige Geste machte. Damit rückte er die Sache in den Bereich des Möglichen, was mich außerordentlich erleichterte.

Erst später wurde mir klar, dass er immer auf eine solche Gelegenheit gewartet hatte, um dem Dorf zu zeigen, was in ihm steckte, und dass man, wenn man aussah wie ein Tänzer, der von weit her kam, noch längst nicht irgendjemand war. Aber da in ihm über den Handwerker hinaus auch ein Künstler steckte, brauchte er dazu ein Objekt wie dieses Haus. Fischerboote und Ziegenställe hatte er genug gebaut, die waren von jetzt an für die anderen.

Als ich Jorgo nach einem Zimmer für die Nacht fragte, brachte er mich zu seiner Schwester, die er mir als *»la mia sorella«* vorstellte, worüber ich lachen musste, da es mich an eine Stelle aus Donizettis *Don Pasquale* erinnerte. Aber diese Norina hier schielte und war nicht mehr die Jüngste. Auch verstand sie außer

Griechisch kein Wort, so dass ich mir, als Jorgo gegangen war, schon wieder wie ein Taubstummer vorkam.

Allein in meinem Zimmer, in dem es außer einem Bett nur noch einen blau gestrichenen Stuhl gab, merkte ich erst, wie müde ich war. Müde vom vielen Reden und müde vom vielen Schweigen, wenn es mit der Verständigung allzu mühsam gewesen war. Dann hatte ich auf den Tisch gezeichnet, während Jorgo rauchte und hinaus aufs Meer schaute, denn von dort kam für ihn offenbar die Erleuchtung und die Lösung der Probleme. Ich hatte Retsina getrunken, vermischt mit Wasser, aber ihm hatte ich davon ohne Erfolg angeboten.

Mit einem leichten Zurücknehmen des Kopfes hatte er stets abgelehnt. *»Ochi«*, hatte er gesagt, und dass dies nein bedeutete, wusste ich nun bereits. Außer mehreren kleinen *metrios* hatte er nichts getrunken, wie die Griechen an den andern Tischen auch.

Als es dunkelte, war ich meiner Sache schon nicht mehr so sicher. Es gab kein elektrisches Licht in meinem Zimmer, mit dem Lesen war es also nichts. Daher legte ich mich aufs Bett und hörte dem Regen zu, der plötzlich niederrauschte wie ein Vorhang. Er schien das einzig Vertraute in diesem Land zu sein, denn mit der Sonne hatte der Ort seinen Zauber verloren und war mir fremd und unheimlich geworden.

4

Der Regen wollte nicht aufhören, ihn gab es hier also auch und noch dazu in dieser Jahreszeit. Er passte nicht zu meinem Bild von Griechenland. Warum war ich überhaupt hier, in diesem Zimmer, in diesem Dorf? So sehr ich mich auch bemüht hatte, es zu vergessen – ich wusste es immer noch. Ich hatte meine Stimme verloren, darum war ich hier. Und für einen Sänger bedeutete das eine existenzielle Verstörung, das Ende, den Tod, denn es verurteilte ihn zum Verstummen.

Mit Entsetzen dachte ich zurück an die Zeit in München, während der ich das Gefühl gehabt hatte, als neide mir jemand meine Stimme. Bis das Seil schließlich riss, auf dem ich mich bis dahin so glückhaft bewegt hatte.

Eine schöne Stimme zu haben, macht auf ganz natürliche Weise selbstbewusst. Nicht etwa selbstgefällig oder eingebildet, nein, aber man empfindet sich mit einer gewissen Berechtigung als einzigartig. Schließlich ist man ja kein Klavier, sondern sein eigenes Instrument, man produziert einen Klang, den es tatsächlich nur ein einziges Mal auf der Welt gibt. Also ist man ein Wesen von gesteigerter Individualität. Besonders wenn man Tenor ist und ein gefragter dazu, trifft man überall, wo man auftaucht, auf erfreute Gesichter. Auf diese Weise hat man ganz zwangsläufig das Gefühl, etwas Besonderes zu sein.

In diesem Zustand naiver Überheblichkeit hatte ich geglaubt, alles singen zu können, es gab für mich keine Grenzen – Ikarus noch ohne die tödlichen Erfahrungen. Was man mir auch anbot, akzeptierte ich, und wenn ich einmal ablehnte, kam man mir mit Argumenten, die an meinen Ehrgeiz appellierten, bis ich schließlich doch zusagte. Sei es aus Freude an der Musik oder darüber, dass es außer mir nicht so leicht ein anderer singen konnte. Oder – seien wir ehrlich – auch ganz einfach des Geldes wegen.

Auf diese Weise glitt ich allmählich hinüber auf ein Terrain, wo es nicht mehr geheuer war. Aber immer noch schaffte ich es, schließlich war ich ja begabt, wozu beim Singen bis zu einem gewissen Grad auch das Mogeln gehört, und wenn mir einmal Zweifel kamen, wusste man sie mit Komplimenten zu zerstreuen.

München wurde zur letzten Station dieser gefährlichen Reise. Im Cuvilliéstheater gab man den *Zais* von Rameau, eine heroische Ballettoper, ein Werk wie geschaffen für dieses Ambiente, ein Theaterspektakel allerletzter Verfeinerung, so dass wir während der Proben witzelten, das einzig Störende sei das moderne Publikum – aus Stilgründen hätte es ebenfalls in Kostümen des *Ancien régime* erscheinen müssen.

Dass meine Partie sich ständig in einer extremen Höhenlage bewegte, war mir erst vierzehn Tage vor meiner Reise nach München aufgefallen, denn bis dahin hatte ich überhaupt keine Zeit gehabt, die Partitur näher anzusehen, so beschäftigt war ich anderweitig gewesen. Aber die ungewohnte Lage schreckte mich nicht, meine Stimme hatte von Natur aus eine ganz leichte Höhe.

Außerdem lagen zwischen den einzelnen Aufführungen genügend spielfreie Tage. Wenn man also die endlosen Rezitative etwas zusammenstrich und bei den Proben nicht ständig aussang, musste es eigentlich zu schaffen sein.

Als ein Ärgernis erwies sich von Anfang an der junge französische Dirigent – er war derartig detailversessen, dass man darüber nicht zum Musizieren kam. Mit Hingabe probte er eine gewisse Art der Verzierung, von der er behauptete, dass Rameau sie bei der Uraufführung des Werkes am 29. Februar 1748 in Paris verwendet habe. Ständig erwähnte er dieses Datum. Dass es ein Schaltjahr gewesen war, schien ihm der Garant zu sein für die ganz besondere Qualität des Stücks. Vom Singen hatte er dagegen nicht die geringste Ahnung, denn mit leidvollem Ausdruck verlangte er selbst noch die schwierigsten Passagen bei den Proben drei, ja vier Mal hintereinander – und das mit voller Stimme. Trotzdem hielt ich es für besser, so lange wie möglich ohne offenen Krieg mit ihm auszukommen.

Bereits seit geraumer Zeit schien mit meiner Stimme etwas nicht mehr in Ordnung zu sein, ich wurde leicht müde, wollte es aber nicht wahrhaben. Auch während des Beginns der Probezeit in München redete ich mir ein, es sei lediglich ein Katarrh, eine belanglose Indisposition. Aber bald verbrachte ich mehr Zeit beim Laryngologen als im Theater, und nach der Generalprobe, bei der ich nur markierte, kam ich durch die ersten zwei Vorstellungen nur dank einem in der Kulisse stehenden Arzt, der mich spritzte wie einen Süchtigen. Dabei war es nichts anderes als unschuldiges Kalzium.

Von der zweiten Aufführung an hatte ich das Gefühl, als griffe ich, wenn ich den Ton ansetzte, ins Leere. Zunächst blieben nur einzelne Töne weg, dann ganze Passagen. Bei *Zais'* großer Hymne an die Sonne brach mir der Schweiß aus, obwohl es auf der Bühne eher kühl war – es war blanke Angst.

Die hohen Töne, die meine besondere Stärke gewesen waren, wollten plötzlich nicht mehr kommen. Ich versuchte, mir mit der Diktion und dem Ausdruck zu helfen, forcierte den Atem, aber all das machte die Sache nur noch schlimmer. Mit jeder Vorstellung zeigte sich die Beschädigung meiner Stimme erbarmungsloser. Für einen Genius wie *Zais* mochte es durchaus zwingend sein, dass die Partie so extrem hoch lag, nur hatte der Komponist offenbar vergessen, dass sie von einem Sterblichen gesungen werden musste.

Nun erschienen mir die Schwierigkeiten der Partie als das, was sie in Wirklichkeit waren, als Mord. Verzweifelt begann ich, die exponierten Stellen zu zählen, auf die ich mich bislang gefreut hatte, aber plötzlich schien die ganze Oper nur noch aus ihnen zu bestehen. Die Götter, die mir stets so geneigt gewesen waren, hatten sich von mir abgewandt. Zumindest fing ich das in meiner Panik an zu glauben.

Während der Proben war mir eine junge Sängerin aufgefallen, eine große, gertenschlanke junge Frau mit einer ebenso schlanken, wunderschön geschulten Stimme. Sie sang die allegorische Gestalt der *Liebe*. Mit ihrem Schopf aschblonder Haare, der ihr auf der einen Seite lang und glatt auf die Schulter fiel, war sie nicht zu übersehen. Als sie hörte, dass ich Schwierigkeiten hatte, bot sie mir hinter der Bühne Tee aus ihrer Thermosflasche an. Seitdem unterhielten wir uns oft miteinander, in ihrer etwas spöttischen Herzlichkeit gefiel sie mir sehr. Taktvoll versuchte sie, die Sache zu bagatellisieren:

»Wenn Sie wollen, gehe ich morgen mit Ihnen spazieren, vielleicht bringt Sie das auf andere Gedanken. Indispositionen gehören nun einmal dazu. Aber was ist das auch für ein Metier – eigentlich sollte man es nur zu seinem Vergnügen betreiben.« Wir verabredeten uns auf den nächsten Morgen. Plötzlich war da jemand, der sich um mich kümmerte.

»Wie nett von Ihnen, dass Sie sich meiner annehmen«, sagte ich, als sie kam, um mich abzuholen. Ich war froh, sie zu sehen, denn ich hatte in der Nacht kein Auge zugetan. Zusammen gingen wir durch den strahlenden, kalten Morgen. Als wir an der Theatinerkirche vorbei in die Brienner Straße eingebogen waren, fasste sie mich kameradschaftlich unter.

»Sie können ja nicht immer nur im Hotel sitzen und darauf warten, dass es besser wird. Solch ein Spaziergang kann Ihnen bestimmt nicht schaden.« Trotzdem nahm ich meinen Schal vor den Mund. Doch sie lachte:

»Sie können es mir ruhig glauben, die Luft ist so trocken wie in einem griechischen Winter.«

»Wenn es stimmt, was Sie sagen, warum fahren wir dann nicht zusammen nach Griechenland, anstatt uns hier abzurackern? Ich kann Ihnen gar nicht sagen, wie ich diesen Dirigenten satt habe. Statt dass er einem hilft, macht er einem das Leben sauer mit seiner Pedanterie, dieser Mistkerl. Vor lauter Stabilisierung verlernt man seine wirklichen Gefühle, wie soll man da auf die Dauer singen können? Aber was rege ich mich auf, erzählen Sie mir lieber etwas von sich.«

»Was gibt es da zu erzählen, dass ich singe, wissen Sie ja – ich habe einen Mann und zwei Kinder.«

»Sie? Sie sind ja selbst noch ein Kind, und das als Sängerin.«

»Mein Mann hatte keine Lust, sie zu bekommen, da musste ich eben die Sache übernehmen. In der letzten Zeit finde ich allerdings, dass er sich allzu ausschließlich um sich selbst kümmert.« Ich sah sie im Gehen von der Seite an, sie hatte eine schöne, selbstbewusste Art, den Kopf zu tragen.

»Sie sind eine tapfere Person.«

»Was wollen Sie – Sänger sind immer tapfer, es bleibt ihnen ja gar nichts anderes übrig. Und Sie, Sie scheinen es mir in ganz besonderem Maße zu sein, Sie verschwenden sich geradezu. Wie kann man eine Partie wie diesen *Zais* überhaupt annehmen! Haben Sie sich die Partitur denn vorher nicht angesehen, Sie tollkühner Mensch?«

»Muss man denn nicht tollkühn sein, wenn man singt?«

»Nein, das muss man nicht, sonst verschlingt sie einen nämlich, die Musik. Man sollte sich ihr nicht auf Gedeih und Verderb ausliefern.«

»Aber dann glaubt sie einem doch niemand.«

»Da haben Sie vielleicht Recht, aber Selbstmord in aller Öffentlichkeit entspricht nicht meiner Natur.«

Wir waren am Königsplatz angelangt. Die Glyptothek war noch leer. Ich war zum ersten Mal hier und war überrascht über den grau getünchten Backstein in der

Eingangshalle, ich hatte mehr klassizistische Dekoration erwartet.

»Für einmal sieht es jetzt fast besser aus, als vor der Zerstörung«, sagte sie, »haben Sie einmal Fotos vom Originalzustand gesehen? Die armen Griechen ertranken geradezu in dem schönen Gefängnis, das man ihnen gebaut hatte. Nun haben sie wenigstens Platz, um zu atmen.« Wir trennten uns, beide wollten wir den Rundgang lieber allein machen.

Als wir uns nach einer Stunde wieder trafen, hatte sie leuchtende Augen:

»Waren Sie bei dem sterbenden Krieger von Ägina? Er scheint sich mit seinem Schild gegen das Licht zu schützen, das von der Göttin Athene ausgeht, und dennoch lächelt er. Es macht ihm nichts mehr aus zu sterben, weil sie bei ihm ist.« Auch ich konnte sein Lächeln nicht vergessen. Wir gingen ein paar Schritte, draußen im Innenhof des Museums schien die Sonne. Dem griechischen Morgen zu Ehren bestellte Catherine jedem von uns an der kleinen Bar ein Glas Retsina.

»Finden Sie nicht auch, dass Singen etwas sehr Merkwürdiges ist?« sagte sie. »Ein Zustand, dem Menschen sonst unerreichbar, Innen- und Außenwelt durchdringen sich dabei in vollkommener Weise. Man ist selbst der Ton und kann ihn gleichzeitig hören.«

»Philosophieren Sie immer, oder singen Sie auch gelegentlich?«

»Ich muss einfach immer wieder darüber nachdenken, schon als ganz kleines Mädchen wollte ich Sängerin werden. Allerdings ist das Ganze so schwierig, dass man einen genialen Lehrer braucht, um nicht Schiffbruch zu erleiden, selbst der Begabteste kann es auf die Dauer nicht allein. Schon Orpheus soll einen Lehrer gehabt haben – Apollo selbst.«

»Sehen Sie, das habe ich nicht einmal gewusst. Aber der Gott der Musik war nicht immer so menschenfreundlich, bisweilen war er sogar erschreckend grausam. Haben Sie gesehen, mit welchem Ausdruck der Qual der geschundene Marsyas dort an der Wand hängt? Wie Christus am Kreuz. Ihm bei lebendigem Leibe die Haut abzuziehen, nur weil er gewagt hatte, besser zu singen! In der Umgehung des klassisch Schönen finde ich so viel Brutalität doppelt beunruhigend, und für Sie wäre es ein Fall, um philosophierend einzugreifen.

Aber Spaß beiseite – können Sie mir sagen, was mit meiner Stimme los ist? Ich bin nämlich gar nicht erkältet, es ist irgendetwas anderes. Sie haben vorhin von dem genialen Lehrer gesprochen, auf einmal glaube ich, dass ich nicht ernstlich genug nach ihm gesucht habe. Ich konnte den Grund dafür nicht einsehen, das Singen erschien mir immer so einfach. Begabtsein ist gefährlich, Sie als kluges Mädchen werden sagen, dass mir das reichlich spät auffällt.«

Wir schwiegen eine Weile. Ich trank den Retsina in kleinen Schlucken, er schmeckte wie verdünntes Terpentin. Wahrscheinlich fehlte das dazugehörige Klima, man trank ihn wohl besser an Ort und Stelle. Nach einer Weile fragte Catherine:

»Haben Sie sich schon einmal gefragt, warum Sie eigentlich singen?«

»Vielleicht spüre ich den Boden nicht gern unter den Füßen, ich muss es einfach tun, und für das Singen habe ich sogar einen anderen Beruf aufgegeben. Ursprünglich war ich Ingenieur.« Sie sah mich an und wollte etwas sagen, aber ich kam ihr zuvor:

»Nun sagen Sie bitte nicht, dass Ikarus, oder nein, sein Vater Dädalus auch Ingenieur gewesen ist.« Sie schüttelte den Kopf:

»Ehrlich gesagt macht es mir ein wenig Angst, Ihnen zuzuhören, denn ich selbst brauche den Boden unter den Füßen. In allzu großen Höhen wird mir leicht schwindelig.«

»Gehen Sie, Catherine, ausgerechnet Sie als Sopranistin sagen das?«

»Ich glaube, wir sollten jetzt lieber aufbrechen.« Sie war ein strenges Mädchen, diese Catherine, sie ließ einem nichts durchgehen. Aber es tat merkwürdig gut, mit ihr zusammen zu sein, alles an ihr war schlank, auch ihre Art zu denken. Als wir wieder vor meinem Hotel standen, sagte sie:

»Ich werde mir erlauben, morgen wieder nach Ihnen zu sehen. Morgen ist *Figaros Hochzeit*, da haben wir spielfrei.«

»Da Ihr Mann Sie so wenig beansprucht, haben Sie vielleicht auch Zeit, mir tüchtig die Daumen zu halten.«

»Lieber stelle ich in der Theatinerkirche eine Kerze für Sie auf, das hilft bestimmt.« Scherzte sie nun, oder scherzte sie nicht? Bei ihr war dergleichen schwer zu entscheiden.

Die Partie war mir nicht mehr geheuer, und das machte die Sache nicht gerade besser. Meine Angst wuchs von Tag zu Tag. Wenn ich vor der Aufführung in meinem

Klavierauszug blätterte, hoffte ich jedes Mal auf ein Wunder, nämlich darauf, dass das Stück ein paar Seiten früher zu Ende sei. Aber stattdessen ging es immer so weiter in dieser gottverdammten Höhenlage.

Nach der Vorstellung kam der junge Dirigent in meine Loge: »Sie singen ständig zu tief, merken Sie das denn nicht? Sie sollten aufpassen.« Er war in der Tat ein begabter Psychologe. Aber ich hatte nicht einmal mehr genügend Energie, um ihn hinauszuwerfen.

Am nächsten Morgen ging ich aufs Betriebsbüro, um endgültig abzusagen. Es täte mir Leid, aber ich sei indisponiert. Doch es war unmöglich, einen Ersatz zu finden, denn das Stück wurde nur selten gespielt. »Sie müssen uns helfen, das können Sie uns doch nicht antun«, hieß es, »nur noch heute Abend. Die Vorstellung ist ausverkauft, Ihre Absage wäre eine Katastrophe für uns.« Zu meinem Unglück ließ ich mich breitschlagen.

Die zwei ersten Akte stand ich noch irgendwie durch. Aber dann versteifte sich meine Stimme immer mehr, bis sie sich meinem brutalen Forcieren endgültig verweigerte. Nun ekelte es mich vor der künstlichen Schönheit dieser Musik, denn während ich verzweifelt ums Überleben kämpfte, hatte ich die Freuden der Liebe in einem seligen Arkadien zu besingen.

Um mir Mut zu machen, versuchte ich dabei an die Glyptothek zu denken, an Griechenland, dessen Helligkeit man in den Gesichtern der Statuen ahnte, die dort im Halbdunkel den Tag vertrauerten. Aber nichts konnte mir mehr helfen, als die Gewissheit, dass bald alles vorüber sein würde – die Musik, meine entsetzliche Ohnmacht, das Mitleid der Kollegen und ihr betretenes

Schweigen, wenn ich von der Bühne ab und in die Kulissen treten würde. Der Abend glich einer öffentlichen Hinrichtung.

Nach jener fatalen Vorstellung wartete Catherine im Hof der Residenz auf mich. Ich erkannte sie nicht sofort, denn sie trug ein langes Cape, das sie noch größer und schmaler machte. Sie sagte nichts, und dafür war ich ihr dankbar. Schweigend gingen wir nebeneinanderher bis zum Maximiliansplatz. Noch jetzt meine ich, dessen Kopfsteinpflaster unter meinen Füßen zu spüren. Über uns im Tympanon der Staatsoper stieg triumphierend das Musenross in die Höhe, und während ich zu ihm aufschaute, wusste ich, dass ich zum letzten Mal in München gesungen hatte. Doch was das bedeutete, ahnte ich damals noch nicht.

Unser Atem stand in der Luft. Aus Angst, mich zu erkälten, nahm ich meinen Schal vor den Mund. Es war ein sinnloser Reflex – einen Augenblick lang hatte ich vergessen, dass dies nun nicht mehr nötig war. Wir gingen vorbei an der Theatinerkirche, ich blickte die menschenleere Ludwigstraße hinunter und dachte wie so oft – schade, dass dort keine Bäume stehen. Als wir vor meinem Hotel anlangten, sagte Catherine:

»Warum haben Sie es noch einmal versucht?«

»Sie haben mich auf dem Betriebsbüro dermaßen bekniet. Außerdem konnte ich einfach nicht glauben, dass es zu Ende ist.«

»Sie müssen es vergessen.«

»So etwas kann man nicht vergessen.«

»Vielleicht ist die Kunst gar nicht so wichtig, wie wir glauben.«

»Was sonst ist denn von Wichtigkeit?«

»Das Leben.«

»O mein Gott. Das meine ist hiermit vorbei.«

»Nein, Sie werden schon sehen. Vielleicht sollten Sie tatsächlich eine Weile nach Griechenland fahren, ich habe Ihnen ja gesagt, wie schön dort der Winter ist. Was könnte ich Ihnen sonst noch wünschen – dass Sie dabei der Pallas Athene begegnen? Mut genug dafür hätten Sie ja.« Damit gab sie mir die Hand.

»Sie können mich doch jetzt nicht allein lassen, Catherine. Denken Sie daran, welche Rolle Sie in der Oper gesungen haben.«

»Können Sie denn nicht wenigstens in dieser Situation ernst bleiben, Sie leichtfertiger Mensch? Ich halte nicht viel von Mitleid, es ist ein Gefühl, das man nicht mit Liebe verwechseln sollte. Außerdem wäre es eine schlechte Voraussetzung für die Zukunft, falls es so etwas für uns beide tatsächlich geben sollte.«

»Nun philosophieren Sie wieder. Dabei hätte ich gar nichts gegen Ihr Mitleid«, doch sie ging auf meinen Ton nicht ein.

»Was Sie im Augenblick erleben, muss Ihnen vorkommen wie ein Erdbeben. Aber es gibt auch solche, die man überlebt, dann muss man nur noch den Mut haben, aus den Trümmern herauszukriechen. Ich bin überzeugt, in gewissen Situationen ist man am besten allein. Ich weiß, dass Sie jetzt enttäuscht sind.«

»Enttäuscht? Ich höre Ihnen zu, nur finde ich, dass der Augenblick für Belehrungen einigermaßen schlecht gewählt ist. Ich verstehe, Sie müssen morgen singen, aber vielleicht hätten Sie besser einmal schlecht gesungen und dafür einen Tenor ohne Stimme getröstet. Nichts für ungut.«

»Sie sind unverbesserlich.« Sie lächelte nicht, und sie drehte sich auch nicht mehr um, bevor sie in der Dunkelheit der Straße verschwand.

Ich brauchte einige Zeit, um zu reagieren. Zunächst war ich lediglich erleichtert und machte mir etwas vor, indem ich so tat, als genösse ich die plötzliche Freiheit. Genug Geld hatte ich auch, für eine gewisse Zeit wenigstens. Aber bald merkte ich, dass es gar keine Freiheit war – ich hatte eher das Gefühl, als schwänzte ich die Schule.

Meine Situation kam mir endgültig zum Bewusstsein, als ich auf dem Theaterplan einen anderen Namen in meiner Rolle las. Man hatte mich also bereits ersetzt. Ich war entgeistert, und mit einem Mal konnte ich nicht mehr akzeptieren, was mit meiner Stimme passiert war.

Meine Lage war in jeder Hinsicht kompliziert, denn ich liebte Catherine. Ich wusste es bereits seit jenem Vormittag in der Glyptothek. Und so wie die Dinge lagen, war es besonders schwer zu verkraften, dass ich es offenbar mit der Göttin der Vernunft zu tun hatte, die mir gegenüber ständig ihre Rolle als treu sorgender Freund und Mentor betonte.

Sie war es auch, die mir eine Liste von Spezialisten zukommen ließ, auf die hin ich nun von Stadt zu Stadt reiste. Manche fühlten sich meines Namens wegen geschmeichelt, dass ich sie aufsuchte, andere wieder fürchteten sich gerade deshalb vor der Verantwortung und versuchten, mich an einen Kollegen abzuschieben.

Die letzte Adresse war eine berühmte Frau in Wien. Diesmal war Catherine mitgefahren. Ich hatte mich ganz einfach geweigert, allein in den Zug zu steigen. Sie ahnte wahrscheinlich, dass dahinter noch etwas anderes steckte, aber sie ließ es sich nicht anmerken. Im Abteil saß sie mir gegenüber, was zur Folge hatte, dass ich nicht zum Lesen kam, weil ich sie immer ansehen musste.

»Könnten Sie nicht einmal woanders hinschauen, es irritiert mich. Außerdem ist der Grund dieser Reise verdammt ernst. Also nehmen Sie sich zusammen«, sagte sie, ganz Athene in ihrer Funktion als Mentor, und ich war Télémaque, der unmündige Sohn des Odysseus.

In Wien brachte sie mich bis zur Türe der berühmten Frau, es war wie am ersten Schultag. Aber statt der Schultüte drückte sie mir eine Münze in die Hand – eine griechische mit einer kleinen Eule darauf.

»Sie wird Ihnen helfen«, sagte sie. »Ich habe sie in Athen gekauft, als wir einmal mit der Oper dort im Herodes Atticus gastierten.«

Die Wiener Koryphäe für Gesangsfragen hatte den Kopf einer Sybille. Ohne dass ich ihr viel erzählte, schien sie mehr über mich zu wissen als ich selbst, und das beunruhigte mich. Was sie sagte, erschien mir dunkel, auch begriff sie das Singen mehr von der esoterischen Seite, womit ich in meinem Zustand nicht viel anfangen konnte. Was ich suchte, war die Realität, die Physis, es musste doch schließlich jemanden geben, der diese begriffen hatte.

Sie ließ mich nur wenige Töne singen, und was ich dabei hörte, hatte nichts mehr mit meiner früheren Stimme zu tun. Als sie sah, wie ich mich quälte, unterbrach sie mich. Nachdem sie einen Augenblick geschwiegen hatte, tat sie mir einen Gefallen – sie sagte mir die Wahrheit:

»In Ihrem jetzigen Zustand kann Ihnen niemand helfen, denn vom rein medizinischen Standpunkt aus ist alles in Ordnung, so gesehen fehlt Ihnen nichts. Sie haben ganz einfach den Bogen überspannt, das ist es.«

»Plötzlich kommen mir alle Leute mit philosophischen Betrachtungen. Aber irgendjemand muss mir doch helfen können.«

»Dass das im Augenblick unmöglich ist, wissen Sie selbst am besten. Sie sollten aufhören, sich etwas vorzumachen. Was soll ich Ihnen raten? Um Ihre Stimme wieder zu finden, müssten Sie sie erst einmal vergessen, und das wird nicht leicht sein.« Sie schien genauso betroffen zu sein wie ich. Warum war ich ihr nicht früher begegnet? Vielleicht wäre Sie meine Lehrerin gewesen.

»Nein, Sie sind mir nichts schuldig«, sagte sie dann noch, »schlechte Nachrichten sollte man nicht auch noch bezahlen müssen.«

Ich trat hinaus auf die Kärntnerstraße und ging eine Weile wie betäubt in der Menschenmenge. Dabei muss ich entgeistert ausgesehen haben, denn ein alter Herr hielt mich an und fragte: »Ist Ihnen nicht wohl?« Nein, mir war nicht wohl, sah er denn nicht, dass ich meinen eigenen Kopf unter dem Arm trug?

Catherine und ich hatten uns in einem Café verabredet. Ich erzählte ihr in zwei Worten, was man mir gesagt hatte. Während ich redete, nahm sie meine Hand und sah mich an, wie sie mich noch nie angesehen hatte. An diesem Abend hat sie sich meiner erbarmt. Es war mir egal, ob es Mitleid war oder nicht, aber es hat mich gerettet, und ich hatte das Gefühl, dass auch bei ihr noch etwas anderes dabei war.

»Schade, dass es nichts genützt hat, »sagte sie, als wir am Morgen miteinander aufwachten. Ich verstand nicht sofort, aber dann begriff ich, dass sie nur die Münze gemeint hatte.

Der Regen hatte längst aufgehört. Noch einmal hatte mich die Vergangenheit beim Genick gehabt. Ich trat an das kleine Fenster, das blau gestrichen war, wie alles in diesem lindischen Zimmer und blickte hinaus auf das schlafende Dorf. Die weißen Kuben der Häuser reflektierten hell das Mondlicht, dazwischen lagen dunkel und geheimnisvoll die wie von Kinderhänden gehäufelten Flachdächer aus Tonerde.

Ich dachte an Jorgo, an die neuen Gesichter im Dorf, dachte an mein Haus, das noch unter einem Berg von Schutt schlummerte. Wie war das möglich – hier war ich bereits einen ganzen Tag glücklich gewesen. Auch an die Frau in den Bougainvilleen dachte ich und spürte, dass ihre Gestalt auf irgendeine Weise mit meinem Entschluss, hier zu bleiben, zusammenhing.

Aber dann schlief ich tief und wachte erst mit den Hähnen wieder auf. Ehe noch das Leben im Dorf erwachte, packte ich meine wenigen Sachen zusammen und trug sie hinauf zu dem kleinen Wagen, der in der Kehre oben am Berg auf mich wartete. Ehe ich losfuhr, schaute ich noch einmal zurück – wie am Morgen meiner Ankunft, die mir sehr viel länger zurückzuliegen schien, als nur ein Tag, übergoss das Licht der aufgehenden Sonne die Akropolis.

Aber nun schwebte diese nicht mehr wie eine Erscheinung über dem Meer, sondern kam mir vor wie die Verheißung einer neuen Existenz – in dem weißen Dorf nämlich, das unter ihr noch in tiefem Schatten lag.

Ich war ganz sicher, ich würde wiederkommen.

5

Bei meiner Rückkehr nach Zürich stieß ich meine Freunde durch meine Entschlossenheit vor den Kopf. Wo ich auch auftauchte, versuchte man mich umzustimmen: »Eine Stimme wie die deine verliert man doch nicht, du hast einfach zu viel gesungen und bist überarbeitet« – es war überall das gleiche Lied.

Aber ich brauchte keine gut gemeinten Ratschläge, und lange Erklärungen abgeben wollte ich schon gar nicht. Das Einzige, was mir helfen würde, war Griechenland, wo keiner mich kannte, keiner mich fragte und wo das Meer zwischen mir und meiner Vergangenheit liegen würde.

In die Tonhalle oder ins Opernhaus wagte ich mich schon gar nicht, aber auch in der Stadt lief ich ständig irgendwelchen Bekannten über den Weg, schließlich hatte ich über zwanzig Jahre in Zürich gelebt. Dann fragte man mich nach meinen Plänen, aber ich hatte nur einen einzigen, und über den wollte ich nicht reden.

Meine Agentin am Zürichberg weigerte sich ganz einfach zu glauben, was sie von mir hörte. Das sei vollkommen absurd, entschied sie, schließlich sei ich aus dem Alter der Blumenkinder heraus und seit Jahren ein erwachsener Mensch. Was ich brauche, sei eine Pause. Ob ich ihr vielleicht sagen könne, was sie mit den vielen

Engagements anfangen solle, die sie für die nächsten Jahre für mich getätigt habe?

»Niemand singt die Passionen so wie Sie«, schmeichelte sie.

»Sang«, gab ich zur Antwort, »sang, Verehrteste.« Dass ich auf der Vergangenheitsform bestand, machte sie endgültig ärgerlich:

»Sie können doch nicht einfach aussteigen, denken Sie doch daran, was ich alles für Sie getan habe«, sagte sie.

»Weil Sie ständig hinter mir her waren, habe ich viel zu viel gesungen. Ich glaube, wir sind quitt.« Damit ging ich zur Türe, denn ich sah, dass sie mir meine traurige Wahrheit nicht glaubte.

»Wo kann ich Sie erreichen?« rief sie mir noch nach, es klang bitter.

»Sie können mich nicht erreichen. Dort, wo ich hinfahre, kann mich niemand erreichen, weil ich kein Telefon habe.« Ich war froh, als ich den Besuch hinter mir hatte.

Als Nächstes versuchte ich, meine Wohnungseinrichtung zu verkaufen, und schuftete den ganzen Tag, um das Zeug loszuwerden. Meine alten Bücher, an denen ich am meisten hing, verkaufte ich in einem Spezialgeschäft in der Rämistraße, und der Besitzer, dessen bevorzugter Kunde ich einmal gewesen war, machte mir einen anständigen Preis.

»Ich fürchte, Sie werden es bedauern«, meinte er.

»Das tue ich bereits«, antwortete ich, verbot mir aber, weiter darüber nachzudenken. Nur eins der Bücher behielt ich zurück, die *Metamorphosen* des Ovid in einer

Ausgabe von 1658, vom Format her waren sie so handlich, dass man sie auch auf eine Insel mitnehmen konnte. Außerdem schien mir der Titel eine gewisse Beziehung zu meiner gegenwärtigen Situation zu haben.

Am Ende stand ich in einer fast leeren Wohnung vor meinem Flügel. Nein, das ging nicht – mit ihm würde ich ein Stück von mir selbst verkaufen, denn seit meiner Konservatoriumszeit hatte ich mir so gut wie alles, was ich gesungen hatte, an ihm einstudiert. Aber gerade darum musste er weg, und so griff ich am nächsten Morgen entschlossen zum Hörer. Mit dem, was man mir für ihn bot, würde ich einen nicht geringen Teil der Arbeiten an meinem Haus bezahlen können.

Immerhin war ich vernünftig genug, nachzurechnen, wie weit ich mit meinem Geld kommen würde. Ich war kein reicher Mann, ich hatte viel verdient, aber auch viel ausgegeben. Für etwa drei Jahre würde es allenfalls reichen, sofern ich keine allzu großen Sprünge machte. Mit dem Haus hatte ich mich bereits sehr gefährlich engagiert, ich würde mir die Taschen zunähen müssen.

Innerhalb weniger Wochen hatte ich aus mir einen freien Mann gemacht. Meine Freunde kamen darin überein, dass ich den Verstand verloren hätte – am besten, man kam mir nicht zu nahe. Ich war ganz ihrer Meinung und stellte mein Telefon auf Auftragsdienst. Auf diese Weise war ich zwar nicht unsichtbar, aber doch praktisch unerreichbar geworden.

Wenn die von Möwen besetzten Boote auf der Limmat schaukelten, dachte ich stattdessen an die Bucht von Lindos. War das Wetter grau, und das war es ständig, denn wir steckten inzwischen tief im November, so zuckte ich nur die Achseln, denn in Gedanken sah ich die Farben Ocker, Weiß und Blau vor mir. Mit Entschlossenheit konstruierte ich mir eine neue Heimat.

Während ich die letzten Sachen aus meiner Wohnung räumte, wartete ich auf einen Anruf von Jorgo, der mir bestätigen sollte, dass das Haus tatsächlich zu kaufen sei – an etwas anderes konnte ich überhaupt nicht mehr denken. Es war wie ein Verliebtsein.

Endlich kam der Anruf. Jorgos Stimme klang wie tief unter Wasser, ich konnte förmlich das Meer zwischen uns rauschen hören. Und was er sagte, war wie Musik in meinen Ohren: Er erwartete mich, die Sache ging in Ordnung.

Als ich den Hörer auflegte, sah ich ihn vor mir, den kleinen Mann, wie er skeptisch an seiner Zigarette zog und die Augen dabei ein wenig zusammenkniff. Ich dachte an den Augenblick, als ich den Ort zum ersten Mal vor mir hatte liegen sehen, und etwas rührte mich an, als sei ich dort bereits zu Hause.

Bisher war es mir letzten Endes gleichgültig gewesen, wo ich wohnte, ob in Zürich, München, oder irgendwo in Frankreich – vorausgesetzt, dass es dort einen Konzertsaal oder ein Opernhaus gab. Heimat, das war für mich immer nur die Musik gewesen, ein Netz geknüpft aus Tönen und den mit ihnen verbundenen Erinnerungen.

Am Morgen meiner Abreise hob ich alles ab, was ich auf meinem Konto hatte.

»Wollen Sie die Bank wechseln?« fragte der Mann am Schalter, er kannte mich seit Jahren. »Ich hoffe, Sie wissen, was Sie tun.«

»Wissen Sie das immer?« Er blickte mich streng an: »Denken Sie denn nicht an die Zukunft?«

»Aber das tue ich ja gerade.« Er hielt mich für einen hoffnungslosen Fall, ich war eben ein Sänger.

Obwohl ich keinen großen Abschied wollte, bestand eine Freundin darauf, mich mit dem Wagen zum Flughafen zu bringen, wo ich sie dann auch prompt mit meiner Gleichgültigkeit und Ungeduld zum Weinen brachte. Ich aber stand daneben wie ein Stock und behielt meine Freude, behielt Griechenland eifersüchtig für mich und machte sie, die stets meinen Enthusiasmus geteilt hatte wie niemand sonst, mit meinem Schweigen hilflos. Einen Augenblick hätte ich fast vor ihrer Liebe kapituliert und wäre geblieben.

Aber dann war auch das endlich vorüber, und wie erlöst saß ich in der Maschine nach Athen. Die vergangenen Wochen glichen einem Ausverkauf meiner Vergangenheit, ich war Amok gelaufen. Unter mir dehnten sich inzwischen die schneebedeckten Alpenketten. Sonst hatte ich mich an ihnen nie satt sehen können, aber diesmal dauerte mir ihr Anblick viel zu lange. Ich konnte nicht erwarten, dass endlich die ersten griechischen Inseln erscheinen würden.

Ich trank griechischen Wein, studierte in meiner griechischen Grammatik und versuchte, die Stewardess auf Griechisch anzureden. Die aber hatte dafür nicht das Geringste übrig und antwortete mir konsequent und humorlos auf Englisch. Ich wusste selbst, dass ich lächerlich war, aber das waren Verliebte schließlich immer.

Auch das Umsteigen in Athen ging mir viel zu langsam. Gereizt betrachtete ich im Chaos des Flughafens mir gegenüber eine alte Frau, ganz in Schwarz, die mehr Geduld zu haben schien als ich und mit Ergebenheit auf den Flug zu ihrer Insel wartete.

»*Ipomoni*«, sagte sie, und meinem Wörterbuch zufolge hieß dies Geduld. Sie schüttelte lächelnd den Kopf, als ich immer wieder auf die Uhr sah. Das Wort, mit dem sie mich ermahnt hatte, sollte ich in Griechenland noch oft zu hören bekommen.

Ganze Sippen nahmen voneinander Abschied und lagen sich dabei bewegt in den Armen. Manche der jungen Frauen waren übermäßig geschminkt wie die Stars der Fünfzigerjahre. Die Männer, viele mit Schnauzbärten, standen etwas abseits beieinander und gaben sich lässig, während sie mit einer Kette aus bunten Glasperlen spielten.

Sie sahen etwas gefährlich aus, wie Piraten, die von ihrem früheren Geschäft auf etwas Zeitgemäßeres umgestiegen waren. Doch das störte mich nicht, auf diese Weise wusste man wenigstens, woran man war. Auch gaben sie sich ausgesprochen selbstbewusst, offenbar hielt man hier mit der guten Meinung, die man von sich hatte, nicht hinterm Berg. Und mit der schlechten, was tat man mit der? Vielleicht konnte ich da noch etwas lernen. Erneutes Gedränge, riesige Kartons und Koffer, die Griechen schienen mit ihrer gesamten Wohnungseinrichtung zu verreisen.

Aber dann war es endlich so weit. Mit einer kleineren Maschine flogen wir weiter durch die Nacht, wobei die Schwärze draußen meiner konzentrierten Erwartung glich. Eine Lichterkette, das musste Rhodos sein, das

Flugzeug kippte ab und flog, ehe es zur Landung ansetzte, noch einen weiten Bogen über dem Meer.

Als sich die Türe der Maschine öffnete, erkannte ich glücklich den Duft der Kiefern wieder – ja, es gab gar keinen Zweifel, das war sie, meine Insel. Vor dem Flughafen warteten Jorgo und Manolis, der Taxifahrer von Lindos, im Dunkeln auf mich, und mit meinem Aktenköfferchen in der Hand hatte ich einen Augenblick lang das Gefühl, ein Mafioso zu sein. Aber sie waren freundlich zu mir wie Brüder, die das verlorene Schaf nach Hause holten, schlugen mir ständig auf die Schulter, und erst später, kurz vor Lindos, fragte Jorgo:

»Hast du es?« Er meinte das Geld. Ich hatte es.

6

Auch in Lindos hatte die Jahreszeit gewechselt. Aber für mich, der ich aus dem Nebel und dem Regen kam, glich dieser Winter eher einem strahlenden, kalten Frühsommer. Wie aus Kristall waren jetzt die Farben, und überall schoss Grün hervor, wo vorher nichts als Dürre gewesen war. Der Wind blies vom Meer und mich fror erbärmlich, denn geheizt wurde hier nicht. Aber wenn ich mich beklagte, wiesen sie nur lachend hinauf zur Sonne.

Es tat mir gut, dass mich niemand fragte, warum ich eigentlich nicht dort sei, wo ich herkam. Nur Jorgo meinte einmal ganz beiläufig:

»Geht es eigentlich in der Schweiz auch ohne dich?«

»Ich nehme es an. Niemand ist unersetzlich.« Doch ich konnte sehen, dass er mit meiner Antwort nicht zufrieden war.

»Man muss aber schon dabeibleiben, sonst hauen sie einen übers Ohr«, sagte er. Darauf zog er an seiner Zigarette und sah mich zweifelnd an, fragte aber nicht weiter. Eines Tages musste ich ihm wohl doch die Wahrheit erzählen, oder zumindest eine griechische Version davon.

Ich hatte angefangen, mein holperiges Italienisch durch aufgeschnappte Brocken Griechisch zu ergänzen, was als Mittel der Verständigung zwar immer noch recht abenteuerlich war, aber für einfachere Fragen reichte es inzwischen aus:

»An dem Morgen, als ich hier ankam, bin ich in einem Hof – ich weiß nicht mehr welchem – einer Frau begegnet, einer irgendwie ungewöhnlichen Frau.« Jorgo nickte und kniff die Augen zusammen:

»Ich weiß, wen du meinst. Aber sie ist abgereist, und zwar mit ihm zusammen. Es sind Ausländer, miteinander sprechen sie Englisch, obwohl sie Französin ist. Aber mach dir keine Sorgen, sie kommen jedes Mal wieder. Ich glaube, sie mögen uns nicht besonders, man spürt es, wenn sie zusammen durchs Dorf gehen.« Dass dieses Gefühl vom Dorf erwidert wurde, war seinem Gesicht anzusehen. Aber offenbar schien ihn das Thema nicht sonderlich zu interessieren, denn er kam nie wieder darauf zurück.

Obwohl die Sonne schien, wurde es nicht gerade wärmer. Ich zog zwei Pullover übereinander und meine Windjacke an und ging spazieren, denn ich hatte nichts anderes zu tun. Noch hatten die Arbeiten an meinem Haus nicht begonnen, ja, es gehörte nicht einmal mir.

Am liebsten hockte ich mich unterhalb der Akropolis in den Windschatten. Tief unter mir rollte das Meer aufgebracht in riesigen Wellen in das Oval des Hafens, vom Sonnenlicht beschienen, hoben sich die Felsen kantig gegen das Tintenblau des Meeres ab. Die Boote hatte man an Land gezogen, denn es windete gewaltig. Ich dachte an Zürich – dort steckten sie jetzt garantiert im Nebel.

Manchmal regnete es auch hier. Zwar hatten wir Winter, aber trotzdem war ich nicht wenig enttäuscht – wie konnte es in Griechenland regnen? Doch waren es nur einzelne kurze, heftige Güsse, und sofort schien wieder die Sonne.

Genauso wie man eine große Sache zunächst von allen Seiten betrachtet, ehe man sie in Angriff nimmt, wartete ich einige Tage, bevor ich zur Akropolis hinaufstieg. Der Mann am Eingang hatte nicht eben viel zu tun, denn ich war der einzige Besucher, auch als ich an den nächsten Tagen wiederkam. Tatsächlich hatte ich den ganzen unerhörten Platz für mich ganz allein.

Es war gar keine Frage – sie waren schon hier gewesen, die Götter, ehe man ihnen die Altäre errichtet hatte. Meer, Licht und dieser Felsen, der wie ein großer Entschluss endgültig und absolut ins Meer abfiel, schienen ein Beweis ihrer Existenz zu sein. Es fand ein Austausch statt zwischen einem selbst und dieser Außerordentlichkeit, die alles zugleich war – Heiligtum und Inszenierung, Aufschwung und Ruhe, selbst die Transparenz des Lichtes und der Farben schien einbezogen in die große Architektur. Es war reines, klares C-Dur, ohne die geringste chromatische Trübung.

Die Säulen hatte man zum Teil wieder aufgerichtet, aber das störte mich nicht, denn auf diese Weise inspiriert ergänzte sich das Auge das Übrige. Eine palastartige Treppe führte geradewegs in den Himmel. Dort oben, etwas aus der Achse gerückt und überraschend zierlich, lag der Tempel der Athene. Ich setzte mich, mit dem Rücken gegen eine der Säulen lehnend, und dachte an die kluge, hilfreiche Göttin. Sie hätte mir auf die Finger sehen sollen, als ich das Maß verlor und zu fliegen anfing.

Bei der Fülle mythologischer Opern fand ich es

merkwürdig, dass keine von ihnen ihr allein gewidmet war. In Monteverdis *Il ritorno d'Ulysse in patria* spielte sie allerdings eine sehr wichtige Rolle. Immer wieder hatte mir meine Agentin den *Ulysse* angeboten, doch jedes Mal war etwas dazwischengekommen. Der Mythos erzählt von der sympathischen Göttin Athene stets als Beschützerin, als schlichtendem Freund, nie aber als einer großen Liebenden. Die Vernunft eignete sich offenbar weniger zum Opernsujet, vielleicht hatten die Komponisten die Tochter des Zeus deshalb so stiefmütterlich behandelt.

In Gedanken an sie stieg ich die vielen Stufen wieder hinunter ins Dorf, und nach so viel Unendlichkeit war ich froh um die Enge der Gassen. Trotzdem verbrachte ich die erste Zeit fast täglich einen Teil des Nachmittags dort oben, in Ovids *Metamorphosen* lesend. Aber oft legte ich mir mein Buch nur auf die Brust und schaute hinaus aufs Meer.

Diese ersten Wochen waren nicht immer leicht zu ertragen. Durch meinen Beruf hatte ich ständigen Kontakt zu anderen Musikern gehabt, Sänger sind keine Eremiten. Hier war ich plötzlich auf kolossale Weise mit mir allein. Es galt, sich an diese Einsamkeit zu gewöhnen, die ich keineswegs nur als romantisch empfand.

Auch hatte ich kein richtiges Zuhause, wohnte bei Jorgos Schwester in dem blau gestrichenen Zimmer, in dem ich auch meine erste Nacht in Lindos verbracht hatte. Und dieses Zimmer hatte es sozusagen in sich. Lag ich dort auf dem Bett, wanderten meine Gedanken unweigerlich zurück. Szenen tauchten auf aus meiner

Karriere, und ich wurde mir bewusst, dass ich mich nach der ständigen Erregung sehnte, in der ich einst gelebt hatte. Heute frage ich mich, wie ich diese plötzliche, totale Ruhe überhaupt aushalten konnte. Ich stellte mich ganz einfach tot, das war es, bis mich das Haus mit Beschlag belegte.

Selbst gegen das Entsetzen der letzten Wochen in München hatte ich mich abzuschotten gelernt. Gelangte ich mit meinen Beschwörungen an diese Stelle, hielt ich den Film an, der sich in meinem Kopf abspulte, schnitt ihn auseinander und behielt von ihm nur das zurück, was mit Catherine zu tun hatte. Auf diese Weise operierte ich mir ihr Bild aus der Katastrophe heraus.

Am liebsten sah ich sie in der Glyptothek, und in Gedanken führte ich die dortige Unterhaltung mit ihr weiter. Den obligaten Retsina gab es hier ja zur Genüge. Aber ich konnte trinken, so viel ich wollte, auch dann noch empörte sich etwas in mir, dass diese schönste aller Möglichkeiten sich als eine Unmöglichkeit erwiesen hatte. Wir hatten uns getrennt, weil sie nicht frei war, weder von ihrem Mann und ihren Kindern, noch von ihrem Beruf, ihrer Stimme.

Und weil andererseits ich keine Stimme mehr hatte, konnte es mit uns beiden nicht gut gehen. Sogar ich hatte dies schließlich einsehen müssen. Und doch, wenn ich an sie dachte, kamen mir plötzlich Zweifel, ob es tatsächlich richtig gewesen war, meine Zelte in Zürich mit solcher Konsequenz abzubrechen.

Dann war ich mutlos und fuhr, um etwas gegen meine Zweifel und das Gefühl der Einsamkeit zu tun, nach Rhodos, und suchte mir dort ein passables Hotel, in dem es nicht stürmte und in dem man nicht ständig nasse Füße hatte. Wo man an der Bar sitzen konnte oder in einem Bett liegen, das nicht klamm war, wie mein Bett in dem blau gestrichenen Zimmer hoch über der Bucht von Lindos.

Allerdings war die Versuchung, Catherine anzurufen, in Rhodos noch größer, denn auf der Bar des Hotels stand deutlich sichtbar ein Telefon. Ein Griff nach dem Hörer, und der Klang ihrer Stimme würde genügen, das ganze Unternehmen hier abzublasen. Aber ich nahm mich zusammen und redete mir ein, sie sei mit Sicherheit im Theater bei der Probe und könne, falls sie doch zu Hause wäre, nicht in der Weise mit mir reden, wie ich es mir wünschte.

Anstatt mit München zu telefonieren, kaufte ich mir ein Buch über die Johanniter, und setzte mich damit ins nächste Kafenion. Die Geschichte ihres Aufenthaltes auf der Insel, die sie seit Anfang des vierzehnten Jahrhunderts mehr als zweihundert Jahre als den äußersten Vorposten des christlichen Abendlandes verteidigt hatten, faszinierte mich derartig, dass ich darüber die Zeit vergaß.

Nun erst wurde mir der mittelalterliche Charakter der Stadt verständlich und damit der historische Hintergrund ihrer kolossalen Befestigungen, gegen die die Türken immer wieder umsonst angerannt waren, bis sich die Ritter schließlich doch, nach einer mörderischen und sich über Monate hinziehenden Belagerung 1522 Suleiman dem Prächtigen ergeben mussten.

Voller Bewunderung für ihre Tapferkeit machte ich mich am Nachmittag auf den Weg zu ihrem Hospital. Es war ein edler, sakraler Raum – man hatte eher den Eindruck, im Frankreich der Gotik zu sein als in Griechenland. In den Nischen zu beiden Seiten des lang gestreckten Saales hatten die Kranken in ihren Betten gelegen, und ich stellte mir vor, wie sie sich – ausgesetzt am letzten Stützpunkt der christlichen Welt – bemüht hatten, nicht zu sterben, ohne ihre Heimat wieder gesehen zu haben.

Bereits am nächsten Tag ging ich von neuem dorthin, der Raum hatte es mir angetan, und wieder war ich dort allein mit den imaginären Kranken, denn es war Winter, und so gab es kaum Touristen auf der Insel. Auch die Architektur der Ritter zeugte von ihrer Disziplin – keinerlei Schmuck, nur reine, strenge Form.

Auf dem Rückweg in mein Hotel kam ich am Büro der Olympic vorbei, und da es angefangen hatte zu regnen, trat ich ein. Während ich wartete, dass der Schauer vorüberging, sah ich mich um. Eins der Plakate warb mit einem Foto der Akropolis von Athen, ein anderes kleineres mit der ihre Sandale lösenden Nymphe des Niketempels. Ein Bild außerordentlicher Poesie, und ich konnte nicht aufhören, es zu betrachten, obwohl neben mir zwei Griechen lautstark einen Flug nach Zürich buchten. Das Gewand der Nike schien nicht aus Stein zu sein, der Wind – oder war es die Brandung des Meeres? – spielte mit seinen Falten. Auf der Herreise hatte ich es so eilig gehabt, dass ich von Athen außer dem Flughafen rein gar nichts gesehen hatte, diesen Fehler galt es zu korrigieren. Damit hatte ich einen guten Vorwand, fürs Erste von hier zu verschwinden. Ich trat an den Schalter und verlangte ein Ticket.

Als wir am nächsten Morgen von Rhodos abhoben, hatte ich dennoch ein schlechtes Gewissen. Was ich tat, war etwas feige. Hatte ich bereits genug vom Winter auf meiner einsamen Insel? Wollte ich umkehren, ehe mein griechisches Abenteuer überhaupt richtig begonnen hatte?

In Athen angekommen, fuhr ich, ohne mir erst lange ein Hotel zu suchen, vom Flughafen direkt zum Fuß der Akropolis. Das Wetter war klar und kalt. Dramatisch geballte, weiße Wolken zogen mit großer Geschwindigkeit an einem strahlend blauen Himmel dahin – die griechischen Farben.

Die hohen Stufen der Propyläen stieg ich hinauf zum Plateau der Akropolis. Und ich hatte Glück, denn ich war so gut wie allein. Der Sturm riss an mir und hätte mich fast umgeworfen, als ich durch das Trümmerfeld auf den Parthenon zuging. War er heute, wo er wie ein schadhaftes Gebiss in den aufgewühlten Himmel ragte, nicht am Ende noch eindrucksvoller als früher? Auch wollte mir der Gedanke an seine einstige bunte Bemalung nicht recht behagen. In seiner jetzigen Gestalt dagegen wirkte er wie ein kühner Entwurf, den man weiterdenken konnte.

Ich trat einen Schritt zurück und hielt Ausschau nach den wenigen, an ihrem ursprünglichen Platz verbliebenen Metopen. Da packte mich der Wind von neuem, und diesmal mit solcher Gewalt, dass ich das Gleichgewicht verlor und die Stufen hinunterstürzte.

Ich war so entgeistert, dass ich eine ganze Weile brauchte, bis ich mich wieder zusammengeklaubt hatte. Dass ich mir dabei vorkam wie der bestrafte *Phaeton*, war kein Wunder, denn auch ihn hatte ich einmal in Lullys Oper gesungen. Aber damals hatte ich mir die beziehungsreiche Fabel wohl nicht genügend zu Herzen genommen.

Ich muss sagen, dass dieser brutale Sturz meinen Enthusiasmus ganz erheblich dämpfte – ich fühlte mich gemaßregelt. Seit der Katastrophe in München war mein Selbstgefühl nur allzu leicht zu beschädigen. Verstimmt ging ich zurück zum Niketempel und suchte an seiner Basis nach der Nymphe mit dem Gewand aus schäumender Brandung. Aber an keiner der drei Seiten konnte ich sie finden.

Auch dies nahm ich unter den gegebenen Umständen natürlich persönlich übel, anstatt nachzudenken und im Akropolis-Museum nachzusehen, wo die Nymphe auf mich gewartet hätte. Ich haderte mit mir selbst – warum war ich nicht in Rhodos geblieben. Unten in der Plaka setzte ich mich ins nächste Kafenion und bestellte mir einen Retsina. Aber diesmal schmeckte er mir noch weniger als in München, was daran lag, dass Catherine nun nicht dabei war.

Dieser Vormittag mit ihr in der Glyptothek, noch vor den bösen Erfahrungen, die mein Leben verändern sollten, wollte mir nicht aus dem Kopf. Ich war mir ganz sicher, dass ich den Absturz in München nur deshalb überleben konnte, weil sich durch Catherine einen Augenblick lang in meinem Leben eine neue Türe aufgetan hatte. Allein aber weckte der Retsina nur eine Erinnerung, die schmerzlich war. Nach ein paar Schlucken ließ ich ihn stehen und machte mich auf die Suche nach einem Hotel.

Dabei kam ich an dem zierlichen Turm der Winde vorüber. In einem Fries hoch oben unter seinem Dach fand ich neben Älous und Zephyros auch den grimmigen Boreas abgebildet, einen bösartigen Nordwind. Ohne Zweifel war er es, den ich auf den Stufen des Parthenon zu spüren bekommen hatte. Dadurch, dass mich der Zufall ausgerechnet hier vorüberführte, erhielt mein Erlebnis vom Vormittag direkt etwas Stimmiges. Durch meinen Sturz verunsichert, witterte ich überall des Schicksals warnenden Finger.

In der Halle des Hotels, in dem ich mir schließlich ein Zimmer nahm, vertiefte ich mich zunächst einmal in die *Neue Zürcher Zeitung*. Dies war zweifellos eine Art Fluchtversuch, aber für den Augenblick hatte ich genug von Griechenland und seinen Mythen. Ich studierte sogar mit einem gewissen Genuss die Zürcher Lokalnachrichten. Auf einem Foto lächelte kernig und Vertrauen heischend der Stadtpräsident und versprach, für mehr Ordnung zu sorgen. Ich gebe zu, dass ich dies direkt beruhigend fand. Aber dann besann ich mich, ließ meine Zeitung wieder sinken und war froh, dass Zürich weit fort war und ich in Griechenland.

Da fiel mein Blick auf ein Plakat der Athener Oper – so etwas hatten sie hier also auch. Nach meiner insularen Einsamkeit überraschte mich dieses andere, moderne Griechenland. Man gab die *Bohème*, und ohne weiter nachzudenken, besorgte ich mir an der Rezeption eine Eintrittskarte. Doch als ich sie bezahlt hatte, riss ich sie langsam und sorgfältig in kleine Stücke – nein, dem würde ich mich nicht aussetzen, das war für alle Zeiten vorbei.

Entschieden erfolgreicher verlief mein Besuch in einem Antiquitätengeschäft am Rande der Plaka. Der Besitzer schien hoch erfreut mich zu sehen, denn während der Wintermonate waren Touristen wie gesagt eine Rarität.

Der Mann drängte sich nicht auf, er stand nur da und wartete. Er schien darauf zu vertrauen, dass das, was er zu verkaufen hatte, bereits verlockend genug war. Und er hatte Recht, auch waren die Voraussetzungen für einen Kauf durch meinen Sturz am Morgen besonders günstig. Ich brauchte eine Kompensation, denn so leicht ließ ich mir die Zügel nicht aus der Hand nehmen.

Was mir sogleich ins Auge stach, war eine Ikone größeren Formats und eine mächtige Truhe, beide wie geschaffen für meine lindische Sala. Auch Eremiten brauchen unter besonderen Umständen ein passendes Dekor.

Der Besitzer des Ladens, ein älterer Herr, machte seine Sache ganz ausgezeichnet, denn er sprach leise, ja, er flüsterte seine Erklärungen wie die Schlange im Paradies, was die Objekte, die er zu verkaufen hatte, noch erstrebenswerter machte. Immer wieder machte er eine Pause, um meinen Gefühlen Zeit zu geben, sich seinen Wünschen entsprechend zu entwickeln.

Aber im Grunde genommen war ich längst einverstanden. Allerdings fuhr ich zusammen, als er mir den Preis für beide Stücke nannte – vom Erlös meines Flügels würde danach nicht mehr viel übrig bleiben. Aber aus Opposition gegen meine Maßregelung am Vormittag sagte ich ja, ohne erst lange zu handeln. Da war er wieder, mein sträflicher Leichtsinn, und ich muss sagen – ich genoss ihn sehr.

Die große Truhe versprach mir der Händler zu schicken. Die Ikone dagegen wollte ich lieber gleich selbst mit nach Rhodos nehmen, obgleich sie so sperrig war.

Im Flugzeug dann nahm sie zwei ganze Sitze in Anspruch, aber da auch die anderen Passagiere mit riesigen Paketen und Taschen unterwegs waren, fiel es nicht weiter auf. Verschwitzt sank ich schließlich in meinem Sitz, denn die Ikone war mächtig schwer gewesen. Als wir gerade starten wollten, erschien noch ein verspäteter Passagier – ein kleiner Herr, bärtig, die Lesebrille an einer Kette vor sich auf der Brust. Ohne Zweifel ein Intellektueller, ein Psychiater vielleicht. Mit einem höflichen »Sie gestatten« nahm er neben mir Platz.

Während des Fluges las er in einer französischen Musikzeitschrift. Ich hatte lange keine mehr gesehen, und so konnte ich nicht anders, als ebenfalls vorsichtig in sie hineinzuspähen. Nach einer Weile bot er sie mir an, keineswegs irritiert, sondern durchaus freundlich. Den müsste man sich nach Lindos locken, dachte ich spontan, an meine ständige Einsamkeit über dem Meer denkend, an meine bisher standhaft geleugnete Langweile. Man könnte einander durch Gespräche die Zeit vertreiben und dazu Ouzo trinken. Aber beim Aussteigen in Rhodos war ich derart mit meiner Ikone beschäftigt, dass ich den Fremden aus den Augen verlor.

Als ich in Lindos ankam, lobte mich Jorgo für meinen Kauf. Ich erzählte ihm, dass es sich um eine griechische Ikone aus Mazedonien handle, worauf er sie mit besonderem Interesse betrachtete. Dabei kniff er die Augen zusammen und rauchte auf seine elegante Weise. Schließlich fuhr er sich durch seine grauen Stoppelhaare, sah mich an und nickte zustimmend. Ich hatte den Eindruck, dass ich in seiner Achtung gestiegen war.

Darauf half er mir, einen Haken in die Rückwand der Sala zu schlagen, um die Ikone dort probeweise aufzuhängen. Dies getan, hockten wir uns vor sie auf den Boden, und trotz des sie umgebenden Chaos erwies sie sich wie geschaffen für diesen Platz.

Die Krise war vorüber, ich hatte sie auf meine Weise bewältigt – allerdings war das Unternehmen ganz gewaltig ausgeufert.

7

Nun saß ich wieder jeden Nachmittag gegen eine der Säulen des kleinen Athenatempels gelehnt auf der lindischen Akropolis. Sie war mir lieber als die größere, berühmtere, schon allein deswegen, weil sie direkt aus dem Meer aufstieg. Als ich von neuem die flachen, mit schwarzen und weißen Kieseln ausgelegten Stufen zu ihr heraufgestiegen war, überkam mich das Gefühl, dass ich anfing, hier Wurzeln zu schlagen.

Es war nur zu offensichtlich – ich hatte ausreißen wollen, zurück zu Catherine. Mit meinem Besuch in Athen war ich bereits auf halbem Wege gewesen. Ja, um ganz ehrlich zu sein, am Empfang des Hotels hatte ich mir sogar die Abflugszeiten der Olympic nach München geben lassen. Aber dann hatte der Sturm auf den Stufen des Parthenon die Sache für mich anders entschieden, und zwar zu Gunsten von Lindos. Dies redete ich mir jedenfalls ein.

Alle Zweifel darüber, wie die Sache weitergehen solle, lösten sich endgültig auf in dem doppelten Horizont aus Rosa und Perlmutt, zu dem sich hier Meer und Himmel jeden Abend aufs Neue vereinigten. Sonntags war die Akropolis geschlossen – dann fehlte mir etwas.

Seit meiner Rückkehr aus Athen hatte mich Jorgo endgültig adoptiert. Ich aß sogar bei ihm und seiner Familie zu Mittag, da es in dem einzigen Kafenion, das den

Winter über geöffnet war, nichts zu essen gab. Ich könnte nicht sagen, dass es bei ihm zu Hause immer besonders zivilisiert zugegangen wäre. Daphni, Jorgos Frau, entsprach nur sehr bedingt ihrem schönen Namen, denn im Gegensatz zu ihrem zierlichen, schweigsamen Mann gab sie sich ausgesprochen geräuschvoll.

Von Zeit zu Zeit verschaffte uns Jorgo daher beim Essen Ruhe, indem er ebenfalls lauthals losbrüllte, was aber in Anbetracht seiner sonstigen Zurückhaltung nur komisch wirkte. Immerhin hatten wir dann für eine Weile Ruhe, während Jorgo verächtlich an seinem Essen kaute und den Teller, wenn er fertig war, mit allen Zeichen des Widerwillens von sich schob. Sie gingen rau miteinander um, Jorgo und seine Frau, aber dass Daphni ihren zierlichen Jorgo, der einen Kopf kleiner war als sie, dennoch liebte, darüber gab es keinen Zweifel.

Später erfuhr ich von Jorgos ältestem Sohn, dass der kleine Mann früher gehörig hinter den Frauen her gewesen sei. Aber auch in diesem Punkt war Jorgo die Diskretion selbst, denn mir hat er nie von seinen Abenteuern erzählt.

Auch bei grauem Wetter, wenn die Wolken trieben, stieg ich hinauf zur Akropolis. Dann war es urzeitlich dort oben, und die Ruinen der Tempel sahen aus wie die Requisiten einer abgebrochenen Theatervorstellung. Einmal kam ich dabei in den Regen. Um sein Ende abzuwarten, kroch ich in eins der verfallenen Magazine. Aber die Zeit wurde mir lang, denn es schüttete in einem fort, bis sich das oberste Plateau in einen See verwandelt hatte, in dem sich die Tempelsäulen zitternd spiegelten.

Nun glich die Welt in nichts mehr der Antike Winckelmanns. Dass auch hier einst alles bunt bemalt gewesen war, wollte mir bei solchem Wetter schon eher in den Kopf. Es brach mit dem Ästhetischen und verfremdete das edel Distanzierte ins Barbarische. Auch Tieropfer konnte ich mir, wenn es rings um mich tobte, durchaus vorstellen. Als es aufgehört hatte zu schütten, erschien am Eingang meines Unterschlupfes Jorgo.

»Ich wusste, dass ich dich hier oben finden würde, aber vielleicht solltest du dies hier doch besser überziehen«, sagte er und reichte mir eine Ölhaut herein. Dazu lächelte er, und das tat er nur selten. Ein wenig gehörte ich also schon zu ihnen, und dieses Gefühl brauchte ich mehr als alles andere. Ich kroch aus meinem Versteck heraus, Jorgo war indessen an die Mauerbrüstung getreten und schaute hinab in den Paulushafen. Ich stellte mich neben ihn – unter uns in der Tiefe kochte das Meer.

Große Vergangenheit, wohin man nur blickte. Hier war Paulus mit dem Schiff gelandet, um den Rhodern das Evangelium zu bringen, der große Bekehrte und Reisende für das Wort Gottes. Recht und schlecht versuchte ich, das, was ich gerade gedacht hatte, Jorgo zu erklären, aber er nickte nur, offenbar erzählte ich ihm nichts Neues. Von hier oben sah die Insel selbst aus wie ein riesiges Schiff.

Außerhalb der Befestigungen blieben wir vor einem in den Fels gehauenen Heck eines antiken Kriegsschiffes stehen. Für mich ist es immer das Schiff des Odysseus geblieben, obwohl eine Inschrift besagt, dass es sich dabei um eine Weihegabe der Linder für einen Seesieg handelt. Mein Reiseführer wollte sogar wissen, es sei ein Werk des Pythokritos, der wir auch die Nike von Samothrake verdanken.

Auch sie hätte glücklicher hier gestanden, unter dem sturmgepeitschten, griechischen Himmel, dachte ich, als in dem staubigen Aufgang des Louvre, wo sie nur eine Antiquität unter vielen anderen war.

Jorgo und ich stiegen weiter die Treppen hinab. Die Zinnen der Mauern wirkten unfreundlich und fremd. Was mochten die Einheimischen wohl von diesen Rittern gedacht haben, mit ihren hohen Idealen und ihrer kolossalen Selbstachtung, wenn sie waffenstarrend über die Insel gezogen waren? Ob sie sie bewundert oder lächerlich gefunden hatten? Aber vielleicht waren die Rhodeser auch damals schon so tolerant gewesen wie heute gegen mich, und hatten sich nur ihr Teil gedacht.

»Du hättest dir die Akropolis kaufen sollen, wo du sie so gerne hast«, sagte Jorgo, als wir wieder unten im Dorf ankamen, »dann hätten wir die nächsten Jahre etwas zu restaurieren gehabt.«

»Ich glaube, als Ruine gefällt sie mir besser.«

Unvermutet gab es mit »meinem« Haus Schwierigkeiten. Zwar gehörte es tatsächlich einer einzigen Frau und nicht, wie es meistens der Fall war, mehreren Griechen zusammen, die irgendwo in Australien oder Amerika lebten und daher nur schwer auffindbar waren – nein, es gehörte der dicken Tsambika ganz allein. Sie war eine herzensgute Frau, aber nun, kurz vor der Unterschrift des Vertrages, dachte sie ans Geschäft, was man ihr im Prinzip auch nicht verargen konnte. Allerdings schien sie jede Nacht weitere Nullen zu träumen, wodurch die Sache immer teurer wurde.

Beunruhigt wanderten wir, Jorgo und ich, Tag für Tag über den Berg, um Tsambika zu besuchen und wurden, das konnte man sehen, nicht ungern empfangen. Sie wohnte in einem kleinen Häuschen in der nächsten Bucht, umgeben von ihren Tomaten und Auberginen, die auf erfinderische Weise von Janis, ihrem Mann, bewässert wurden.

Es gab *metrio*, dazu kandierte Früchte in Sirup, so unvorstellbar süß, dass man davon Zahnweh bekam und das Ganze am besten mit viel Wasser hinunterspülte. Dazu musste man Tsambikas Wehklagen über sich ergehen lassen, über Rheumatismus, dicke Füße und hohes Alter. Am allertraurigsten aber erschien ihr der erst gestern vereinbarte Preis. Ich hatte eher den Eindruck, der Schänder ihrer Tochter als der Käufer ihres Hauses zu sein, und hielt mich daher lieber an Janis, der zu den Jeremiaden seiner Frau nur lachend die Zähne zeigte.

Aber allmählich wurde uns die Sache lästig. Nach weiterem Verhandeln, nach unzähligen weiteren Kaffees und Konfitüren packten wir die Widerstrebende schließlich in ein Auto und fuhren mit ihr nach Rhodos zum Notar. Bis zum letzten Augenblick bangte ich, ob sie tatsächlich unterschreiben würde. Aber das konnte sie gar nicht, sie machte stattdessen einfach ein Kreuz, und damit gehörte das Haus mir.

8

In den tiefer liegenden Gärten blühten die Orangen, und ihr Duft überschwemmte die Platea, wenn Jorgo und ich im Kafenion saßen und uns besprachen. Denn wir hatten angefangen zu bauen, und seitdem gab es überhaupt keine Zeit mehr, an etwas anderes zu denken.

Zuerst mussten die Ziegen vertrieben werden, und auch der einsame Esel bekam ein neues Logis in der Ruine nebenan. Jorgo hatte zehn Männer engagiert, darunter einen Steinmetz, und sie begannen an allen Ecken gleichzeitig. Berge von Schutt wurden weggeräumt, und mit jedem Hammerschlag trat unter dem Verputz ein wenig mehr von dem schönen Stein der Fassade zu Tage. Stützbalken wurden in die Decke der Sala eingezogen, die dazu durch Gerüste gehoben werden musste, und langsam verwandelte sich der Eselsstall, den ich gekauft hatte, zurück in das Haus von einst.

Seitdem die Tiere aus der Sala verschwunden waren, wirkte sie noch bedeutend größer, aber der blaue Lichtfleck, der mit der Sonne am Boden wanderte, war dadurch nur desto auffälliger geworden. Ich holte Jorgo und wies nach oben auf das kleine Fenster – sein blaues Glas störe mich, er solle es herausschlagen.

»*Jiati?*« fragte er, »warum?« Weil ich es so haben wollte, es war undenkbar, mit diesem ständig wandernden Schatten zusammen im Haus zu leben. Doch diesmal schien Jorgo ganz und gar nicht einverstanden.

»Bist du sicher?« Ja, das war ich. Aber er schüttelte nur verständnislos den Kopf, sein ganzes Gesicht drückte Ablehnung aus. Da legte er, als wisse er sich keinen anderen Rat, mir die Sache zu erklären, den Zeigefinger an sein rechtes Augenlid und zog es langsam ganz tief herunter, bis das Weiße seines Augapfels mich fremd und böse anstarrte. Nun begriff ich endlich – das blaue Fenster schützte gegen den bösen Blick. Doch da war es bereits zu spät, Jorgo hatte eine Leiter angestellt und holte aus. In einer Wolke von Staub krachte das Fenster zu Boden. Als sich der Dunst verzogen hatte, stieg er herunter, bückte sich, hob einen der blauen Splitter auf und gab ihn mir in die Hand:

»Heb ihn auf«, sagte er, »man kann nie wissen.« Darauf blickten wir schweigend zu dem leeren Fensterrahmen hinauf, durch den der blaue Himmel hereingrinste. Zum ersten Mal fühlte ich mich als der Fremde, der von nichts etwas verstand.

Irritiert trat ich hinaus in den Hof. An diesem Ort schienen sich alle Empfindungen wie durch ein Brennglas zu verstärken, die angenehmen ebenso wie die beunruhigenden. Nirgendwo konnte man glücklicher sein als hier, aber auch nirgends einsamer und verlassener, wenn das Meer mit Urgewalt um die Felsen der Akropolis tobte. Dann musste man ein Haus haben wie dieses, um sich gegen die Brutalität des Elementaren zu schützen, sonst kam man sich abhanden.

Überall waren sie bei der Arbeit, es war ein Vergnügen, der Verwandlung zuzusehen. Die zehn Männer hatten zwanzig Hände, und es hämmerte und klopfte an allen Ecken gleichzeitig. Jorgo wich seiner Mannschaft nicht von der Seite, saß in der Hocke mitten unter ihnen im Hof, maß, zeichnete, korrigierte und rauchte dabei auf seine elegante Weise, die Zigarette mit Daumen und Zeigefinger in Mundhöhe haltend.

Dabei achtete er darauf, dass nicht nur einer arbeitete, während die anderen zuschauten und gute Ratschläge gaben. Stellte auch ich mich zu ihnen, so versuchten sie vorsichtig, mich loszuwerden, und fragten zum Beispiel, ob ich nicht lieber hinunter ans Meer gehen wolle. Oft tat ich ihnen den Gefallen, denn ich wusste, es ging durchaus auch ohne mich.

In diesem ersten Winter in Griechenland entdeckte ich die Natur und mit der Natur das Spazierengehen. In meiner Kindheit hatte mein Vater es so gründlich verstanden, daraus eine von mir gefürchtete Pflichtübung zu machen, dass ich später zwar mit Vergnügen die Beschreibung eines Spaziergangs in einem Roman von Jane Austen gelesen habe, nie aber auf die Idee gekommen wäre, auch selbst spazieren zu gehen. Bislang hatte mich die Natur immer nur durch das Medium der Kunst interessiert, wenn sie beschrieben, gemalt oder komponiert wurde. Das Original hatte ich darüber kaum wahrgenommen.

Hier unter griechischem Himmel war das alles plötzlich ganz anders. Lag es daran, dass in die Landschaft die sich ständig verändernde Fläche des Meeres mit einbezogen war, mit ihren Farben Türkis und Kobaltblau? Ich wurde nicht müde, am Strand entlangzuwandern oder im Geröll eines Flussbettes tiefer hinein ins Land.

An anderen Tagen wieder stieg ich hinauf in die Berge oberhalb des Ortes und beobachtete von dort, wie sich durch das Ziehen der Wolken die Schatten auf den Felsen ständig veränderten. Immer aber und von überall her sah man das Meer, und ich begriff – hier war das Wasser das tragende Element und nicht die Erde, was diesem Land etwas Schwebendes, Irreales gab.

Doch meistens trieb es mich bald wieder nach Hause zurück, denn im Grunde genommen hatte ich nichts anderes im Kopf als mein Haus, und spazieren ging ich eigentlich nur, damit die Männer nicht den Eindruck hatten, ich mache den Aufpasser.

Das besorgte Jorgo für uns beide, und nichts entging seiner Aufmerksamkeit. Waren etwa die Mosaikkiesel nicht sorgfältig eingesetzt, so zog er einen der Steine aus dem Zementbett heraus und hielt ihn mit dem Ausdruck des Bedauerns an zwei Fingern gegen das Sonnenlicht, worauf er ihn viel sagend wieder fallen ließ.

»*Ine en daxi afto* – nennt ihr das etwa in Ordnung?« Er hatte eine sanfte Art zu fragen, die irritierender war als der härteste Verweis, und für eine Weile herrschte danach betretenes Schweigen, worauf sich alles wieder mit doppeltem Eifer auf die Arbeit stürzte.

Ich, der Spaziergänger, hatte in solchen Augenblicken ein schlechtes Gewissen, was aber nicht unbedingt nötig gewesen wäre, denn trotz aller Anfeuerung übertrieben sie es nicht mit der Arbeit. Dennoch bestellte ich als Ausgleich dann jedes Mal Kaffee und Metaxa für die gesamte Belegschaft – auf diese Weise hielten Belohnung und Tadel einander die Waage.

9

War ich tatsächlich erst seit ein paar Monaten auf dieser Insel? Das tiefblaue Meer, auf das ich täglich blickte, musste der Fluss Lethe sein, so gründlich hatte ich alles vergessen. Und dachte ich trotzdem einmal zurück, reagierte ich anders als früher. Der Schmerz war einem Bedauern gewichen – das, was seinerzeit in München geschehen war, besaß nur noch relative Bedeutung für mich. Von Bedeutung war einzig und allein dieses Haus und seine Wiederauferstehung, als habe es eine Stunde null in meinem Leben gegeben, in dem Augenblick, als ich diesen Ort zum ersten Mal betrat.

Das war ganz und gar ungeheuerlich angesichts des Stellenwertes, den die Musik und meine Stimme in meinem bisherigen Leben eingenommen hatten. War es die ständige Helligkeit, war es der Wind vom Meer, die einen ausbleichten und ausbliesen, bis man leer und ohne Gedächtnis war, wie eines der Muschelhörner am Strand?

Es waren, das merkte ich bald, auch die Menschen hier, die diese Veränderung bewirkten. Sie waren vollkommen verschieden von denen, die ich bislang gekannt hatte. Sie hatten nie etwas von Mozart oder Schubert gehört, nichts von Opern des Barock oder von Bachkantaten, aber das war mir gerade recht. Auf diese Weise entstand in mir, wenn man so will, ein Vakuum, das sich zwangsläufig mit anderen Dingen füllen musste.

Für die sprichwörtliche Gastfreundschaft der Griechen waren die Leute im Dorf ein überzeugendes Beispiel. Sie überboten einander geradezu in dieser Tugend, und meistens kam ich gar nicht sehr weit auf meinen Spaziergängen durch den Ort, denn ich wurde eingeladen, mich zu ihnen zu setzen, wurde mit Kaffee bewirtet oder auch mit Ouzo und musste erzählen. Ich fand sie offen und arglos, dabei höchst originell und voller Instinkt. Und was mich entzückte – die meisten von ihnen schienen überzeugte Optimisten zu sein. Vielleicht war der Grund dafür das ständig schöne Wetter.

Natürlich gab es auch andere, weniger erfreuliche Dorfbewohner, solche, die versuchten, einen übers Ohr zu hauen, die düsteren, verschlagenen, wie zum Beispiel der besonders unsympathische, dicke Stavros, ein Zuträger, der sich ständig uneingeladen überall herumdrückte und alles gleich der Polizei weitergab. Doch das waren Ausnahmen.

Ausländer sah ich während dieses ersten Winters keine, mit Ausnahme eines Österreichers, der so ausgezeichnet Griechisch sprach, dass ich ihn anfangs für einen Mann aus dem Dorf hielt. Er trug eine sehr starke Brille, deren Gläser seinen Augen etwas Starrendes gaben. Die Dörfler nannten ihn denn auch *Kukuvagia*, die Eule – aber nicht allein seiner Brille wegen, sondern weil er grundsätzlich und bei jeder Gelegenheit kommendes Unglück an die Wand malte.

Auch bei mir führte er sich durch eine Warnung ein – ich müsse mich vorsehen, sagte er, beim ersten großen Regen werde die Außenmauer meines Hofes einstürzen, er betrachte sie bereits seit geraumer Zeit mit Sorge. Er hatte einen wehen Zug um den Mund, und inmitten der gut gelaunten Griechen wirkte er wie ein Sack Unheil. Sommers wie winters trug er eine kleine Wollmütze, aber offenbar ohne Erfolg, denn er war ständig erkältet. Ich beschloss, ihm in Zukunft aus dem Weg zu gehen.

Vermutlich war man mir auch deshalb im Dorf so wohlgesonnen, weil ich eine Abwechslung bedeutete. Schließlich hatten wir Winter, außerdem gab es auf der Insel noch kein Fernsehen. Man hockte also beieinander und unterhielt sich – über Politik, über Strom und Wasser, die noch in diesem Jahr in unser Dorf verlegt werden sollten.

Denkt man an die hochsommerlichen Temperaturen Griechenlands, lässt sich ermessen, was dies bedeutete. Noch immer holte man das Wasser in tönernen Krügen auf Eseln an dem lautlos fließenden Brunnen auf der Platea. Dass dieser Archaismus bald darauf aus dem Bild des Dorfes verschwand, fand ich, bei aller gewonnenen Bequemlichkeit, eigentlich schade.

Auch dass ich ein Haus baute, machte mich für die Leute aus dem Dorf natürlich interessant, Ende der Sechzigerjahre taten das nur wenige. Ich brachte Arbeit ins Dorf und damit Geld. Ob ich Musiker war oder gewesen war, darum scherte sich hier niemand. Trotzdem hatte ich es eines Tages Jorgo erzählt – nicht gerade meinen Absturz in München, aber immerhin, dass ich an der Oper gesungen hatte. Denn von irgendetwas musste ich ja gelebt haben, ehe ich hier an Land ging. Er wiegte den Kopf und zog dabei pfeifend die Luft ein, offenbar gefiel ihm der Gedanke.

Seitdem wurde ich im Dorf für meinen Beruf gelobt, den man schön und ungewöhnlich fand. Ansonsten aber verschonte man mich mit Fragen, die Griechen sind in der Regel taktvolle Leute. Wahrscheinlich interessierten sie sich aber ganz einfach mehr für ihre Boote und das Fischen, schließlich war das ihr Leben.

Dennoch freute man sich, wenn ich bei meinen Spaziergängen durchs Dorf stehen blieb, um zu schwatzen, was ich bald auch auf Griechisch ein wenig besser konnte. Da alles in dieser für mich so neuen Welt vollkommen anderen Gesetzen gehorchte, verblasste mein bisheriges Leben wie eine Postkarte an der Sonne.

Es war ein Vergnügen, Philippi bei der Arbeit zuzuschauen. Philippi war der Schreiner, ein alter, sanfter Mann mit dem fragenden Gesichtsausdruck der Schwerhörigen. Seine Arbeit zeugte von höchster Sorgfalt, und doch besaß er nicht einmal eine elektrische Säge. Eilig haben durfte man es allerdings nicht, denn Philippi ließ sich nicht drängen. Noch immer verwendete er die schönen, traditionellen Muster, und aus den Hunderten von Brettern, die sich in seiner Werkstatt stapelten, wurden am Ende Fensterläden, Schränke und eine ganze Galerie für meine Sala.

Aber auch ein Holzgitter für die Öffnung, in der das fatale, blaue Mosaik gesessen hatte, war darunter. Als er auf die Leiter stieg, um es einzusetzen, murmelte er etwas Abschätziges und schaute vorwurfsvoll zu mir herüber. Auch in diesem Fall zog ich es vor, spazieren zu gehen.

Betrachtete Philippi seine Arbeit, bekamen seine Augen einen zärtlichen Ausdruck, als sei er verliebt. Nachdem er sich ausgiebig gelobt hatte – er redete viel mit sich selbst und pflegte dabei von sich selbst in der dritten Person zu sprechen –, nahm er meine Finger und führte sie sacht über die Fugen im Holz. Aber diese waren nicht zu spüren, so seidenweich hatte er sie geschliffen, und am sanften Druck seiner Hand fühlte ich, dass er stolz auf sich war.

An nervöseren Tagen konnte mich Philippis Bedächtigkeit allerdings zur Verzweiflung treiben. Bestand das Leben denn nicht auch aus Erregung, aus gegenseitiger Inspiration, meinetwegen auch aus irgendwelchen Verrücktheiten, und nicht nur aus ständiger Ruhe und vorsichtiger Planung? Wäre ich so vorgegangen wie er, hätte ich mir gewiss nicht den Hals gebrochen, aber ich hätte auch nie erfahren, was es heißt, alles aufs Spiel zu setzen und im gleichen Atemzug alles zu gewinnen.

Wie seinerzeit in Marseille, wo ich von heute auf morgen für einen berühmten Kollegen in einer Barock-Oper eingesprungen war. Draußen im Zuschauerraum war zunächst nichts als Skepsis zu spüren gewesen, bis ich beim Singen halsbrecherischer Koloraturen plötzlich fühlte, dass ich das Publikum gewonnen hatte und jeder auf meiner Seite war. Es glich einem Austausch von Energie, ja die Begeisterung der anderen trug mich in einem Maße, dass ich während meiner Schlusskadenz vollkommen überzeugt war, mit meinem hohen Cis am Ende müsse sich der Plafond des Theaters heben, und ich selbst flöge hinaus in den nächtlichen, mediterranen Himmel.

Philippi brauchte dergleichen nicht, seine Risiken

hielten sich im Rahmen des Überschaubaren. Er sah seinen Erfolg greifbar vor sich, solide wie das Holz, das er bearbeitete. Ich liebte den alten Philippi – und doch, an manchen Tagen, sehnte ich mich zurück auf ein gefährlicheres Terrain.

Die Monate vergingen, und ich lernte zu warten und Geduld zu haben. Inzwischen hatte die Fassade ihre einstige Gestalt wiedererlangt. Nachdem sie seit Generationen weiß übertüncht gewesen war, konnte ihr schöner Stein nun wieder atmen, und ihre Verwandlung war ebenso staunenswert wie die der Mosaiken im Hof.

Immer, wenn ich sie betrachtete, wurde ich an die Frau mit den Bougainvilleen erinnert, auch in ihrem Hof hatte ich auf einem Kieselmosaik gestanden. Selbst über dem Abenteuer, das der Bau meines Hauses für mich bedeutete, hatte ich die Begegnung mit ihr nicht vergessen. Dachte ich an sie, so geriet meine Phantasie in hellste Bewegung und mir war, als hätten wir uns nicht zufällig getroffen.

Jorgo hatte mir ihr Haus gezeigt, tatsächlich lag es kaum fünfzig Schritte von dem meinen entfernt. Eines Tages stand sein Tor wiederum offen, als ich vorüberging, auch die Bougainvilleen blühten so üppig wie damals. Eine alte Frau war damit beschäftigt, den Hof zu fegen. »*Efigane akoma mia fora*, sie sind wieder einmal abgereist«, antwortete sie bedauernd auf meine Frage.

Auch ich bedauerte es. Als sich Daphni darauf beim Mittagsmahl besonders derb und geräuschvoll benahm, führte ich aus Selbstschutz ein imaginäres Gespräch mit der Unbekannten. Während ich finster weiteraß, beschloss ich, Daphni am Ende der Mahlzeit sterben zu lassen, so sehr zerrte mir ihr Gezeter an den Nerven – was undankbar und auch unvernünftig von mir war, schließlich ernährte sie mich ja.

Die Frau in den Bougainvilleen dagegen hatte eine höchst melodiöse Sprechstimme gehabt. Auch wenn sie nur einen einzigen Satz zu mir gesagt hatte, glaubte ich mich doch genau an ihren Klang zu erinnern – er hatte gelockt, verführt.

Von nun an ging ich anstatt durch die Hauptstraße an dem schweigenden Haus vorbei, und dachte dabei über die Unbekannte nach. Warum lebte sie hier, warum reiste sie ständig ab und kam doch immer wieder? Aber meine Neugier erhielt keine neue Nahrung, und so ließ ich die Sache nach einiger Zeit wieder auf sich beruhen.

Heute sage ich mir, dass mein Interesse an der Person der Unbekannten das erste Anzeichen einer Besserung war – ich klammerte nicht mehr grundsätzlich aus, was mich an die Welt erinnerte, aus der ich kam.

Was mein Haus anbelangte, so schienen sich die Dinge nun plötzlich zu überstürzen, und die Sache kam, ohne dass ich viel dazu tat, zu einem guten Ende. Im letzten Augenblick waren auch noch Wasser und Strom in diesen Teil des Dorfes verlegt worden, und eines Nachmittags, als ich vom Meer heraufkam, wurde bereits zusammengefegt und aufgeräumt.

Jorgo hatte Wort gehalten. Zierlich wie ein guter Geist hockte er auf dem Brunnenrand und rauchte. Ich betrachtete ihn mit Sympathie – er war ein bemerkenswerter Mann, ich hatte wahrhaftig Glück gehabt, dass ich ihm an jenem ersten Morgen begegnet war. Sein Feingefühl grenzte ans Wunderbare, von Anfang an hatte er mich fast ohne Worte verstanden.

Merkwürdig war, dass er mich stets mit leicht väterlicher Nachsicht und Protektion behandelte, obgleich er kaum älter war als ich – offenbar hielt er das für angebracht. Vielleicht wusste er besser über mich Bescheid, als ich annahm.

Ich setzte mich neben ihn auf den Brunnenrand, und schweigend betrachteten wir das Haus. Das Ganze fertig zu sehen, war für mich sehr bewegend, und so war ich froh, als sich Jorgo nach einer Weile verabschiedete und dabei die anderen mitnahm.

Inzwischen überwölbte ein Baum, der, behindert von Gerümpel und Schutt, bislang nur ein kümmerliches Dasein gefristet hatte, den Hof mit seinen federgleichen Zweigen, und man blickte zur Akropolis hinauf wie durch einen grünen Schleier. Noch immer staunte ich, dass sich seine im Winter so feindlich wirkenden, dornigen Äste in diese transparente Federkrone verwandelt hatten.

Langsam wurde es dunkel. Im Eingang zum Hof erschien eine Gestalt, es war die Frau von nebenan, meine Nachbarin. Während der vergangenen Monate hatte sie im Vorübergehen bisweilen gegrüßt, und als wir an der Terrasse arbeiteten, hatte sie den Leuten einmal ein Tablett mit *metrios* heraufgereicht.

»*Kalo risiko, Kirie*«, sie wünschte mir Glück und trat dabei ein wenig näher. Eine Weile sah sie schweigend an der Fassade empor, dann sagte sie: »Du musst sehr glücklich sein, es ist das schönste Haus auf der Insel.«

»Ich glaube, du übertreibst«, wehrte ich ab, aber im

Stillen fand ich, dass sie durchaus Recht habe. Noch immer überraschte mich, der ich aus einer Großstadt kam, die Anteilnahme der Menschen in diesem Dorf. Es schien mir mehr zu sein als bloße Neugier.

Als sie mich wieder allein gelassen hatte, dachte ich an all die Menschen, die vor mir in diesem Haus gelebt haben mochten. Alte Häuser haben eine Seele, und so war mir, als sei die Erinnerung an sie im Zwielicht dieses frühen Abends zu spüren.

Dem Kreuz über der Türe nach mochte der Erste von ihnen ein Ritter gewesen sein, der vernünftig geworden und auf der Insel geblieben war, als die anderen nach Malta abzogen. Vielleicht hatte er eine Griechin geheiratet und versucht, seine allzu hohen Ideale der Wirklichkeit anzupassen. Im Halbdunkel sah ich ihn auf dem Brunnenrand sitzen, überraschend zierlich, seine Rüstung hatte er der Hitze wegen abgelegt. Wenn ich es recht bedenke, so sah er eigentlich aus wie Jorgo.

»Also du wohnst jetzt hier«, sagte er und sah mich prüfend aber nicht unfreundlich an. Ich bat ihn, gefälligst nicht zu spuken, dafür versprach ich ihm, seine Ruhe auch nicht zu stören.

10

Ursprünglich hatte ich das Haus nur mit den Männern feiern wollen, die uns beim Bau geholfen hatten. Aber da wehrte Jorgo ganz entschieden ab – das ginge nicht, ich müsse auch deren Familien einladen, so etwas sei eine Sache für das ganze Dorf. Das klang zwar sympathisch, aber anstrengend. Auch wäre ein Fest dieser Art mit Hilfe einer Frau sehr viel leichter zu bewältigen gewesen – aber Catherine war eben nicht hier.

Als es so weit war, saß ich mit Jorgo und seinen Kindern oben auf der Terrasse und erwartete die Gäste. Mir war etwas bange vor der ganzen Geschichte, Jorgo rauchte wie üblich und sah in seinem schwarzen Anzug aus, als ginge ihn das Ganze weiter nichts an. Seine Kinder fanden unseren Ernst natürlich komisch, langweilten sich und trieben Unsinn.

Unsere Gäste ließen sich Zeit. Von unserem Versteck aus konnten wir sehen, wie sie sich nur ganz langsam und in kleinen Gruppen auf das Haus zubewegten, offenbar wollte niemand der Erste sein. Ich stieg hinunter, um sie an der Hoftüre zu empfangen. Danach standen sie steif und andächtig im Hof herum in ihren Feiertagskleidern, und waren mir fremd ohne ihre gewohnte Fröhlichkeit. Niemand machte Späße wie sonst, keiner wagte zu lachen, und ich fühlte mich verlegen und unsicher unter ihnen.

Zum ersten Mal fiel mir auf, dass es in unserem Dorf Clans gab, von solchen nämlich, die den Ton angaben und solchen, die offenbar weniger zu sagen hatten. Wahrscheinlich wurde es Zeit, dass ich es bemerkte, denn immerhin hatte ich vor, hier zu leben, wenn mir auch die bisherige Illusion eines allgemein herrschenden Wohlwollens lieber gewesen war.

Musiker neigen in der Regel zum Idealisieren, aber ich glaube nicht, dass ich es mir nur einbildete – Neid schien man hier nicht zu kennen, man freute sich tatsächlich mit mir.

Mit dem Wein löste sich die anfängliche Sprödigkeit, und die Frauen fingen an, sich drinnen im Haus umzusehen. Dabei hatte ich den Eindruck, dass ihnen manches nicht modern genug war. *»Saresi to archeo«,* stellten sie fest, er liebt das Alte. Aber immerhin nickten sie dazu beifällig. Der Boden in der Küche zum Beispiel, aus den traditionellen Kieselmustern, war ihnen ganz entschieden zu unpraktisch. Das sei zwar schön und auch früher so gewesen, aber wer solle das heutzutage denn putzen. *»Ine meraklis«*, sagten sie nachsichtig, was so viel hieß wie – ich sei eben ein Ästhet.

Dagegen fanden die Betten ihre volle Zustimmung. Diese kamen aus Athen und waren mit ihren Sprungfedern für hiesige Verhältnisse das Neueste vom Neuesten, weshalb man sie auch gleich im Sitzen und Liegen testete. Die Männer untersuchten derweil kritisch Fenster und Türen und lobten Philippis Arbeit. Einige stiegen sogar auf die Banca und diskutierten, ob diese nicht ursprünglich höher gewesen sei. Als ich mit der Weinflasche kam, um ihnen nachzuschenken, fragte einer:

»War dort oben in der Mitte nicht früher ein blaues Glasmosaik?«

»Kann sein, kann aber auch nicht sein«, gab ich zur Antwort, worauf mir Jorgo einen strengen Blick zuwarf. Aber zu meiner Beruhigung ging die Frage im allgemeinen Staunen über die Decke der Sala unter. Hier war die Bewunderung einhellig, so dass es Komplimente für mich nur so hagelte, die ich mit einer scherzhaften Verbeugung an Jorgo weitergab. Der aber wehrte ab und wies mit hochgezogenen Brauen in meine Richtung.

»Er hatte die Ideen«, sagte er galant, und ich war zufrieden, denn in Bezug auf das Haus fühlten wir uns wie Komplizen. Wer aber durch dessen staunenswerte Verwandlung ganz ohne Zweifel an Statur gewonnen hatte, war Jorgo. Niemand hatte von ihm etwas Derartiges erwartet, und mein Verdienst an der Sache war lediglich, dass ich es ihm zugetraut hatte.

Wieder einmal fand ich bestätigt, dass Sympathie am Ende doch das großzügigste und schönste aller Gefühle ist, denn es breitet einen Teppich von Möglichkeiten vor dem anderen aus, auf dem er sich erst richtig entfalten kann. Beim gemeinsamen Musizieren ist es nicht anders, ohne diese entscheidende Ingredienz gibt es auch dort das Außergewöhnliche nicht.

Ja, Sympathie verband uns beide. Ich fasste Jorgo unter, aber dann war mir das nicht genug, und ich umarmte ihn. Dazu murmelte ich etwas Dankbares in meinem rudimentären Griechisch, und vor der großen Ikone stand ein Kind und sagte feierlich:

»Ine san iglissia«, es sei so schön wie in der Kirche. Einen Augenblick lang waren wir alle mächtig gerührt.

Auch meine Nachbarin war gekommen. Sie wartete, bis sich das Gedränge etwas verlaufen hatte, dann trat sie mit einem Strauß Basilikum und einer Rose auf mich zu. Sie hatte ein gutes Gesicht, ernst und freundlich zugleich, und wenn sie lächelte, hatte man den Eindruck, dass sie in ihrem Leben damit sparsam umgegangen war.

Der Abend war heiß und vollkommen windstill. Es herrschten Temperaturen wie am Tag meiner Ankunft, aber inzwischen warf mich dergleichen nicht mehr um. Straßen und Hauswände waren wie aufgetankt von der Hitze des Tages und atmeten nun die Sonnenwärme wieder aus.

Wie immer in diesen Breiten wurde es rasch dunkel. Für neun Uhr hatte ich auf der Platea das Essen bestellt, ich nahm an, dass man bis dahin das Haus genügend bewundert hätte. Als es so weit war, ging ich mit Jorgo und den Kindern voraus, hinter uns setzte sich langsam auch der Zug der Gäste in Bewegung.

Obwohl nicht Ostern war, hatte ich auf drei gerösteten Lämmern bestanden, das gehörte für mich nun einmal zu einem griechischen Festessen. Den Rest des Menüs hatte ich Vassilis überlassen, einem würdigen, beleibten Mann der größten Ruhe. Als Vorspeise gab er uns einen üppigen Mesé, die traditionellen, griechischen Vorspeisen, und als Nachtisch gekühltes *Karpusi*, rot mit schwarzen Kernen darin – wenn man hineinbiss, krachte es wie Eis. Dazu weißen Wein von der Insel. Aber dem sprachen sie zunächst nur sehr mäßig zu, die Griechen brauchen ja keinen Wein, um in Stimmung zu kommen.

Jorgo hatte die Musik besorgt – fünf Mann, genau wie bei einer Hochzeit. Auf der steinernen Rundbank unter dem Baum mit der mächtigen Krone sitzend, spielten sie uns auf. Einer von ihnen, ein kleiner, untersetzter Kerl, strich seligen Gesichtes seine Geige und sang dazu, die Augen geschlossen, wie ein Süchtiger.

Da wir über hundert zu Tisch waren, erwies sich das Essen als nicht wenig anstrengend. Alles dauerte Ewigkeiten, aber den Griechen konnte es offenbar gar nicht lang genug gehen. Ich, der Gastgeber dagegen, war nervös, ob auch alles klappte, wie ich es mir vorgestellt hatte und trank entschieden zu viel, um mich bei Laune zu halten. Ich dachte an das *Ipomoni* der alten Frau beim Umsteigen in Athen – leider hatte ich es noch immer nicht gelernt. Erst nach Mitternacht war unser Gastmahl endlich vorüber.

Und dann tanzten sie, die Männer unter sich, einander mit ausgestreckten Armen bei den Schultern haltend. Erst waren es nur zwei, dann vier, dann acht. Nachdem ich eine Weile zugeschaut hatte, wagte ich mich zwischen sie und versuchte es auch. Aber es war bedeutend schwerer als es aussah, und so stolperte ich zunächst nur über die eigenen Beine. Aber allmählich begriff ich den verzwickten Rhythmus und wurde von den anderen gelobt, obwohl ich es nicht ganz richtig machte. Wenn man die Sache aber einmal heraus hatte, fühlte man sich sicher in dieser stampfenden Phalanx aus Solidarität und Selbstbewusstsein.

Pavlos von der Bar tanzte ganz für sich allein, wie in Trance, und hielt dabei, angefeuert von den anderen, einen Stuhl an nur einem Fuß in die Höhe, während er gleichzeitig immer tiefer in die Knie ging. Mit der Musik hatten sie sich alle in Piraten verwandelt, aber statt der Messer hatten sie nur Blumen zwischen den Zähnen. Das Ganze hatte etwas leicht Bedrohliches, Kunstloses, Überwältigendes.

Ich glaube, niemals in meinem Leben bin ich so betrunken gewesen wie in jener Nacht, und trotzdem torkelte ich nicht – ich schwebte. Weich und flüssig war die Luft, und wenn ich mich in sie hineinlehnte, schien sie mich zu tragen.

In kleiner Formation machten wir auch noch am nächsten Morgen unten am Hafen weiter. Von dem großen Haufen waren außer mir nur noch fünf der Männer übrig, unter ihnen Jorgo. Wie üblich rauchte er, was ihm mit Sicherheit nicht bekam, denn er war nur noch ein Schatten seiner Selbst. Trotzdem wich er nicht von meiner Seite, offenbar hatte er das Gefühl, auf mich aufpassen zu müssen, womit er, ich gebe es zu, nicht so Unrecht hatte. Aber ich war nicht der Einzige, der sich kaum noch auf den Beinen hielt, nur wollten es die andern nicht zugeben.

Da tauchte plötzlich der unselige Österreicher mit der Brille auf. Zunächst betrachtete er uns nur strafend aus der Ferne. Aber dann kam er näher und sagte – er halte es für seine Pflicht, mich darauf hinzuweisen, dass ich dabei sei, mich lächerlich zu machen. Auf diese Weise verlöre das Dorf den Respekt vor mir. Die Antwort war ein ungeheures Gelächter. Damit hatten wir unsere alte Form wieder gefunden und versenkten voller Enthusiasmus auch noch Janis' Boot – in unserem gegenwärtigen Zustand hielten wir das für eine Heldentat. Danach tranken wir noch den Rest der Flaschen aus und ersäuften unseren schönen Wahnsinn im Meer.

11

Das Fest war vorüber. Es hatte einen ganzen Tag gedauert, und bei der Augusthitze bedeutete das eine ganz gewaltige Anstrengung. Wir hatten bis zur vollkommenen Erschöpfung gefeiert.

Die darauf folgende Ernüchterung war zwangsläufig nicht weniger total. Auf einmal fühlte ich mich genauso leer, wie nach einem großen Konzert oder einer Premiere. Ich saß apathisch im Schatten, den der Baum großzügig spendete und schaute in die Zweige. Hellgrün und geräuschlos bewegten sie sich in der Brise des Nachmittags.

Mit dem Haus verhielt es sich anders als mit der Musik, die ständig auf den Interpreten angewiesen blieb. Wenn es einmal seinen ursprünglichen Charakter wieder gefunden hatte, brauchte es einen nicht mehr. Ich aber brauchte das Haus, denn es war meine einzige sichtbare Leistung. Am liebsten hätte ich es mit mir herumgetragen wie eine Schnecke, um es überall vorweisen zu können.

Irgendwo tief in mir saß ein Gefühl, als sei ich ein Versager, ein Hochstapler. War nicht das Ansehen, das ich im Dorf genoss, einzig und allein in diesem Haus begründet und darin, dass ich ein *kirios*, ein Herr, war, und wie sie meinten, reich dazu? Der andere, an den ich mich bisweilen erinnerte, er störte mich. Noch immer hatte ich nicht gelernt, mich seiner gänzlich zu erwehren. Immer wieder kroch er auf meine Insel, und die Mauer, die meinen Hof umgab, schützte mich ebenso wenig vor ihm wie das zweifache Blau des Meeres, auf dessen narkotische Wirkung ich mich bislang so gern verlassen hatte.

Ich sah den kleinen, stämmigen Kerl vor mir, der bei unserem Fest mit den anderen zusammen Musik gemacht hatte. In diesem Land konnten sie alle singen, dachte ich mit Neid und etwas Verachtung, laut zwar, hart und ohne alle Nuancen, aber immerhin mit sympathischer Aufrichtigkeit. Die Brutalität der Sonne war auch in ihren Stimmen zu hören, sie klangen eindeutig glücklich oder eindeutig verzweifelt. Was sie sangen, war bare Münze, und sie versuchten es weder zu hoch noch zu tief, sondern schön in der Mitte, dort, wo es am einfachsten war. Und ebenso wie an den Retsina gewöhnte man sich auch an die griechische Musik, die den Charakter dieses Landes in vollkommener Weise ausdrückte.

An der Notwendigkeit des Exquisiten kamen mir allmählich die Zweifel. Schon war ich nicht mehr so sicher, ob so viel Aufwand zu meinem Glück wirklich nötig gewesen war, auch baute man ein solches Haus schließlich nicht für sich allein, und so liebäugelte ich mit einem kleinen Haus am Meer, mit blau gestrichenen Fenstern und einem Weinberg als einziger Zierde.

Aber das mit dem einfachen Leben war für unsereinen nicht so leicht zu verwirklichen. Seine ästhetischen Erfahrungen konnte man ebenso wenig vergessen wie alles andere. Durch den verdammten guten Geschmack wurde auch das Einfache nur allzu leicht zu einer Spielart des Raffinierten.

Ein Klopfen riss mich aus meinen verkaterten Gedanken. Eftichia erschien mit einer Schüssel.

»Du siehst müde aus«, sagte sie, »aber nach dem Trubel ist das auch kein Wunder. Du musst etwas essen. Einmal am Tag muss der Mensch etwas essen, auch wenn es heiß ist.«

Damit stellte sie den Teller vor mich auf den Boden, als sei ich eine ihrer Katzen, und das Einzige, was mich von den Katzen des Dorfes unterschied, war, dass ich danke sagte. Darauf verschwand sie in der Küche und fing an, darin aufzuräumen. Die Geräusche, die sie dabei machte, waren mir genauso angenehm wie ihre Person.

Als ich sie bei unserem Fest gefragt hatte, ob sie mir nicht das Haus besorgen wolle, hatte sie ganz einfach ja gesagt und gelächelt. Auch das gehörte zu den Dingen, die sich wie von selbst gefügt hatten. Ich war dankbar für Eftichias Gegenwart, denn sie besaß eine natürliche Herzlichkeit. Am Morgen war sie schon einmal kurz hier gewesen und hatte sich alles genau angesehen. Nun wirtschaftete sie bereits ohne zu fragen, und mir schien, als sei sie schon immer hier gewesen.

Während ich aß, stellte sie sich noch ein wenig zu mir, dann ließ sie mich allein. In ihrer Gegenwart hatte sich meine Panik gelegt. Wenn ich gestrandet war, so doch an der freundlichsten aller denkbaren Küsten. Über die Mauer kam ein merkwürdiger Duft, der Duft von Livani. Er gab einem das Gefühl, als sei man unter offenem Himmel in einer Kirche. So roch es auch in Asklipion, und ich bekam Lust, dorthin zu fahren.

Überall diese alten Namen, auch in dem melancholischen Dorf ganz oben in den Bergen über der großen, tragischen Landschaft. Doch fragte man jemand nach ihrem Ursprung, so schüttelte man nur den Kopf. Im Ort fast nur alte Menschen, die jungen waren fort gezogen, um Geld zu verdienen – nach Deutschland, in die USA. Wenn sie einmal alt und reich geworden wären, würden sie vielleicht zurückkehren.

In der Kirche dann die Zeugnisse einer wilden Phantasie, mit der vor dreihundert Jahren ein Unbekannter die Visionen der Apokalypse auf die Wände des niedrigen Kirchenschiffes gemalt hatte. Links vorn an der Ikonostase ein heiliger Michael von riesenhafter Gestalt, und in der ungeheuren Stille seines Blickes war kein Platz für Kleinmut und Verzagtheit, waren Geduld und Nachsicht nur auf Zeit, die darauf warteten, dass die Verzagtheit des Betrachters sich in einen Entschluss verwandle. Strenge war in seinem Blick, und man nahm ihn mit hinaus unter den heidnischen Himmel, wo er nicht aufhörte, einen zu verfolgen.

Im offenen Glockenturm vor der Kirche hatte man vergessen, das Seil festzubinden. Es schwang im Winde, und mit ihm tönte schwach und stoßweise die Glocke. Was heute von neuem so heftig in mir aufgebrochen war, fing an zu heilen. Ich ging hinüber zu den alten Männern im Kafenion, die die Hände über ihren Stöcken gefaltet dasaßen. Hier gab es nichts zu vergessen, da man sich an nichts erinnern konnte.

Einer von ihnen rief mir zu, ich solle mich zu ihm setzen, aber ich hatte keine Lust, mich zu unterhalten. Meine Gedanken waren noch immer bei dem heiligen

Michael – ich hatte noch nie einen solchen Engel gesehen. Er war einer der Giganten, sein Blick ließ mich nicht zur Ruhe kommen. Vielleicht verkörperten die Engel, wenn man ihr Wesen richtig begriff, die Ansprüche, die man an sich selber stellte. So sehr man es auch versuchte, man konnte ihnen nicht entkommen.

Da der Alte noch einmal gewinkt hatte, setzte ich mich, um ihn nicht zu enttäuschen, nun doch zu ihm. Er schwatzte los, sicher war er viel allein, aber ich hörte ihm nur flüchtig zu und bestellte mir einen Ouzo, aber einen mit viel Wasser. Alles mit Maßen, hatte Cleobulos der Weise gesagt.

12

Es war Jorgo und Philippi zur Gewohnheit geworden, mich am Abend zu besuchen. Aber bald begriff ich, dass ihre Besuche weniger mir selbst galten als ihrem Meisterwerk, dem Haus. Schon an der Art ihres Klopfens war zu erraten, wer von den beiden vor der Türe stand. An den Wochenenden erschienen sie aber auch beide zusammen.

Alles bei diesen Besuchen verlief nach einem etablierten Ritus. Es begann mit einer Begrüßung, bei der Jorgo scherzhaft die Hand an die Schläfe legte, Philippi aber den Hut, den er stets trug, etwas nach hinten schob, was ihm ein verwegenes Aussehen gab. Danach setzten sie sich, als wären sie hier zu Hause, auf die Stufen der Sala, und ich bot ihnen etwas zu trinken an, was sie aber meist mit einem leichten Zurücknehmen des Kopfes ablehnten.

Nach einer Weile höflichen Wartens begannen sie ihre Inspektion – ob sich zum Beispiel das Holz an den Türen oder Schränken verzogen hatte, denn wir hatten inzwischen Winter. Aber alles stimmte noch immer bis auf den Millimeter und hatte keinen Ruck getan.

Als Nächstes wurde die Sala untersucht. Dabei bewunderten sie jedes Mal wieder ausgiebig die Decke, in die sie gemeinsam neue Stützbalken eingezogen hatten. Ist sie nicht ein Wunder, pflegte dann Philippi zu fragen, und sein Gesicht war ein einziges, großes Staunen. Aber auch ich konnte mich immer noch nicht an ihr satt sehen. Mit ihren gemalten Blumen und Vögeln bildete sie ein heiteres Gegenstück zu der großen Ikone, auf der naiv und realistisch das Jüngste Gericht dargestellt war.

Befriedigt wies Philippi auf die schwarzen Seelen, die in der Ecke rechts unten in die Hölle stürzten und freute sich ihrer Verdammnis. Jorgo hielt es dagegen mehr mit den höheren Sphären und betrachtete wohlgefällig die Erzengel, die eine große Waage hielten, mit der sie die Seelen wogen.

Dies alles war gewiss sehr erfreulich, nur fraß bisweilen der Kummer so tief an mir, dass ich schweigsam und störrisch dasaß und mit mir nichts anzufangen war. Seitdem ich nicht mehr durch den Häuserbau abgelenkt war, schlug ich mich wieder mit meinen Erinnerungen herum, und anstatt ständig aufs Neue mein Haus zu bewundern, hätte ich Jorgo und Philippi lieber vom Verlust meiner Stimme erzählt. Sie, die auf ihre Art ebenfalls Künstler waren, konnten es vielleicht verstehen. Aber wie hätte ich ihnen einen Verlust erklären sollen, für den es in ihrer Welt keinen Gegenwert gab?

»Was grämst du dich denn«, hätten sie am Ende gesagt, »reden kannst du doch.«

Dann würgte es mich, und einmal mehr wahrte ich das Gesicht, und ihre Gegenwart, die Besseres verdiente als mein Schweigen, war mir lästig. Aber ich glaube, sie merkten es gar nicht oder dachten, das Traurigsein gehöre eben zur Existenz eines *Kirios*.

Das Frühjahr war ausgesprochen regnerisch. Die Leute im Dorf hatten nichts dagegen, sondern freuten sich darüber, denn der Sommer würde lang und trocken sein. Der griechische Februar ist launisch, er gleicht in etwa unserem April – Sonnentage wechseln ab mit heftigen und hartnäckigen Regengüssen. Trotzdem stieg ich den halben Tag draußen herum, denn allein hielt ich es in meinem Haus nicht immer aus.

Nun, da ich nicht mehr ständig darauf achten musste, erkältete ich mich natürlich nicht und ließ daher bald meinen obligaten Sängerschal zu Hause. Wenn es regnete, saß ich mit Jorgo zusammen im Kafenion oder auch im Laden hinter der Theke bei Nektarios, der Vater geworden und darauf so stolz war, dass er uns allen auf die Nerven ging. Denn er führte sich auf, als habe er selbst das Kind zur Welt gebracht.

Dieses feuchtkalte Wetter fand ich hier schwerer zu ertragen als lange Regenperioden in der Schweiz, denn man war der Witterung sehr viel brutaler ausgesetzt. Die Häuser des Ortes waren eindeutig für schönes Wetter konzipiert. Es gab keine direkte Verbindung der Räume untereinander, daher musste man, wollte man in ein anderes Zimmer, jedes Mal wieder zuerst in den Hof hinaus, was das Leben, wenn es draußen schüttete, ganz entschieden komplizierte. Meistens fiel dann auch noch der Strom aus – an solchen Tagen schlug die Euphorie des Sommers nur allzu leicht in ihr Gegenteil um.

Während einer solchen Regenperiode nahm meine Freundschaft mit Eftichia ihren Anfang. Sobald sie klopfte, hob sich meine Laune. Stets hatte sie etwas für mich mitgekocht, und sie kochte ganz ausgezeichnet, entschieden feiner als Daphni, der ich auch in dieser Hinsicht mit Vergnügen untreu geworden war. Aber nicht nur im Kochen, in jeder Beziehung war Eftichia um ganz erhebliche Nuancen subtiler, was ich dankbar registrierte, denn was in diesem trüben Februar hungerte, war nicht so sehr mein Magen als meine wehe, mitteleuropäische Seele.

Während wir diese eher zum Psychiater tragen, wenn sie sich bemerkbar macht, hatten die Leute im Dorf, und mit ihnen Eftichia, noch ein vollkommen ungebrochenes Verhältnis zu ihr. »Dies oder jenes ist nicht gut für deine Seele« war ein Satz, den ich immer wieder von ihr gehört habe. Und das tröstete mich, denn ich fühlte mich verstanden.

Eftichia besaß erstaunliches Talent, auf meine seelischen Bedürfnisse einzugehen. Dabei dosierte sie sogar ihre Stimme, die sie keineswegs immer auf so sanfte Weise gebrauchte, wie mir gegenüber an düsteren Regentagen. Ohne ihre Arbeit zu unterbrechen, stellte sie kluge, vernünftige Fragen, um mich zum Reden zu bringen. Wenn sie merkte, dass ich es besonders nötig hatte, kurierte sie mich aber auch ganz einfach durch einen warmen Reispudding mit Zimt. Ich hatte so etwas seit Urzeiten nicht mehr gegessen, und kam mir daher beim ersten Mal vor, wie auf einem Kindergeburtstag.

Sie schien genau zu wissen, wann diese Medizin vonnöten war. Dann stand diese, sorgfältig zugedeckt, in der Küche, wenn ich mir dort spät am Abend noch etwas zu trinken holen wollte. Es war erstaunlich, was eine solche Geste der Fürsorge ausrichten konnte, denn während dieses Winters hatte ich es wahrhaftig nicht leicht mit mir. Mich quälten nicht nur Selbstvorwürfe hinsichtlich meiner Vergangenheit, auch die Zukunft erschien mir ähnlich trübe und verhangen wie das Wetter. Und um mich abzulenken, gab es nicht viel anderes als einen Gang durchs Dorf.

Pavlos spielte leidenschaftlich Schach und hatte sich in den Kopf gesetzt, es auch mir beizubringen. Aber nach den Verwöhnungen durch das subtilste aller Spiele, die Musik, brachte ich kein rechtes Interesse dafür auf.

»Vielleicht sollten wir noch ein Haus bauen«, schlug Jorgo vor.

»Und dann wieder eins und so fort bis in alle Ewigkeit«, gab ich zurück, stand auf und ging verdrossen hinunter an den Strand. Weit draußen am Horizont zog mit unendlicher Langsamkeit ein Schiff vorüber. Aufbrechen müsste man, sonst wurde man zum Gefangenen seines eigenen Hauses.

Ich weiß nicht, welches Schamgefühl mich davon abhielt, zu Jorgo oder Eftichia ganz offen über mich und meine Schwierigkeiten zu reden, denn schließlich besaß ich ja ihre Freundschaft. Aber ich wahrte auch weiterhin die Fassade, was, wie ich später feststellte, gänzlich überflüssig war, denn sie wussten längst, dass etwas mit mir nicht stimmte.

Ich hatte mir Homers *Odyssee* schicken lassen und las sie auf Deutsch in Heinrich Voss' hohltönender, donnernder Übersetzung, denn auf Griechisch schaffte ich es einfach nicht. Was Seefahrt in mythischer Zeit gewesen war, ließ sich auch heute noch an einem Tag wie diesem nachvollziehen, wenn man auf die Akropolis stieg und von dort in die graue Unendlichkeit hinausschaute.

Odysseus, der ewige Heimkehrer und Grenzgänger. Er konnte nicht nur listenreich gewesen sein, sondern musste auch den unerschütterlichen Optimismus besessen haben, der die Menschen in diesem Dorf auszeichnete. Ein archaisches Prinzip Hoffnung zum Einüben ins Überleben. Im Gegensatz zu denen, die das Feuer vom Himmel versengte, hatte Odysseus in einer vernünftigen, gefahrlosen Vertrautheit mit dem Göttlichen gelebt, im Gespräch mit seiner Ratgeberin, der klugen Athene.

Ich war in den Windschatten der ans Land gezogenen Boote gekrochen und las dort weiter. Die Sonne riskierte einen Blick, und aus der Tragik und Trauer, die eben noch über dem in Nässe erstickenden Ort gelegen hatte, wurde in einer halben Stunde das Glück.

13

Am nächsten Morgen war auf dem Postamt ein Paket mit Büchern angekommen, die ich mir in Zürich bestellt hatte.

Als ich es auspackte, lag obenauf ein Band Gedichte Hölderlins, den ich, als ich anfing, Musik zu studieren, stets bei mir getragen hatte. Eine Freundin musste ihn mit hineingeschmuggelt haben, denn er hatte gar nicht auf meiner Liste gestanden. Ohne Zweifel war dies ein weiterer Versuch, mich zurückzulocken. Ich fing an zu blättern und erinnerte mich. Ja, damals war Griechenland für mich einzig und allein das Land Hölderlins gewesen, ohne eine andere Realität als die seiner Sehnsucht.

Ich blätterte weiter – »*Patmos*« hieß das Gedicht, das ich immer besonders geliebt hatte. Als ich es nun wieder aufschlug, war mir, als läge ich noch einmal unter dem Birnbaum in dem alten Garten am Zürichberg, in meine Lektüre versunken, bis sich die Welt um mich her in Griechenland verwandelte. Dabei hatte der Dichter das Ziel seiner Sehnsucht nie selbst gesehen – er hatte es sich erfunden.

Ich überflog das Ende der ersten Seite: »*Da entführte mich schneller, denn ich vermutet und weit, wohin ich nimmer zu kommen gedacht' ein Genius vom eigenen Haus.*« Und auf einmal drängte es mich, die imaginäre

Reise des Dichters, die ich so oft in Gedanken nachvollzogen hatte, in der Wirklichkeit zu unternehmen.

Die Insel Patmos, mit ihrem Klang verheißungsvoller Ferne, lag zwar auch hier nicht gerade vor meiner Türe, aber doch immerhin in dem Meer, auf das ich täglich blickte. Auch war Eftichia vor gar nicht langer Zeit zusammen mit dem Popen und ein paar Frauen aus dem Dorf dort gewesen, was die Idee noch sympathischer machte. Zwar waren sie mit dem Dampfer in einen Sturm geraten, und hatten die Insel des Johannes bleich und seekrank erreicht, aber trotzdem war es eine große Sache gewesen, und Eftichia hatte mir einen Abend lang in ihrer Küche erzählt – von der Reise, dem berühmten Kloster und dem Schatz von Ikonen, den man dort hütete. Ja, sie hatte mir sogar ein Buch über Patmos mitgebracht.

Hat man keine wirkliche Aufgabe, ist man dankbar für jede Beschäftigung, und so fuhr ich gleich am nächsten Morgen in die Stadt zum Schifffahrtsbüro. Platz auf den Dampfern gab es um diese Jahreszeit so viel man wollte, noch dazu war der Fahrpreis lächerlich gering, so dass ich mir eine Kabine für mich allein leistete.

Am Tag darauf stand ich dann zusammen mit anderen Passagieren am Hafen in Rhodos vor dem großen Bauch des Schiffes, das ausgerechnet »*Lindos*« hieß. Mir war das gerade recht, denn ich liebte derlei Zufälle, auf diese Weise hatte ich das Gefühl, mich nicht allzu weit zu entfernen.

Nicht nur Möbel und Pakete von abenteuerlichen Ausmaßen, sondern auch ganze Autos und Lastwagen wurden verladen. Meine Kabine erwies sich als hübsch und sauber, die in der zweiten Klasse mochten es allerdings lustiger haben, denn hier oben herrschte Langeweile. Bald hatten sich die wenigen Passagiere der ersten Klasse vor einem Radio in der Bar niedergelassen, ohne weiter auf das Schauspiel draußen auf dem Meer zu achten.

Insel nach Insel, sich ständig kulissenartig verschiebend, sich drehend, sich nähernd und sich wieder entfernend. Halt an Häfen, wo die Häuser wie Waben an den Felsen über dem Meer klebten. Ausladen, Geschrei, Umarmungen, lamentierende alte Frauen, umsorgt von ihren Söhnen und Enkeln, das griechische Leben. Um wie vieles mehr trennte das Wasser als das Land, welch ein Abenteuer waren Schiffsreisen, auch der Zeitbegriff schien auf diese Weise ein anderer, größer die Spanne zwischen Abreisen und Ankommen.

Schließlich legte ich mich schlafen und wachte erst vom langsameren Stampfen der Motoren wieder auf. Fast lautlos glitten wir in eine nächtliche Bucht. Hoch über uns die Lichter des Klosters, weiter voraus ahnte man das Hafenstädtchen. Dies also war Patmos.

Nur wenige Passagiere stiegen aus, fast lohnte sich nicht das Anlegen. Pakete, Koffer und Kisten, im Dunkel erwartungsvolle Augen, war ich tatsächlich der einzige Tourist? Am Ufer ein paar Hotels, nur eins davon war noch erleuchtet, denn es war bereits nach Mitternacht. Auf dem Quai stand ein Auto, daneben warteten zwei Mädchen.

»Hotel?« fragte mich die eine lachend.

Wie immer, wenn man mich nicht auf Griechisch ansprach, war ich ärgerlich, denn ich war stolz darauf, es gelernt zu haben. Es bedurfte dazu tatsächlich einiger Hartnäckigkeit, aber ich hatte durchgehalten, aus Liebe zu meinem Haus, und auch weil ich dachte, auf diese Weise ein wenig mehr dazuzugehören.

Beide Mädchen waren auffällig gekleidet, kurze schwarze Lederröckchen, riesige schaukelnde Gehänge in den Ohren, viel zu viel Schminke, dazu ein lautes, abenteuerliches Parfum.

Nun, in einer Großstadt hätte man gewusst, woran man war, aber hier war die zweifelhafte Aufmachung vermutlich nichts weiter als das Ergebnis intensiven Studiums der Filmmagazine aus saisonbedingter Langeweile. Die beiden waren Schwestern und suchten lediglich Klienten für ihr neues Hotel. Mich, den einzigen Touristen, verfrachteten sie kurzerhand in ihr Auto, wiesen dabei gestikulierend quer über die Bucht und lachten. So viel gute Laune wirkte ansteckend, ich gab also auf zu protestieren.

Doch dann erwies sich das Zimmer, das sie mir zugedacht hatten, als gar zu abscheulich. Das einzige Fenster ging hinaus auf einen Hinterhof, Plastikblumen starrten in einer Kristallvase, wo doch draußen die Anemonen blühten. Als ich vorgab, näher am Städtchen wohnen zu wollen, machten sie enttäuschte Gesichter, fuhren mich aber dennoch gutartig wieder zum Hafen zurück und sagten versuchsweise:

»Ein andermal vielleicht?« Fast tat es mir Leid.

Vor dem schmalen, zweistöckigen Hotel am Hafen saß ein alter Mann. Ich fragte ihn, ob ich bei ihm ein Zimmer haben könne.

»Alle kannst du haben«, lachte er mit seinen zahnlosen Kiefern, »nimm dir einen Schlüssel und such dir eins aus, außer mir ist niemand da, sie sind den ganzen Winter über in London. Ich hatte keine Lust, mitzugehen, was soll ich dort.« Sie, das waren seine Töchter und deren ganze Familien.

»Kommst du wegen des Klosters?« fragte er. »Falls du dir dafür morgen ein Auto nimmst, komme ich mit hinauf, du wirst sehen, es ist voll von heiligen Ikonen.«

Aber ich hatte vor, es ganz richtig zu machen und wollte zu Fuß hinaufsteigen. Mein Bett war klamm, auch roch es nach Mottenpulver, aber ich war so müde, dass ich vor dem Einschlafen nicht einmal mehr an Johannes Theologos dachte.

Am Morgen konnte ich, wenn ich mich etwas aus meinem Fenster lehnte, sogar das Kloster sehen. Der alte Mann hieß Achilles, ich lobte ihn wegen seines ungewöhnlichen Namens, aber er selbst liebte ihn nicht, denn, wie er mir erzählte, hatte er als Knabe nicht wenig unter ihm zu leiden gehabt. Zum Frühstück brachte er mir einen Joghurt mit Honig, und Kaffee hatte er auch. Als er hörte, dass ich lieber zu Fuß hinauf nach Chora wandern wollte, zog er es vor, zu Hause zu bleiben.

»Ist es denn so weit?« fragte ich.

»Nein, das nicht, nur ein kleines Stündchen«, sagte er, nach griechischer Sitte die Entfernung optimistisch verkleinernd, um mir Mut zu machen. Da ich schon eine Weile im Lande war, legte ich in Gedanken noch eine halbe Stunde zu. Er ginge doch lieber fischen, meinte er und gab mir ein Sträußchen Basilikum mit auf den Weg, um daran zu riechen. Dazu lachte er, während er sich über die grauen Stoppelhaare strich. Ja, die Alten in diesem Lande, dachte ich, mit denen ließ es sich leben. Vielleicht war man selbst für Griechenland schon zu spät geboren.

Der Weg schien sich in weiten Kehren über die Insel bis in den Himmel zu winden, gesäumt von Eukalyptusbäumen, deren Stämme weiß getüncht waren, in ihrer Heiterkeit erinnerten sie an eine Pferdekoppel. Bald blieben die letzten Häuser zurück, die Insel war klein, und höher steigend konnte ich sie bald gänzlich überblicken. Zuletzt ein Stück der alten Straße, steiler und mühseliger, so wie es sich für eine Pilgerreise gehört.

Im Schatten der riesenhaften Mauern, gegen die die Scharen der Neidischen und Ungläubigen im Lauf der Jahrhunderte vergebens angerannt waren, duckten sich die kleinen weißen Häuser von Chora wie Schafe um einen steinernen Glaubenshirten. Wie real dies alles war, wie vollkommen verschieden von dem Patmos meiner Vorstellung. Ein Bollwerk gestemmt in den Fels. Fast ohne Fenster stiegen die Mauern imponierend fünfzehn oder mehr Meter empor. Und sie hätten auch noch dem Meer getrotzt, wäre es bis hier oben angebrandet. Daneben verblich mir mein Gedicht zu einem Schemen, zu einer Brücke aus Worten und Gedanken, aufgehängt in nichts als der Vorstellung.

Ich trat in den Hof des Klosters. Seine Mauern waren ineinander gebacken aus den verschiedensten Elementen, Überresten früherer heidnischer und byzantinischer Bauten. Verglichen mit der Großartigkeit der Außenmauern wirkte der Hof bescheiden. Verbirg deinen Gott, schien er zu sagen.

Die Katholikon-Kapelle, halb goldener Schrein, halb fensterlose Kammer war rauchgeschwärzt von Tausenden und Abertausenden von Kerzen, dachte man an die dabei gemurmelten Gebete, weitete sich die Kapelle zu einer Idee. Ich zündete eine Kerze an und steckte meine Gedanken und meine Wünsche zu den anderen Lichtern. Plötzlich erschien mir der Weg hierher unendlich weit. War der Glaube am Ende eine selbstgewählte Endlichkeit, ein Maßquadrat, in dem man existieren konnte?

Wie waren sie schön, diese ersten Märztage in Griechenland! Inseln ohne Touristen, und die wenigen Menschen, die man traf, noch nicht erschöpft von irgendwelchem Trubel, sondern glücklich, einen Fremden zu sehen.

Unter Stützbögen hindurch stieg ich eine schmale Treppe hinauf auf das Dach des Klosters. Nach dem Dunkel der Kirche war es wie ein Auftauchen aus der Nacht, beinahe erfasste einen der Schwindel, so hoch über dem Meer. Da waren sie wieder, die Inseln, die eine wie geboren aus der anderen in ewiger Metamorphose. Hier oben fiel es einem leichter zu glauben.

Ein junger Priester kam, bückte sich und stellte zwei Töpfe mit Geranien neben einen Stuhl, leise und bedächtig. Er lächelte, als wolle er sich entschuldigen, dass er mich gestört hatte und wies mit der Hand hinaus aufs Meer. Sonst schien hier niemand zu sein. Von Zeit zu Zeit läutete eine Glocke, aber jene, denen sie galt, blieben unsichtbar. Dies war ein wirkliches Kloster, kein Kloster für Touristen.

Er sah klug aus, der junge Mensch, vielleicht hätte ihn das Gedicht interessiert, das mich hierher geführt hatte.

Aber als ich dessen Verse nun wieder las, verstand ich ihren Sinn nicht mehr. Bisher hatten sie immer ein Gefühl der Sehnsucht in mir ausgelöst, an Ort und Stelle hatten sie ihren Zauber verloren. Ich blickte hinaus aufs Meer – verglichen mit der Helligkeit, die mich umgab, erschienen mir die Verse bemüht und dunkel. Plötzlich hatten sie keinen Zusammenhang mehr mit meinem Leben.

»Bist du glücklich hier?« fragte ich den jungen Mönch, als er wiederkam, aber er verstand mich nicht, obgleich ich Griechisch gesprochen hatte. Als er seine Geranien begossen hatte, schaute er auf die Uhr.

»Wir schließen«, sagte er entschuldigend und lächelte in seinen Vollbart, seine Augen hinter der Brille blickten jung und freundlich. Er holte einen Schlüsselbund aus der Tasche und stieg vor mir die schmale Treppe hinab in den Hof.

Es hatte angefangen, sanft zu regnen, aus der dunklen Katholikon-Kapelle roch es schwer nach Weihrauch. Hinter mir schloss der Mönch die eiserne Pforte zu.

»Vielleicht kommst du einmal wieder«, sagte er durch das Gitter, als wolle er mich trösten.

Es war früh im Jahr und der Ort Chora noch leer. Einige von Fremden restaurierte Häuser, blassblau diskret die Fensterläden, vielleicht eine Spur zu arrangiert das Ganze. Ich hatte keine Lust auf so viel Einsamkeit und fing an, die weit ausschwingende Straße wieder hinunter zum Hafen zu wandern, vorbei an der Grotte der Offenbarung des Johannes. Hier hatte er geistversunken seine ungeheuren Gesichte aufgeschrieben, zur frommen Mahnung an das Ende. Aber es war denkbar, dass er sie vorher dort oben, in der gleißenden Helligkeit hoch über dem Meer, aus dem Mund des Engels empfangen hatte.

Unten am Hafen vertrieb ich mir so gut es ging die Zeit, denn es galt auf den Dampfer zu warten, der erst kurz vor Mitternacht ankommen würde. Am Quai erinnerte ein altmodischer Kiosk an Reisen in früherer Zeit und an Schiffsverbindungen bis Venedig und Alexandria.

Daneben hatten sie ein altes Lagerhaus von majestätischen Proportionen wieder hergerichtet, hatten Tische hingesetzt, an denen man die Zeitung lesen und darauf warten konnte, dass der Winter endgültig zu Ende ging. Hoch oben unter der Decke zog sich eine zierliche Galerie dahin, die einmal zu den Kontoren geführt haben mochte. In seinen Ausmaßen erinnerte mich der Raum an meine Sala in Lindos, auch dort ließ es sich gut warten. In der Gasse hinter dem Lagerhaus bot eine Reihe von Souvenirläden gedankenlos repetierte Ikonen an.

Patmos gefiel mir, obwohl es unter dem Nieselregen etwas traurig war, aber das ist das Abschiednehmen immer, und ich nahm Abschied von jenem Gedicht oder vielmehr von dem, der es einst gelesen und geliebt hatte, und den ich nun nicht mehr wieder finden konnte.

Ich habe das Kloster von Patmos unter sehr merkwürdigen Umständen erlebt. Für mich lag es nicht nur oben auf der Kuppe der Insel, es lag auch auf einem Scheitelpunkt meines griechischen Abenteuers. Ich konnte nicht mehr zurück, aber ich wusste nicht, wie es vorwärts oder gar weitergehen sollte. Darum hatte ich in die Kerzen der Katholikon-Kapelle gestarrt und den jungen Mönch gefragt, ob er glücklich sei in seiner Glaubensfestung.

Alles kam an diesem Tag ins Gleiten, die Dinge sprachen nicht mehr in der gleichen Weise zu mir wie früher. Alles schien mit einem Mal fragwürdig. Vielleicht zwingen Orte wie Patmos zur Konzentration, denn dort begriff ich, dass man sich die Antworten selbst geben muss. Aber noch schob ich diese Erkenntnis von mir fort.

Im Stampfen der Maschine fiel ich in meiner Kabine in Schlaf und wachte erst kurz vor Rhodos wieder auf. Im Licht des frühen Morgens verschoben sich wiederum die Inseln wie Versatzstücke, und ich war dankbar für den Wind, der mir die Nacht und der mir Patmos aus dem Herzen blies.

14

Seit meiner Seereise im März war es unerträglich heiß geworden. Kein Meltemi brachte Erlösung, und selbst noch um Mitternacht wehte ein trockener Wüstenwind, als sei die Insel Rhodos nicht vom Meer, sondern von der Sahara umgeben. Am besten, man ging frühmorgens schwimmen, später am Tag war alle Erfrischung bereits wieder dahin, ehe man auch nur die Paulusbucht heraufgestiegen war.

Als das Thermometer noch höher kletterte, verzichtete ich ganz auf den Gang zum Meer, und blieb lieber in meinem Hof, um zu lesen, dort gab es wenigstens Schatten. Aber selbst die Lektüre Thomas Manns ließ mich gleichgültig, bei Temperaturen wie diesen war niemand mehr empfänglich für ironische Subtilitäten. Entschieden besser war es, in das grüne Gespinst des Federbaums zu schauen und darauf zu warten, dass von Zeit zu Zeit eine Katze auf der Mauer erschien und wieder verschwand.

Als ich auch hiervon genug hatte, fühlte ich mich noch elender als zuvor. Doch es lag nicht an der Hitze allein, seit meiner Reise nach Patmos war ich notorisch unzufrieden, unzufrieden mit meinem griechischen Dasein und am meisten mit mir selbst. Selbst die Geschäftigkeit der Leute im Dorf empfand ich als Vorwurf und hatte keine Lust, mich diesem Gefühl mehr als unbedingt nötig auszusetzen. Auch deshalb blieb ich lieber zu Hause.

Ich wusste, dass es keinen Sinn hatte, mich zu vergraben, aber es half mir nichts, dass ich es wusste. Nach einem in unerträglicher Lethargie verbrachten Tag stand ich endlich auf, blies, um mir Mut zu machen, energisch die Luft aus und öffnete das Hoftor. Längst war es Nacht, draußen im Dunkeln standen leise schwatzend die Frauen beieinander. Die Gasse sah einladend aus – das Trennende existierte also nur in meinem Kopf, und den musste ich spazieren tragen.

Von meinem Haus aus waren es nur wenige Schritte bis zu Pavlos' Bar. Pavlos war jünger als ich, trug aber einen Bart, was ihn älter machte. Er war ein intelligenter Kerl, sah gut aus und hatte ein entwaffnendes Lächeln. Aber wenn er auch lächelte, so wusste man bei ihm doch nie, woran man war. Er hatte ganz eindeutig eine diabolische Komponente, denn er legte es ständig darauf an, einen zu verunsichern.

So zum Beispiel hatte er eine höchst irritierende Weise, mir zu zeigen, dass er mich vermisst hatte. Breitbeinig versperrte er mir dann den Weg, ging wie zum Angriff in die Knie und streckte mir dabei anklagend beide Arme entgegen:

»*Pou isou*? Wo hast du, denn gesteckt?« Diese Art der Begrüßung löste jedes Mal Schuldgefühle in mir aus, was wohl auch die Absicht war. Bislang war ich stets darauf hereingefallen und hatte angefangen, mich zu verteidigen. Aber diesmal durchschaute ich sein Manöver und wehrte mich, indem ich ihn ganz einfach kopierte. Nun stand *ich* breitbeinig da, ging aggressiv in die Knie, und streckte dabei mit biblischer Geste die Arme gegen ihn aus.

Erst war er sprachlos, dann brach er in Gelächter aus und schlug mir anerkennend auf die Schulter:

»Na also, wenn du noch eine Weile hier bleibst, bist du bald ein ganzer Grieche.« Ich war zufrieden mit mir, und das war ich lange nicht gewesen. Arm in Arm zogen wir in seine Bar.

Dort trat Pavlos hinter die Theke und schenkte uns beiden einen Retsina ein. Ich war ihm dankbar, dass er mich zum Lachen gebracht hatte, denn allein kam ich aus dem Loch, in dem ich seit Wochen hockte, nicht heraus.

»Nun aber im Ernst – wo hast du denn die ganze Zeit gesteckt?« fragte er.

»Zu Hause.«

»Und was machst du da?«

»Ich lese.«

»Die Zeitung?«

»Nein, Bücher. Auf diese Weise trifft man die interessantesten Leute.« Er schien nicht so recht überzeugt.

»Ich meine die, die sie geschrieben haben.«

»Na, ich weiß nicht. Warum kommst du nicht lieber in meine Bar?« Als er ein paar Gläser trockengewischt hatte, fragte er weiter: »Und was machst du, wenn du nicht liest?« Ich zuckte die Achseln. Er lehnte sich zu mir herüber: »Weißt du was? Du solltest dir ein Boot kaufen.«

Nun, vielleicht hatte er Recht, dachte ich, vielleicht war das die Lösung, wenigstens für den Augenblick. Darauf erzählte er mir von seinen Plänen, und von denen hatte er immer eine ganze Menge – ein neues Boot, eine Veranda für seine Bar oder ein größerer Motor. Von seinen Mädchen erzählte er mir auch, auch an ihnen litt er keinen Mangel. Aber diesmal schien es ihm ernst zu sein.

»Sie ist wunderbar«, sagte er leise und räusperte sich. Ich dachte, er spräche von der Blondine, die bei ihm in der Bar aushalf, aber nein, er meinte die Krankenschwester des Ortes. Ich sah sie vor mir – nicht sonderlich hübsch, aber sympathisch, und im Gegensatz zu ihren Vorgängerinnen war sie außerordentlich ehrbar. Er schien entschlossen, sie zur Mutter seiner Kinder zu machen.

»Hoffentlich hat sie nichts dagegen, bei meinem früheren Lebenswandel«, lachte er frech, und dachte dabei wohl an die Schwedinnen, Däninnen, Engländerinnen, die bei ihm hinter der Theke gestanden hatten und einen griechischen Sommer lang seinem ruppigen Charme erlegen waren. Pavlos als Ehemann, ein Pirat als Familienvater? Mir bangte etwas um seine Freiheit, denn er war merkwürdig sanft geworden. Ich dagegen hatte keine Pläne und wusste eigentlich nie, von was ich erzählen sollte, seitdem mein Haus fertig gebaut war. Auch deswegen blieb ich lieber zu Hause.

Weil ich ein Gesprächsthema brauchte, beschloss ich, mir ein Boot zu kaufen. Da es ein fertiges nicht zu kaufen gab, fuhr ich mit Jorgo und Pavlos zusammen nach Rhodos, um dort am Hafen eins bauen zu lassen, genau nach meinen Wünschen. Aber schon während der Hinfahrt fühlte ich mich einigermaßen überflüssig. Pavlos chauffierte, Jorgo saß neben ihm, während ich mich nach hinten gesetzt hatte und den beiden zuhörte, wie sie über das zukünftige Boot diskutierten. Nur ganz gelegentlich drehten sie sich nach mir um und fragten:

»*Etsi then ine*, ist es nicht so?« und dann musste ich einem von ihnen Recht geben. Aber bald verzichtete ich gänzlich darauf mitzureden und ließ sie sich streiten. Als wir schließlich am Hafen ankamen, hatten sie offenbar vergessen, dass ich überhaupt dabei war und gaben genau das in Auftrag, was *sie* wollten.

»Bist du nun zufrieden?« fragten sie, dabei hatte ich überhaupt keine Chance gehabt, den Mund aufzutun.

Aber als das Boot fertig war und wir es in Rhodos abholen konnten, gefiel es mir sehr. Zwar war es nicht sonderlich elegant, dafür aber solide. Zunächst musste es versenkt und dann gestrichen werden, doch schließlich lag es in den traditionellen Farben Blau und Weiß vor mir im Wasser, und nun hatte ich endlich andere Sorgen als nur mich selbst und konnte mitreden. Ich hatte keine Ahnung gehabt, wie viel Selbstbewusstsein einem ein Boot geben konnte.

Ich hatte nie ein Boot gehabt, und so gab ich gar nicht erst vor, etwas davon zu verstehen. Aber Pavlos war ein guter Lehrer und hatte Geduld mit mir. Nur als ich es wieder einmal nicht genügend vertäut hatte, so dass es in einer stürmischen Nacht fast hinaus aufs Meer getrieben wäre, meinte er:

»Du liest entschieden zu viel«, und warf mir einen Blick zu, der sehr wenig schmeichelhaft war.

Durch das Boot entdeckte ich mein Element – es war ganz eindeutig das Wasser. Während die Griechen schon, wenn es auch nur anfing zu winden, um nichts in der Welt mehr den Hafen verließen, fuhr ich bei jedem Wetter. Dann wiegten sie die Köpfe, warteten aber bereits in der nächsten Bucht, um zu sehen, ob ich auch wirklich ankam.

Das ging eine Weile gut. Doch als ich mich dann einmal viel zu weit aus dem Paulushafen hinauswagte, kam ich mir, als mein Motor zu streiken drohte, in der blauen Unendlichkeit so lächerlich klein vor, dass ich begriff – gegen das Meer hatte man keine Chance, es verschlang einen in aller Gleichgültigkeit, wenn man das Risiko nicht so klein wie möglich hielt.

Was mir immer wieder an den Griechen auffiel – sie hatten eine gänzlich andere Einstellung zur Zeit als ich. Sie hielten nicht viel von der Vergangenheit und scherten sich nicht um die Zukunft, es war der Augenblick, der sie interessierte. Und wenn etwas die Zukunft durchkreuzte, wenn sie zum Beispiel etwas daran hinderte, hinaus zum Fischen zu fahren, so schimpften sie zwar auf das Meer, auf den Motor oder das Angelzeug, aber im Grunde genommen blieben sie genauso gern am Ufer und taten etwas anderes. Es war weniger Gleichgültigkeit, als dass sie sich nie von einer Sache dominieren ließen.

Griechenland war das Land der Improvisation. Nichts war geplant, nichts klappte wie zu Hause, aber dann klappte es irgendwie doch, eben überraschend – auf griechische Weise. Nichts war perfekt, und sie staunten mich wohl auch ein wenig an, dass ich es mit meinem Haus gleich so vollkommen hatte haben wollen. Das imponierte ihnen, aber deshalb sahen sie noch längst keinen Grund, meine Prinzipien auch auf ihr Leben und ihre Häuser zu übertragen. Ich war eben ein Fremder, ein *Xenos*, und Fremde waren eben merkwürdig.

Improvisieren hat etwas mit Wagnis zu tun, also mit Liebe zur Gefahr, ich hatte es früher ja auch nicht anders gehalten und mir dabei den Hals gebrochen. Wenn etwas nicht ganz so sicher war, enthielt es mehr Erwartung und damit auch ein Mehr an Hoffnung. Ich stellte fest, dass ich nicht umsonst in dieses Land gekommen war, ganz ohne Zweifel hatte ich Talent zum Griechen.

Ich hatte eine neue Betätigung gefunden, auch wenn das Boot, verglichen mit den tiefernsten Geheimnissen der Musik, eher etwas von einem Spielzeug hatte. Den Fremden hatte ich damit endgültig abgelegt. Ich freundete mich mit den Fischern an, schaute zu, wie sie ihre Netze flickten, und verbrachte einen Teil meiner Zeit diskutierend unten am Hafen. Auch meine Bücher las ich von nun an im Schatten meines Bootes, und bildete mir ein, die Nähe des Meeres gäbe auch ihnen eine andere Dimension.

Der Akropolis genau gegenüber lag eine kleine Sandbucht. Wenn ich dort ankerte, war ich in der Regel vollkommen allein, so dass ich mit der Zeit den Eindruck hatte, sie gehöre mir. Aber als ich eines Tages wieder dort anlegte, sonnte sich am Strand eine Riesenschildkröte. Ich hatte noch nie eine gesehen und wusste nur, dass die Fischer wenig Sympathie für sie hatten, da sie ihre Netze zerstörte. Regungslos lag sie dort wie ein Felsen, und ihre Gegenwart war so stark und urtümlich, dass ich mir wie ein Eindringling vorkam und mir verlegen eine andere Bucht suchte.

Als ich einmal in der Morgendämmerung hinausfahren wollte, um den Sonnenaufgang vom Meer aus zu erleben, wurde ich an sie erinnert. Ich war im Begriff, mein Boot loszumachen, als mit einem Mal der ganze Strand in Bewegung geriet. Von überall her strebte es dem Meer zu, eine Unzahl winziger Schildkröten, gerade erst ausgeschlüpft, krabbelte und kroch es dem Meer zu. Und alle schafften sie es. Ein Erlebnis, das zu dem großen Staunen beitrug, das diese Insel in mir auslöste und das ich in diesem Ausmaß bislang nur durch die Musik erlebt hatte.

15

Fehlten mir meine früheren Freunde? Ich war ganz sicher gewesen, ich hätte sie durch die Leute im Dorf ersetzt. Aber das stimmte nicht ganz, denn wenn es regnete oder mir der Sommer zu lang wurde, erinnerte ich mich mit einem Mal wieder an ihre Stimmen. Dann ging ich zur Post, um zu telefonieren, und das war gefährlich, denn der vertraute Klang weckte etwas von dem, was unter der Helligkeit und den Farben dieser Welt begraben lag, die ich so entschlossen zu der meinen gemacht hatte.

Meistens war es jedoch schwierig mit der Verbindung, und wenn sie endlich kam, war oft der Augenblick bereits wieder verpasst, und ich verspürte keine Lust mehr, von mir zu erzählen. Dann blieb ich einsilbig, um nicht lügen zu müssen, denn längst hatte sich meine Sehnsucht wieder in mir verschanzt, und die, die ich angerufen hatte, erfuhren nichts von meinen wirklichen Gefühlen.

Catherine anzurufen, was immerhin möglich gewesen wäre, verbot ich mir auch weiterhin. Um Liebe bettelte man nicht, man bekam sie geschenkt. Und geschenkt bekam ich immerhin hin und wieder einen Brief von ihr, der mich jedes Mal um mein mühsam erworbenes Gleichgewicht brachte, auch wenn es sich dabei nur um Berichte über das Theaterleben in München und nicht um Liebesbriefe handelte. Und doch waren sie ein Zeichen dafür, dass Catherine mich nicht vergaß. Da ich mir von unserer Begegnung aber so viel mehr erhofft hatte, ließ ich sie unbeantwortet.

Allmählich begriff ich, dass dies hier ganz allein meine Sache war, und hörte auf, zur Post zu gehen. Wenn Briefe für mich kamen, brachte sie mir ein Nachbar, und da ich nicht erinnert werden wollte an etwas, das zurücklag, las ich sie nur noch flüchtig.

Ich wusste selbst, dass ich es meinen Freunden nicht eben leicht machte. Schwiegen sie, so empfand ich das als Gleichgültigkeit, nahmen sie Anteil, kamen sie mir zu nahe. Die kluge Freundin, die mich seinerzeit in Zürich zum Flughafen gebracht hatte, verhielt sich neutral, indem sie mir ohne Kommentar Rezensionen über Theateraufführungen schickte. Sicher glaubte sie, damit mein Heimweh zu schüren. Aber vieles davon erschien mir hier, unter so drastisch veränderten Vorzeichen, lediglich als die Ausgeburt eines merkwürdigen Bedürfnisses, grundsätzlich alles aus seinem originalen Kontext herauszulösen und in unsere Zeit zu versetzen, wofür unter diesem Himmel jedes Verständnis fehlte.

Im Augenblick erschien es mir entschieden wichtiger, unter der Wölbung des nächtlichen Himmels auf den nachdenklichen Ruf der Käuzchen zu lauschen – ein kurzes musikalisches Motiv, eine fallende Sekunde in der Wiederholung, das das Blau der Nacht noch tiefer und die Vielzahl Sterne noch rätselhafter machte.

Oft konnte ich ihren Anblick ungeschmälert von den Lichtern des Dorfes genießen, denn die vom Elektrizitätswerk in Rhodos hatten die Novität noch nicht im

Griff mit dem Ergebnis, dass fast jeden Abend der Strom wegen Überlastung eine Zeit lang ausfiel, wodurch der Ort in anonymem Dunkel versank.

Ich hatte gelernt, Orion von Castor und Pollux zu unterscheiden und den Großen Bären von der Cassiopeia. Ein Fernrohr brauchte man ja weiß Gott nicht dazu, denn die Sterne schienen einem hier sehr viel näher zu sein als anderswo. Und erst die Milchstraße – am liebsten wäre man in diese glitzernde Sternenkarte hineingewandert. Wenn ich nachts in meinem Hof lag und nach oben schaute, war mir, als sei noch einmal alles möglich und mein Leben nicht verstellt von Erinnerung.

Ich hatte den Schlussstrich unter mein bisheriges Dasein mit solcher Konsequenz gezogen, dass ich sogar auf ein Radio verzichtet hatte, um nicht durch Musik an Dinge erinnert zu werden, an die ich nicht erinnert sein wollte.

Eines Tages blieb ich auf einem Spaziergang durchs Dorf jedoch plötzlich stehen. Von irgendwoher erklang der Anfang einer Brahms-Symphonie, und etwas in mir wurde davon so tief angerührt, dass ich erschrocken und doch wie verzaubert der Musik nachging, bis ich unter dem Fenster stand, aus dem sie kam. Ein golden strömendes D-Dur verwandelte die Kargheit Griechenlands in eine mitteleuropäische Sommerlandschaft. Ich sah Wiesen vor mir, sah Korn, das sich im Wind bewegte, Schatten spendende Bäume, alles war üppig und doch mild.

Und mit einem Mal hielt ich es ohne Musik nicht

mehr aus. Wenn diese tatsächlich der Seele Nahrung ist, so hungerte mich jetzt nach der Speise, von der ich mich mein Leben lang ernährt hatte. Und selbst meine Ausflüge an den nächtlichen Himmel boten dafür nur dürftigen Ersatz.

Ich warf alle bisherige Vorsicht über den Haufen, lief zur Post und bestellte mir in Zürich das Allernotwendigste an Schallplatten, dazu eine einfache Stereoanlage. Mein Herz klopfte, als ich darüber nachdachte, welche Freuden auf mich warteten. Wie leer jedoch mein Leben ohne die Musik gewesen war, merkte ich erst, als die Kiste mit den bestellten Schallplatten endlich angekommen war.

Und doch brachte der erste Abend keineswegs sogleich die erhoffte Seligkeit, ja, er verlief sogar eher chaotisch. Irritiert brach ich ständig wieder ab, um es stattdessen mit etwas anderem, Ungefährlicherem zu versuchen. Tamino wich diesmal nicht vor der giftigen Schlange zurück, sondern vor der Hydra der Erinnerung, deren Köpfe sich hundertfach aus der Musik erhoben.

Ich wollte bereits aufgeben, als ich auf dem Grund der Kiste Monteverdis *Marienvesper* entdeckte. Und sie war es, die letzten Endes die Lösung brachte, denn sie war sozusagen neutral – ich hatte sie nie selbst gesungen. Darüber hinaus war sie fast zur gleichen Zeit entstanden wie mein Haus, wodurch der Weg – so redete ich mir jedenfalls ein – geradewegs in meine griechische Gegenwart führte. Eine Musik also ohne Erinnerungen, ein neuer Anfang vielleicht.

Den Blick hinauf in die gemalten Vögel und Blumen

an der Decke gerichtet, hörte ich ihr zu. Und nach über einem Jahr der Abstinenz waren die Empfindungen, die sie in mir auslöste, so übermächtig, dass mir war, als habe Monteverdi seine *Vespera della beata vergine* nicht für San Marco, sondern eigens für diesen Raum komponiert. Aus ihrem tönenden Himmel, der rauschend und doch streng war, fielen Strickleitern zu mir herunter, und auf ihnen betraten die Sänger und Instrumentalisten die Sala.

Nicht nur mit meinen Ohren, mit allen Poren meines Körpers trank und schlürfte ich die Musik. Es war wie ein Rausch, und doch war ich vollkommen nüchtern. Ich fühlte mich wie ein Genesender, der eine lange Zeit krank gewesen war.

Allerdings war dafür gesorgt, dass ich nicht zu glücklich wurde, denn durch die abendliche Überlastung des Stromnetzes schwankte der Ton immer wieder bedenklich. Die Folge davon war, dass die himmlischen Chöre Monteverdis jedes Mal zu einer Art Höllengeheul degenerierten, was mich immer wieder entsetzt von der Banca aufspringen ließ.

Aber trotz dieser gelegentlichen Pannen schien auch die Sala auf die Musik geradezu gewartet zu haben, denn sie schwang und vibrierte wie der Resonanzboden einer riesigen Geige. Als das Stück zu Ende war, hörte ich das Ganze gleich noch einmal – erst jetzt war ich endgültig hier zu Hause.

16

An Abenden, an denen mir Zweifel kamen, ob es richtig war, dass ich mich in dieser fremden Welt vergrub, wanderte ich dort hinauf, von wo aus ich den Ort zum ersten Mal hatte liegen sehen. Aber jedes Mal wieder war es ein Anblick jenseits aller Erwartung, der mir die Sinne weitete. Dann tat ich Abbitte und pries aufs Neue meinen Stern, der mich hierher geführt hatte.

Ein ganzes Jahr dauerte bereits diese Verzauberung, ein Jahr, das mir sehr viel länger vorkam als alle anderen vor ihm. Der Ort schien unverändert, aber er war zu einzigartig, als dass man ihn nicht eines Tages entdecken würde. Dass seine Geschichte zurückreichte bis in die Antike, interessierte, wie ich hatte feststellen können, keineswegs nur die Fremden. Auch die Einheimischen, die doch von Kindheit an mit dieser großen Vergangenheit zusammenlebten, schienen stolz darauf zu sein.

Bislang waren nur wenige Touristen am Morgen dem regulären Bus aus der Hauptstadt entstiegen, und die meisten von ihnen kehrten am späten Nachmittag wieder dorthin zurück, denn noch immer gab es im Dorf keine Hotels. Aber während dieses einen Jahres waren die Besucher immerhin sehr viel mehr geworden, und der Ort war zu ungewöhnlich, als dass man ihn nicht über kurz oder lang gänzlich entdecken würde. Ob auf

Athene Verlass war, eine Profanierung ihres einstigen Heiligtums zu verhindern?

Den wenigen Fremden, die ständig hier lebten, war es offenbar ähnlich ergangen wie mir – sie waren gekommen, waren von der Atmosphäre des Ortes ergriffen gewesen und geblieben. Manche von ihnen hatten etwas zu vergessen, manche suchten etwas oder beides zugleich. Einige hielten sich für ungeheuer wichtig, andere wieder hatten auch das bereits hinter sich. Man verkehrte miteinander, aber im Wesentlichen ließ man sich in Ruhe.

Da ich keine Lust verspürte, Auskunft über mich zu geben, war ich bis jetzt allen näheren Kontakten mit der Ausländerkolonie aus dem Weg gegangen. Das fremde Element verlief sich unter den Leuten vom Dorf, ohne allzu viel von sich herzumachen – man lebte in einer friedlichen Symbiose.

Während des Sommers belebte sich die große Bucht bisweilen auf spektakuläre Weise. Luxuriöse Yachten kamen und blieben hier vor Anker, es erschienen elegante Leute, verwöhnte Frauen, die sich benahmen, als sei der Ort ihr Eigentum. Sie waren sehr laut und sehr dekorativ. An solchen Tagen setzte ich mich zusammen mit Pavlos und Jorgo auf die Platea, um dem Treiben zuzusehen.

Während Jorgo auch im Anblick der an Land steigenden Sirenen skeptisch rauchte, musste ich Pavlos fast am Tisch festbinden. *Panagia mou*, warum können unsere Frauen nicht so sein, pflegte er zu stöhnen, worauf ich ihn darauf aufmerksam machte, dass sie dann wohl kaum so geduldig und ausdauernd ihre Männer versorgen und die Kinder großziehen würden.

Selbst wenn sie in Vassilis' Restaurant nur das Essen bestellten, klang es hochdramatisch, wie in einer veristischen Oper, und einen Augenblick lang machte mir das Schauspiel Sehnsucht nach der großen Welt. Ich legte es darauf an, mit den Fremden ins Gespräch zu kommen, und bevor ich aufstand, lud ich die ganze Bande auf den nächsten Tag zu mir in meinen Hof ein.

Es wurde ein gänzlich anderer Abend, als ich es gewohnt war. Für ein paar Stunden verwandelte sich Lindos in St. Tropez. Ich könnte nicht sagen, dass der Abend mir missfiel, aber etwas an ihm war gelogen – ich spielte den erfolgreichen Tenor, der ein Haus im Süden hatte.

»*Che bella casa*«, sagten die schicken Leute von der fünfundzwanzig Meter Yacht, »*molto carino.*« Ich gebe zu, es war durchaus angenehm, wieder einmal gelobt zu werden, besonders aus dem Munde einer jungen Italienerin, der ich wohl nicht ganz gleichgültig war. Ich versprach, demnächst nach Rapallo zu kommen, um ihre Graphiken von Picasso zu bewundern und vielleicht auch noch etwas anderes.

Eftichia, die ich gebeten hatte, mir mit Gläsern und Tellern auszuhelfen, reagierte besorgt.

»Sie werden alles kaputtmachen«, sagte sie. »Du wirst sehen – feine Italiener geben nie Obacht. Aber mit fortschreitendem Abend schwand ihre Besorgnis, ja sie fand sogar, ich könne so etwas eigentlich ruhig öfter machen. Morgens um zwei war der Spuk vorüber und alles wieder beim Alten. Ich saß im dunklen Hof und hörte erleichtert zu, wie Eftichia in der Küche zusammenräumte. Ich hatte dem allen so gründlich abgeschworen, dass ich es selbst nicht begriff. Die Trauer um meine verlorene Stimme war eine sehr ausschließliche Geliebte.

Ich zählte die Zinnen auf der Mauer der Akropolis heute bereits zum zweiten Mal. In der Regel waren es zweiundachtzig, aber wenn ich nicht aufpasste, waren es dreiundachtzig oder auch einundachtzig, und ich musste noch einmal von vorn anfangen. Mir wurde bewusst, dass ich mich auf ganz kolossale Weise langweilte. Robinson hatte sich auf seiner Insel so komfortabel installiert, dass er sich die Aussicht verbaut hatte – keine Veränderung war in Sicht.

Auch der Reiz von Bootsfahrten, Spaziergängen und Schwimmen fing an, sich zu erschöpfen. Was mir fehlte, war eine Aufgabe. Dass man Glück nicht kaufen kann, ist eine Binsenwahrheit, aber nun bestätigte sie sich an mir. Um das Leben, das ich führte, hätte mich jedermann beneidet, aber es war eben nur ein Ersatz. Mein wirkliches Glück war meine Stimme gewesen. Ein seltenes Glück in der Tat, denn es hatte zugleich nach innen und nach außen gestrahlt, hatte mich und die anderen glücklich gemacht, war also mehr gewesen, als nur ein schwer definierbarer Begriff. Wieder einmal musste ich schlucken, damit die Bitterkeit verflog.

Aber auf die Dauer machte der Versuch, sich seine Trauer nicht anmerken lassen, ungeheuer müde. Es war ein Zwang und keine Aufgabe, ebenso langweilig wie dieses ständig schöne Wetter, bei dem man geradezu ein schlechtes Gewissen hatte, wenn man nicht glücklich war. Wie wohltuend waren dagegen im Winter die Wolken gewesen, da hatte man sich wenigstens vom Wetter verstanden gefühlt. Schlechtes Wetter machte innerlich, vielleicht war das der Grund, warum alle große Musik in nördlicheren Breiten entstanden war.

– »Das ist anmaßend und ungerecht der italienischen Musik gegenüber«, korrigierte ich mich.

– »Aber das Metaphysische besitzt diese doch wohl nicht in gleichem Maße.«

– »Will sie auch gar nicht.«

Ich merkte, dass ich die letzten Sätze laut gedacht hatte. Wenn man anfing, mit sich selbst zu reden, wurde die Sache gefährlich. Aber was war gegen diesen Stumpfsinn zu tun?

Ich konnte zum Beispiel an Catherine schreiben, denn auch ohne dass ich ihr antwortete, ließ sie in regelmäßigen Abständen von sich hören. Gerade heute wieder war ein Brief von ihr gekommen. Darin stellte sie höchst scharfzüngig Betrachtungen über das gesellschaftliche Leben in München an und ihre Karriere an der Oper. Nachdem sie während vier Jahren nur kleinere Rollen gesungen hatte, bereitete sie nun ihre erste *Gräfin* in *Figaros Hochzeit* vor. Ja, Catherine war ein kluges Mädchen und wusste abzuwarten, sich einzuteilen.

Doch als ich weiterlas, stutzte ich: Sie habe sich von ihrer langjährigen Lehrerin getrennt, schrieb sie, diese sei ihr auf die Dauer zu vorsichtig gewesen. Außerdem habe sie den Eindruck, die Sache nun endgültig selbst im Griff zu haben. Das wollte mir ganz und gar nicht gefallen, es klang überheblich und Catherines Singen nach zu urteilen, musste ihre Maestra eine Kapazität sein.

Ich war besorgt. Andererseits war gerade ich schlecht platziert, ihr gute Ratschläge geben zu wollen. Am Ende ihres Briefes hieß es dann noch, sie hoffe, dass ich in Griechenland tatsächlich den Göttern begegnet sei, wie sie es mir gewünscht habe. Nach meinem Vorleben schiene ich ihr dafür geradezu prädestiniert.

Ich ließ den Brief erst eine Weile liegen, beantwortete ihn dann aber auch diesmal nicht. Sie musste schließlich selbst wissen, was sie tat. Umsonst hatte ich wieder einmal auf etwas Persönliches in ihrem Brief gewartet, auf etwas, das sich in irgendeiner Weise auf uns beide bezog. Stattdessen verschanzte sie sich wie üblich hinter ihrem Singen, ihrer Musik.

Auch wenn mich gerade Catherines Kühle und Vernunft bezaubert hatten, in ihren Briefen konnte ich dieses Zuviel an Kontrolle nur schwer verkraften. In Anbetracht der Situation hätte ich etwas weniger Spott erwärmender gefunden. Aber dennoch dachte ich an sie, wie an eine unbeschreiblich schöne, außerordentlich überzeugende Möglichkeit, wobei ich, wenn ich ehrlich war, den unbestimmten Artikel durch ein Possessivpronomen ersetzte.

Ich sah sie vor mir, wie sie mir während jener fatalen Zeit am Cuvilliéstheater geholfen hatte zu überleben. Liebte man seinen Schutzengel? Man verehrte ihn. Und was war, wenn man ihn zusätzlich auch noch liebte? Ich fing an zu begreifen, was sie mit den Gefahren des Mitleids gemeint hatte.

»Ein allseits geschätzter Tenor ohne Stimme« – um wie Catherine zu reden – war keine gute Voraussetzung für eine Partnerschaft. Wir hatten es weiß Gott nicht leicht miteinander. Ein vertrackter, im Augenblick wenigstens kaum entwirrbarer Wust von Projektionen des einen in den anderen.

Und doch wanderte ich, wenn sie wieder einmal geschrieben hatte, draußen umher, ohne etwas anderes zu sehen als sie. Erfand sie auf den Felsen sitzend überm Meer, Wolken nahmen ihre Gestalt an, und am Abend besaß der Himmel bisweilen die Farbe ihrer Augen, besonders in diesen Wintertagen, wenn sein Blau ganz kühl wurde und ein wenig schmerzte.

Aber all das konnte ich ihr nicht gut schreiben, und sonst hatte ich nicht viel vorzuweisen. Gewiss, verglichen mit der Zeit damals in München, als der Boden unter mir schwankte, ging es mir gut. Auch untersuchte ich nicht mehr Felsen und Brücken auf ihre Möglichkeiten eines sicheren Verschwindens, und von der Akropolis zu springen verbot allein schon der gute Geschmack. Manchmal war er eben doch zu etwas nütze.

Dies alles war, wenn man so wollte, ein Fortschritt, aber es war einer, der sich nur durch eine Negation definieren ließ, dadurch, was ich *nicht* getan hatte. Was sollte ich ihr von Bootsfahrten erzählen, und auch das Haus, selbst ein so vollkommenes wie das meine, war für sie wohl nur von begrenztem Interesse. Ich hatte ihren kühlen, analytischen Blick nicht vergessen. Also am besten, ich ließ es bleiben und antwortete ihr auch diesmal nicht.

Ich sah auf die Uhr – hatte ich tatsächlich bereits den ganzen Nachmittag vertrödelt? Vielleicht machte ich doch noch einen Sprung auf die Platea, denn an einem der letzten Abende hatte ich bei Vassilis von fern den kleinen Herrn gesehen, der in Athen im letzten Augenblick ins Flugzeug gestiegen war. Ich hatte die Hoftüre bereits in der Hand, als ich zögerte. Warum einen Kontakt suchen, der unweigerlich dazu führen musste, hinsichtlich meiner Vergangenheit Farbe zu bekennen. Und so machte ich die Türe wieder zu, blieb zu Hause und hörte Musik.

Diese hatte mich noch einmal so sehr an ihr Herz genommen, dass unsere Umarmung schon eher einer Umklammerung glich. Allerdings gab es einen ganz entscheidenden Unterschied zu früher – ich machte nicht mehr selbst Musik, sondern erlebte sie rein passiv. In der ersten Freude des Wiederfindens war mir das gar nicht zum Bewusstsein gekommen.

Es war nicht so sehr das Publikum, das mir fehlte, als ein Partner, ein Freund, der die Musik und die durch sie geweckten Empfindungen mit mir teilte. Dieses Musikhören allein mit mir in diesem großen Raum endete jedes Mal in einer Stille, aus der ich nicht durch die Begeisterung eines anderen erlöst wurde.

17

Glücklicherweise änderte sich das mit einer meiner Fahrten nach Rhodos. Nach allerhand Einkäufen geriet ich dort in die Nähe des Grand Hotel, wohin es mich bisher noch nie verschlagen hatte. Denn was ich für mein Haus und dessen Reparaturen brauchte, fand sich nur in der Altstadt.

In einem Schaufenster an einem kleinen, von Palmen bestandenen Platz fielen mir schöne, sorfältig bemalte Teller auf. Nicht die billige Industrieware, die man in allen Geschäften sah, sondern exakte Kopien früher islamischer Keramik.

Ich trat in den Laden und war erstaunt, als ich dort klassische Musik hörte. Der Besitzer stellte sich als Nikolas vor, ein feiner, schlanker Mensch mit einem intelligenten Gesicht, und was er hörte war die *Pavane* von Ravel.

»Falls es Sie stört, mache ich die Musik aus«, sagte er. Aber ich wehrte ab:

»Ganz im Gegenteil.«

Ohne weiter über seine Teller zu reden, hörten wir zu, und ich merkte – da war einer, der tatsächlich zuzuhören verstand. Ab und zu trat jemand ins Geschäft, sah sich eine Weile um und verschwand wieder. Ein guter Geschäftsmann war Nikolas offenbar nicht, denn er kümmerte sich kaum um seine Kunden, ja, er schien eher froh zu sein, wenn sie wieder draußen waren.

Nikolas Mitrogiannis, keramika, las ich auf seiner Geschäftskarte, während er eine weitere Platte auflegte. Ich erinnere mich noch genau – es war die zweite Suite aus *Daphnis et Chloe*.

»Für mich klingt das immer so, als habe es Ravel in Lindos komponiert, und zwar an einem ganz frühen Morgen«, sagte ich. »Im Schimmern des Orchesters sieht man den Ort förmlich aus dem Meer aufsteigen. An einem ähnlichen Morgen der Verzauberung bin ich dort angekommen, und sie hält immer noch an. Ich kann mir gar nicht mehr vorstellen, Lindos jemals wieder zu verlassen.« Er sah mich an und lächelte:

»Sie hat es ja ganz schön erwischt.«

»Ja, Lindos ist ein Magnet. Wenn man für Griechenland geboren ist – ich meine, wenn es einem liegt –, dürfte es kaum etwas Schöneres geben.« Ich suchte mir zwei von seinen Tellern aus, was gar nicht leicht war, denn in ihrer Art waren sie alle gleich reizvoll.

»Übrigens kenne ich den Mann, der sie gemalt hat. Er lebt in Chios«, erzählte Nikolas. »Er braucht eine ganze Woche oder mehr für eine Kopie und ist so verliebt in seine Arbeit, dass ich mich manchmal frage, ob er in einem anderen Leben nicht einer von denen gewesen ist, die ursprünglich in Isnik die Teller gemalt haben. ›Warum machst du nicht einmal etwas Eigenes‹, habe ich ihn gefragt – ›Aber das tue ich doch‹, war seine Antwort. Allerhand, nicht wahr?« Nikolas lachte leise. Während er mir die beiden Teller in Seidenpapier wickelte, fielen mir seine Hände auf. Sie waren lang und nervig.

»Sie haben Hände wie ein Pianist«, sagte ich.

»Nun ja, ich bin vielleicht nicht Maurizio Pollini, aber ich spiele tatsächlich ganz gut Klavier. So sagt man jedenfalls. Ich habe zwei Jahre bei Reine Gianoli in Paris studiert. Übrigens gebe ich in der Stadt nebenbei auch Klavierunterricht, Klavierunterricht und Harmonielehre. Das ist zwar bisweilen etwas mühsam, aber immer noch besser als hier herumzusitzen und darauf zu warten, dass jemand meine Teller kauft.«

»Aber Sie haben doch Ihre Schallplatten.«

»Musik macht man am besten selbst, alles andere ist Konserve.« Darauf sagte ich wohl am besten nichts. Wir hörten noch ein Klavierkonzert von Mozart, ungestört von etwaigen Kunden. Dabei bewegte Nikolas nervös seine Finger, als spiele er selbst.

»Ich für mein Teil bin eigentlich recht dankbar für diese Konserven«, sagte ich, als die Platte zu Ende war, »ja, ich ernähre mich sozusagen von ihnen.« Er sah mich überrascht an. Aber ich hatte keine Lust, mein Leben vor ihm auszubreiten. Und doch, mir war lange nicht mehr so wohl gewesen wie in seiner Gegenwart. Als ich aus seinem Laden trat, hatte ich das Gefühl, einen Freund gefunden zu haben.

Die nächsten Tage blieb der Himmel bedeckt, es war schwül und stickig. Wieder einmal stellte ich fest, dass Lindos ohne das triumphierende, griechische Blau etwas archaisch Düsteres hatte. Es war sogar im Innern des Hauses zu spüren.

Als es mir absolut kein Vergnügen mehr machen wollte, allein in der Sala Musik zu hören, nahm ich den kleinen Wagen und fuhr nach Rhodos, um Niko zu besuchen. Es war ein Weg, den ich inzwischen auswendig kannte, aber noch immer versetzte mich die herbe, ständig wechselnde Landschaft, die ich durchfuhr in Entzücken.

»Welche Ehre«, sagte Niko altmodisch steif, als ich bei ihm eintrat.

Diesmal sprachen wir über Bücher, offenbar liebten wir die gleichen Dinge. Seinen Vorlieben war anzumerken, dass er in Paris studiert hatte. Stolz wies er auf eine ganze Reihe von Bänden der *Pléiade* auf einem Bord neben seinen Schallplatten. Seine Augen glänzten, als er von der Buchhandlung erzählte, in der er sie gekauft hatte.

»Kennen Sie *La Hune* am Boulevard St. Germain? Wenn ich vom Üben genug hatte, stöberte ich dort für Stunden. Ich darf gar nicht daran denken, und hier«, sagte er bitter, »was gibt es hier? Nur Postkarten und Zeitungen.«

»Dafür gibt es hier etwas anderes, das Meer zum Beispiel. Auch sollte jemand wie Sie vielleicht nicht an einem Ort wohnen, wo andere Leute Ferien machen«, gab ich zu bedenken. Ich merkte, dass unserer Gespräch auf ein Terrain geriet, das für mich selbst nicht ungefährlich war. Und doch enthielt auch dieser Vormittag wieder genau das Vitamin, das mir in Lindos fehlte. Am liebsten hätte ich ihn gleich dorthin verschleppt, aber Niko musste sein Geschäft hüten.

Leider sah ich ihn nicht oft genug. Mit dem Bus war es weit und umständlich nach Rhodos, denn er hielt praktisch in jedem Dorf, und den kleinen Wagen leistete ich mir mit Rücksicht auf mein Budget nur in monatlichen

Abständen. Auch zwang ich mich auf diese Weise zum Spazierengehen, ja ich wanderte dabei nicht selten quer über die Insel.

Das war alles gut und schön, aber trotzdem war ich jedes Mal froh, wenn diese meine Wanderperiode vorüber war und ich mir in Rhodos wieder den kleinen Wagen holen konnte, denn bei dieser Gelegenheit besuchte ich natürlich Niko.

Er war nicht so grundsätzlich von unserer Insel begeistert wie ich, oder besser gesagt – ihre Entwicklung machte ihm Sorge.

»Hast du gesehen, wie hier gebaut wird? Vom Flughafen bis hinein in die Stadt sieht es bereits aus wie in Miami Beach. Und die Ausfahrt nach Lindos verspricht in absehbarer Zeit zu einem Industrievorort zu werden. Du kannst von Glück sagen, dass du weit weg von alledem in deinem Dorf lebst. Ich dagegen sitze hier mitten im Touristenviertel, wo alles käuflich geworden ist.« Ich gab zu bedenken: »Aber du verkaufst doch schließlich auch etwas, arbeitest also sozusagen mit an der Zerstörung dieses Paradieses.«

»Man muss eben verdienen, das ist das Dilemma. Alle wollen und müssen verdienen und das möglichst leicht und schnell. Aber ich kann dir versprechen, dass ich hier nicht alt werde, denn ich möchte nicht erleben, wie sie kaputtgemacht wird, meine schöne Insel.« An diesem Morgen war nichts mit ihm anzufangen. »Von meinem Umsatz will ich gar nicht erst reden, er ist nämlich gleich null. Meine Teller sind viel zu teuer, denn sie sind Handarbeit. Für ein Souvenir wollen die Touristen nicht so viel ausgeben.«

»Dann verkaufe eben irgendwelchen Schund.«

»Das kann ich nicht.«

»Oder geh von hier weg, meinetwegen zurück nach Paris, oder wenigstens auch nach Athen und spiele dort Klavier, wenn du glaubst, dass du gut genug bist. Kultur hat ihren Preis, mein Lieber, die Beschäftigung mit Ravel und Aragon macht empfindlich.« Bedrückt schwieg er eine ganze Weile, dann sagte er plötzlich:

»Weißt du was? Ich sperre den Laden hier zu, und wir fahren zu dem kleinen Kino am Hafen, wo ich meine Klavierstunden gebe. Dort steht ein recht passabler Flügel, darauf spiele ich dir etwas vor – wegen der Hitze vielleicht am besten etwas Wässriges, Ravels *Jet d'eau* oder *Ondine*, du kannst es dir aussuchen.« Mit einem Mal war er bester Laune.

Ich parkte den kleinen Wagen am Hafen vor der pseudo-venezianischen Kirche. Links davon lag der kleine alte, türkische Friedhof mit den Turban geschmückten Grabsteinen und der zierlichen Moschee. Inmitten des Hotelviertels ein Stück Tausendundeine Nacht.

»Schön, nicht wahr?« sagte Niko. »Abends steige ich manchmal über die Mauer und warte dort auf Scheherazade. Du kennst ja sicher die von Ravel.« Ich nickte. Aber wir ließen den verträumten Friedhof links liegen und stiegen stattdessen die paar Stufen zu Nikos Kino aus der Zeit des Faschismus hinauf. In seiner Banalität wirkte der Saal mit dem Flügel ernüchternd, doch das wurde unwichtig, als Niko zu spielen anfing.

»Entschuldige«, rief er, »ich muss mich erst etwas einspielen. Wenn man so den ganzen Tag im Laden sitzt – du verstehst.« Aber es gab nichts zu entschuldigen, denn Niko war noch bedeutend besser, als ich angenommen hatte. Unter diesen Umständen musste er tatsächlich von hier weg, musste in eine Großstadt. Vielleicht konnte ich ihm sogar helfen, weiterzukommen. Er war ein begabter Mensch, und das musste er ausleben. Wie schwer es war, sich das Begabtsein zu verkneifen, wusste niemand besser als ich.

Als ich ihm an jenem Morgen zuhörte, waren meine Zweifel, ob nicht auch ich bereits zu lange den Kopf in den Sand steckte, stärker als sonst. Ich sagte ihm sehr viel Positives über sein Spiel, worauf er meinte, da es von mir käme, freue es ihn besonders. Dieser Vormittag besiegelte unsere Freundschaft.

Ich habe mich später immer wieder gefragt, warum ich nicht den Mut hatte, ihm endlich auch von mir und meinen Schwierigkeiten zu erzählen. Es ist nicht leicht zu definieren. Die Griechen bewundern gern, und Niko machte darin keine Ausnahme. Und er bewunderte mich, das war mir klar, nicht zuletzt deshalb, weil mir genau das gelungen war, was er sich so sehnlichst wünschte – ich hatte in der Musik Karriere gemacht.

Immerhin hatte ich ihm erzählt, dass ich Sänger war, und er erinnerte sich sogar, mich einmal in einer Radioübertragung gehört zu haben. Es wäre einem Eingeständnis der Impotenz gleichgekommen, wenn ich ihm gesagt hätte, dass all das der Vergangenheit angehörte. Niko war stolz auf mich, und da ich es selbst nicht sein konnte, tat mir das gut. Ich brauchte seine Bewunderung mehr als sein Mitleid.

18

Auch über der Begegnung mit Niko hatte ich die Frau nicht vergessen, in deren Hof ich mich am Morgen meiner Ankunft verirrt hatte. Als ich eines Nachmittags durch Pefkos fuhr, eine Art Gartenstadt, wenige Kilometer von Lindos entfernt, sah ich sie plötzlich wieder und erschrak so heftig, dass ich fast auf einen Karren mit Melonen aufgefahren wäre, der abrupt vor mir bremste.

Sie wieder zu sehen, während die *Karpusi* dumpf polternd auf die Straße schlugen, hatte etwas gänzlich Abenteuerliches. Es war, als habe sich das Bild jenes Morgens aus meiner Erinnerung befreit, das es bis dahin festgehalten hatte.

Sozusagen im Schatten der Dame stand der kleine, ältere Herr, der sich auf dem Rückflug aus Athen neben mich gesetzt hatte. Mit seinem sorgfältig gestutzten Vollbart und äußerst korrekt gekleidet, nahm er sich in diesem staubigen Chaos höchst merkwürdig aus. Er wirkte abwesend, als dächte er, ungestört von der Turbulenz der Umgebung, über einen zu schreibenden Text nach und ließ sie winken. Offenbar bemühte sie sich um eine Fahrgelegenheit zurück nach Lindos.

Ich stellte mich vor und bot meine Dienste an, was von der Dame lächelnd und mit offensichtlicher Erleichterung akzeptiert wurde. Der kleine Herr verbeugte sich höflich: »Wie kennen uns bereits«, worauf mich die Dame überrascht ansah.

»Sie scheinen es ja direkt auf uns abgesehen zu haben«, sagte sie und stieg ein. Da sie sich neben mich gesetzt hatte, fand ich es einigermaßen schwierig, mich aufs Fahren zu konzentrieren. Immer wieder sah ich zu ihr hinüber, um meine Erinnerung mit der Realität zu vergleichen, was sie jedes Mal mit einem Lächeln quittierte. Es war dasselbe eigentümliche Lächeln, das mir bereits an jenem ersten Morgen aufgefallen war – etwas bemüht spannte es sich über ihre Wangenknochen, während sich ihre Augenbrauen erstaunt hoben. Wie reizvoll sie war, wenn auch um einiges älter, als ich gedacht hatte.

Diesmal trug sie einen schilfgrünen Sari, und trotz der Hitze hielt sie sich etwas manieriert, einen Seidenschal mit der Hand gegen Hals und Schultern, als sei sie besorgt, sich zu erkälten. Die Art und Weise unserer ersten Begegnung machte mich immer noch verlegen, und prompt kam sie auch darauf zurück:

»Ich hatte gehofft, Sie hätten inzwischen die Sprache wieder gefunden, verlieren Sie sie nur nicht gleich wieder«, und wieder lächelte sie. Jetzt hätte ich schwören können, sie schon früher irgendwo gesehen zu haben – in einem Film, einer Illustrierten. War sie Schauspielerin oder Sängerin? Aber ich hütete mich zu fragen.

Schweigend fuhren wir durch die karstige Ebene von Haghios Nikolaios. Zu beiden Seiten der Straße goldene Disteln in Kniehöhe, an denen da und dort Ziegen knabberten. Auf dem Parkplatz oberhalb des Dorfes verabschiedete man sich, fast bedauerte ich es bereits, sie mitgenommen zu haben. Bei der Kleinheit des Ortes war man einander allzu leicht ausgeliefert.

Bereits am Tag darauf traf ich den kleinen Herrn wieder, ich hatte Recht gehabt, man konnte sich nicht entkommen. Es war im einzigen Laden des Dorfes, er blätterte in den Journalen und kaufte, mit dem Verkäufer scherzend, Gemüse und Früchte.

»Ich bin gezwungen, mich selbst zu verpflegen, denn sie« – das war wohl die Dame – »ernährt sich bei dieser Hitze sozusagen von Luft, wenigstens hat es den Anschein. Aber sie ist bezaubernd, nicht wahr? Immer wieder staune ich, wenn ich sie ansehe – das verstehen Sie sicher?«

Dass er und wie er von ihr sprach, fand ich merkwürdig, wo man sich doch kaum kannte. Jetzt hatte ich es – er erinnerte mich an den Komponisten Camille Saint-Saëns, der wiederum Eduard dem VII. geglichen hatte. Ein Eindruck, der wohl hauptsächlich von seinem sorgfältig gepflegten Vollbart hervorgerufen wurde. Wieder war er fein, ja außerordentlich korrekt gekleidet. Er warf einen Blick in eine der Zeitungen.

»Ich informiere mich. Ihnen, junger Mann, mag es ähnlich gehen, und doch hat man seine Zweifel, ob es sich lohnt. Außerdem sind sie zu teuer, 300 Drachmen für diesen Schund ist absolut lächerlich. Schauen Sie in die Feuilletons, in der Opernszene beispielsweise nimmt man sich so wichtig wie nie zuvor und verachtet unter dem Vorwand dringend nötiger Neudeutungen alle Regeln des gesunden Menschenverstandes. Ich sehe zum Beispiel nicht ein, was es an Wagners *Tristan* zu deuten gibt. Außerdem dauert das Stück ja weiß Gott lange genug, um selbst hinter den Sinn der relativ schlichten Fabel zu kommen.«

»Die Inszenierung des Kreativen anstelle des wirklich Schöpferischen«, schlug ich vor.

»So ist es. Im Grunde genommen ist das alles nur furchtbar peinlich. Hoffnungslosigkeit und Überdruss werden als Ehrlichkeit gefeiert, und dabei galt die Kunst doch auch einmal dem Vergnügen. Aber Vergnügen ist gegenwärtig verpönt, es wird verarbeitet, bewältigt, man wirft zum alten Eisen, was einmal den Leuten gefallen hat. Es herrschen masochistische Tendenzen. Ich hoffe, ich klinge nicht allzu reaktionär. Aber sehen Sie sich um, hier scheint man ebenfalls von Kultur nicht viel zu halten. Vielleicht ist sie in unserem Zeitalter tatsächlich nur noch eine Erinnerung.«

»Im Augenblick ist man jedenfalls daran, sie zu demontieren. Offenbar hält man dies für die einzige Möglichkeit, ihr schöpferisch noch etwas abzugewinnen.« Er lachte, meine Antwort schien ihm zu gefallen, über das Gemüse und die Zeitungen hinweg blickte er ins Weite:

»Ich frage mich, ob man nicht, anstatt zum Mond zu fliegen, eine Uhr konstruieren sollte, die den Tag über vorwärts ginge und während der Nacht wieder rückwärts. Vielleicht würde sich auf diese Weise die Welt noch einmal einpendeln. Erfahrungen sind nicht durch Fortschritt zu ersetzen, sie haben etwas mit dem Zeitbegriff, mit der Dauer zu tun. In der Kunst zumindest – und um sie habe ich mich immer mit Vorliebe gekümmert – ist der permanente Fortschritt dabei, das Medium selbst zu verschlingen. Am liebsten säße man wie Jonas im Bauch des Walfisches, um davon nichts mehr hören und sehen zu müssen.«

»Sie würden sich in Kürze fürchterlich langweilen.«

»Durchaus möglich. Aber noch entschieden langweiliger finde ich es, wenn man mir irgendeinen prätentiösen Unsinn als tiefsinnige Interpretation vorsetzt. Interessiert es Sie zum Beispiel, wenn Ihnen die Atriden in einer Zweizimmerwohnung als spießige Kleinbürger vorgeführt werden? Mich macht es ärgerlich, und dann kann ich einfach nicht den Mund halten. Deswegen habe ich auch meinen Job verloren. Sie streichen dies, oder Sie sind Ihre Stellung los, hat mein Redakteur zu mir gesagt, als ich geschrieben hatte, der oder jener namhafte Regisseur – der Name tut nichts zur Sache – ersetze seine Unmusikalität durch einen Mangel an Handwerk. Ich habe es aber nicht gestrichen, mit dem Erfolg, dass ich jetzt hier mit dieser überaus reizenden Dame spazieren gehe. Sie hat einen Hang zur Wohltätigkeit, darum lässt sie mich bei sich wohnen.«

Auf derartige Enthüllungen war ich in Nektarios' Laden nicht gefasst gewesen. Voller Verachtung steckte der kleine Herr die Zeitungen zurück in den Ständer und wandte sich darauf dem Gemüse zu.

»Konzentrieren wir uns lieber auf die Gurken, diese entsprechen einem echten Bedürfnis.« Nach meiner dörflichen Abstinenz entzückte mich die Art und Weise, wie er über die Sprache verfügte. Er nahm die Brille ab und trat vertraulich einen Schritt näher.

»Hören Sie, wir müssen diese Woche in die Stadt und haben keinen Wagen. Hätten Sie vielleicht Zeit, uns zu fahren? Ich weiß, es ist etwas aufdringlich, aber auch *sie* wäre Ihnen sehr verbunden.«

Er sprach mit einem gänzlich abenteuerlichen Akzent, aber darüber dachte ich im Augenblick gar nicht nach, sondern sah wieder die Dame vor mir, wie sie mich, inmitten ihrer Bougainvilleen, die Gartenschere wie einen Dolch in der Hand, spöttisch und doch so herausfordernd angesehen hatte. Und ohne weiter nachzudenken, sagte ich:

»Wenn Sie wollen, meinetwegen schon morgen, passt Ihnen das? Ich werde gegen drei Uhr auf der Platea auf Sie warten.« Gleichzeitig aber warnte mich etwas vor dem geplanten Ausflug, doch ich versuchte, nicht darauf zu hören. Meine Neugierde war geweckt, und ich redete mir ein, dies sei genau die Abwechslung, die ich so dringend brauchte. Ungeduldig wartete ich auf unsere Verabredung, aber die Dame sagte zweimal ab mit der Begründung, sie habe Migräne, und so wurde Freitag daraus. Ich hatte das Gefühl, dass sie mich absichtlich warten ließ.

19

Als ich zur Platea kam, standen sie dort schon fremd unter den Touristen. Diesmal trug die Dame ein langes, meerblaues Kleid, und wie an jenem ersten Morgen umstand ihr Haar ihren Kopf in arrangierter Unordnung. Der kleine Herr wiederum schien ausgerüstet wie zu einer Ägyptenexpedition der Jahrhundertwende. Sie erregten Aufsehen, man fotografierte, was sie aber nicht im Geringsten zu stören schien.

»Da sind Sie ja endlich«, sagte die Dame, obwohl ich früher kam als verabredet. Ich wies auf den Wagen, dabei hätte ich mich fast für das bescheidene Modell entschuldigt. Der kleine Herr setzte sich zunächst neben mich, stieg aber dann noch einmal aus und nahm hinten neben der Dame Platz. Auf diese Weise hatte ich das Gefühl, ihr Chauffeur zu sein.

Während der ganzen Fahrt sprachen beide kein Wort. Nach etwa einer halben Stunde teilte sich die Straße. Die Dame legte mir leicht die Hand auf die Schulter:

»Jetzt fahren Sie bitte nach rechts. Kennen Sie Kalithea?« Ich schüttelte den Kopf.

« Es wird Ihnen gefallen. Sie werden sehen, es ist ganz erstaunlich.«

Erstaunlich war auch die Küstenstraße mit Blick auf das Meer, nachdem wir erst einmal die modernen Hotelbauten hinter uns gelassen hatten – touristisches Niemandsland, anonym und hässlich. Mit den gewaltig blühenden Agaven zu beiden Seiten der Straße waren wir eindeutig wieder in Griechenland. Zwei Kilometer weiter flankierten zwei kurzstämmige Palmen aufwendig ein schadhaftes Portal. Wiederum berührte die Dame mich leicht an der Schulter, wir hielten.

Ich sprang aus dem Wagen und öffnete ihr ironisch übertrieben den Wagenschlag, was sie jedoch ignorierte. An der Seite des kleinen Herrn schritt sie vor mir die Stufen hinunter zum Meer, das in kleinen Buchten gegen die Felsen schlug. Wie junge Liebende hielten sie sich bei der Hand, und indem sie sich von Zeit zu Zeit nach mir umwandten, bezogen sie mich lächelnd in ihr Spiel mit ein.

Vor uns lag eine phantastische Szenerie. Ein verlassener Badeort der Zwanzigerjahre, hineinkomponiert in die Felsen aus Kuppelformen und Rundbögen, zur Hälfte bereits wieder zurückgenommen von der Natur. Die Wurzeln der Aloen hatten die Baukörper gesprengt und sich mit ihnen zu malerischen Gruppen des Verfalls vereinigt. Ich war begeistert:

»Sie haben wahrhaftig nicht zu viel versprochen – hier sollte man Opern spielen! *Ariadne auf Naxos* oder Mozarts *Idomeneo*, man sieht es förmlich vor sich. Das Meer anstelle des Orchesters, das Ruinöse als Dekor – selbst das in dieser Hinsicht so verwöhnte 18. Jahrhundert wäre zufrieden gewesen. Die Herrschaften hätten aus einer Muschel dem Spektakel zugesehen, umgeben von Nereiden und Tritonen, und auf das gemeine Publikum hätte man am besten verzichtet.«

»Sie sind ein Phantast«, sagte die Dame.

»Das kommt von Ihrer Gegenwart«, und einmal im Schwung verbeugte ich mich und machte ihr ein Kompliment für ihr Aussehen.

»Ich habe versucht, es diesem Nachmittag anzupassen«, erwiderte sie, »es sollte dafür belohnen, dass Sie uns gefahren haben.«

Donnerwetter, dachte ich, welch intaktes Selbstbewusstsein. Aber woher kannte ich diesen Satz, stand er nicht irgendwo bei Oscar Wilde? Lady Windermere empfing diesmal am Meer.

»Eleganz ist im Augenblick suspekt«, fuhr sie fort, »denn sie hat etwas mit den schönen Begriffen zu tun, die man heute verdächtigt, mit Form, Distanz und Diskretion. Finden Sie nicht auch?«

»Nun, ich weiß nicht – in dieser Umgebung klingt das alles ein bisschen weit hergeholt. Wenn man Sie ansieht, möchte man Ihnen allerdings Recht geben.«

Sie lehnte sicher, eine Spur zu vollkommen, gegen eins der maurischen Portale, von dem früher einmal Stufen zu einem Brunnenraum geführt hatten. Mit der einen Hand schützte sie ihre Augen gegen das Sonnenlicht, ganz offensichtlich genoss sie ihre Wirkung auf mich. Und sie täuschte sich nicht – ich hatte den Eindruck, von neuem auf der Bühne zu stehen. Bei meinem mönchischen Dasein war ich derartige Spiele allerdings nicht mehr gewöhnt, da ging ich vielleicht besser zur Attacke über:

»Wie ich sehe, sind Sie dabei, sich zu einer Göttin zu stilisieren.«

»Es ist wohl eher meine Umgebung, die darauf besteht.«

»Ist das auf die Dauer nicht etwas anstrengend?«

»Für die Umgebung oder für mich selbst?« Ich lachte:

»Ihnen ist schwer beizukommen. Wissen Sie, dass ich Sie am Morgen meiner Ankunft für eine Realisation des Genius loci gehalten habe? Sozusagen in der Verwirrung der Gefühle.«

Was ich gesagt hatte, schien sie zu amüsieren. Sie lächelte mich an, abwartend, ihrer Sache vollkommen sicher. Eine eigenartige Verführung ging von ihr aus – man müsste einen Film mit ihr als Zauberin Circe drehen, ging mir durch den Kopf. Auch war der Rahmen mit Bedacht gewählt – durch die maurischen Türen fiel Licht und spielte streifig auf ihrem Körper. Ich betrachtete sie und hörte dabei dem Meer zu – es schien ebenfalls mitzuspielen, nicht allzu vordergründig, nur gerade so, dass es den inszenierten Zauber nicht störte.

»Wir kommen oft hierher, Brian und ich« – Brian, das war offenbar der kleine Herr – »es unterbricht eine wenig die Monotonie dieses endlosen Sommers«, sagte sie, nachdem sie mir genügend Zeit gegeben hatte, sie zu bewundern. Es klang ein wenig leidend, ich versuchte, mich ihrem Ton anzupassen:

»Hoffentlich kommt niemand eines Tages auf die Idee, diese Elegie zu restaurieren.«

»Ich hatte mir gewünscht, dass Sie so etwas sagen würden – ohne den Verfall wäre das Ganze lediglich schlechter Geschmack.«

Auf einmal hatte ich genug von der Künstlichkeit unseres Dialogs, die mir in dieser Umgebung besonders lächerlich vorkam, und wünschte mir, ich wäre allein hierher gefahren. Den Blick auf die von Kiefern umstandene Bucht gerichtet, versuchte ich, mir die Musik der *Ariadne* vorzustellen, die dieses Dekor förmlich suggerierte. Aber das metallische Lärmen der Zikaden war stärker – man glaubte die Hitze förmlich hören zu können.

Der kleine Herr hatte sich diskret in einiger Entfernung gehalten, offenbar nahm er nun aber an, dass unser Gespräch beendet sei, denn er trat auf uns zu.

»Ich freue mich, dass du dich so gut unterhalten hast«, sagte er zu der Dame. Und zu mir gewandt:

»Die warnende Stimme der Vernunft, sie hört sie nicht gerne. Aber ich muss daran erinnern, dass wir in Rhodos erwartet werden. Wir haben uns bereits verspätet.« Wieder gingen sie vor mir her, dabei beugte er sich galant über ihre Hand und küsste sie.

»Ich verwöhne sie ein wenig mit den Formen einer anderen Zeit, denn sie tut sich etwas schwer mit der Gegenwart«, sagte er.

»Das tun Sie offenbar beide«, erlaubte ich mir zu sagen.

»Jetzt finde ich Sie allerdings ein wenig vorlaut«, sagte die Dame, indem sie sich nach mir umwandte. Dabei hatte sie plötzlich ein gänzlich anderes Gesicht, die Stilisierung hatte einen Riss bekommen. Wieder durchschritten wir das Kiefernwäldchen, dessen Stämme sich schräg gegen den Wind neigten. Einen Augenblick hatte ich das Gefühl, als habe sich die Perspektive verschoben – in welch merkwürdige Gesellschaft war ich da geraten.

Während der Fahrt schwiegen wiederum beide. Obwohl es ungeheuer heiß im Wagen war, bestand die Dame darauf, dass die Fenster geschlossen blieben.

Kurz vor der Stadt bat sie mich, nach rechts abzubiegen. Wir hielten vor einem riesigen Hotelkasten.

Am Empfang erkundigte sie sich nach einem Herrn. Als man ihr versicherte, dass es im Hotel niemand dieses Namens gäbe, wurde sie sehr laut und unangenehm. Ich zog es vor, nicht zu ihnen zu gehören und trat deshalb hinter eine Säule.

»Sie erträgt es nicht, dass man ihr widerspricht«, sagte der kleine Herr leise zu mir, »sie ist es nicht gewöhnt.«

»Widersprechen Sie ihr denn niemals? Das sollten Sie aber tun.«

»Nun ja, bisweilen korrigiere ich sie oder dämme sie ein, wenn Ihnen das lieber ist, falls sie allzu sehr über die Ufer tritt«, sagte er sehr heiter. Offenbar fing er an, in mir einen Verbündeten zu sehen.

Mit einer neuen Version ihres Lächelns wandte sich die Dame wieder an uns. »Ich suche meinen Agenten«, erklärte sie, »gleichzeitig spielt er auch meinen Bankier. Wir haben keinen Pfennig Geld mehr, daher muss ich ihn dringend sehen. Es wäre das erste Mal, dass er mich im Stich ließe.« Sie schien beunruhigt.

»Könnte man denn das Geld denn nicht auch schicken lassen?« fragte ich.

»Natürlich könnte man das, aber so ist es mir lieber. Auf diese Weise weiß er, wer hier das Sagen hat.«

Ich erschrak, hinter der Kunstfigur erschien eine andere Frau, enttäuscht und zynisch. Am liebsten hätte ich mich davongemacht, aber da ich sie hierher gefahren hatte, musste ich dableiben. Als habe sie meine Reaktion gespürt, setzte sie ihre Sonnenbrille auf und ging zurück an die Rezeption. Ich hatte sie im Verdacht, dass sie dem kleinen Herrn Gelegenheit geben wollte, sie mir gegenüber zu interpretieren. Und tatsächlich versuchte er es auch:

»Sehen Sie, ihre Zeit ist vorüber. Sie war keine Frau, sondern ein Ideal und verkörperte alle Sehnsüchte des Publikums. Aber dergleichen will man heute im Film nicht mehr. Und das hat sie bitter gemacht, bitter und zynisch. Sie dürfen es nicht persönlich nehmen. Nun reist sie hin und her und findet keine neue Türe, die sich öffnen will. Ich habe versucht, ihr klarzumachen, dass sie dazu erst eine andere schließen muss. Ihr Agent ist da leider keine Hilfe, denn er lässt sie darüber im Unklaren, dass niemand sie mehr sehen will, sonst käme er nicht regelmäßig hierher.«

»Vielleicht sollte sie zurück zum Theater.«

»Das sage ich ihr auch, denn sie ist eine ganz ausgezeichnete Schauspielerin. Aber sie will nicht, dazu liebt sie das zu sehr, was der Film aus ihr gemacht hat.« In diesem Augenblick kam sie zurück.

»Habt ihr euch gegen mich verschworen? Ich habe den Eindruck, dass über mich geredet wurde. Übrigens ist er tatsächlich nicht gekommen, ich meine meinen Agenten. Soll ich sagen, dass damit eine Welt für mich einstürzt?« fragte sie betont ironisch, aber ich konnte sehen, dass es sie ganz im Gegenteil außerordentlich beschäftigte.

Das riesige Hotel war menschenleer. Es musste von einem Größenwahnsinnigen gebaut worden sein, alles an ihm war von liebloser Weitläufigkeit. Um in den Garten zu gelangen, hatten wir endlose, marmorne Korridore zu durchwandern und stiegen zuletzt eine Treppe hinunter, die eher zu einem Bahnhof gepasst hätte. Draußen im Garten war unter einer Markise ein kaltes Buffet aufgebaut. Wir bedienten uns.

»Aber wollen wir uns nicht lieber in den Schatten setzen?« schlug die Dame vor. Ich bemühte mich um Stühle, wobei ich mich darüber wunderte, dass ich ihr Spiel noch immer mitmachte. Ich glaube, ich tat es dem kleinen, sympathischen Herrn zuliebe. Wir setzen uns, die Unterhaltung stockte.

»Offen gesagt verstehe ich nicht ganz, warum Sie ausgerechnet hier leben«, sagte ich, um irgendetwas zu sagen, »in einer Großstadt hätte eine Frau wie Sie doch sicher mehr Resonanz.« Sie sah mich an.

»Wahrscheinlich sollte ich Sie dasselbe fragen, aber bleiben wir gesittet. Es dürfte Ihnen nicht entgangen sein, dass ich die erste Blüte der Jugend bereits hinter mir habe. Die Wahrheit über mein jetziges Aussehen behalte ich also besser für mich, sonst verderbe ich den anderen den Spaß, das heißt ihre Erinnerung an mich. Ich habe mich sozusagen selbst aus dem Verkehr gezogen, man ist es seinen Anbetern schuldig – ich darf Sie doch wohl zu ihnen zählen?«

Aber ich hatte keine Lust, ihr weiterhin die Stichworte zu geben. Boulevardstücke hatten mich schon immer gelangweilt. Ich beobachtete den kleinen Herrn, auch ihm waren ihre Konfessionen sichtlich peinlich, denn er hatte verschiedentlich versucht, sie zu unterbrechen.

»Sie entschuldigen mich, es ist mir hier zu schattig.« Damit stand ich auf und stieg, ohne mich umzudrehen, die aufwendige Treppe hinauf. Vor dem Eingang des

Hotels setzte ich mich auf den Rasen und schloss die Augen. Es roch nach geschnittenem Gras, und ich genoss die Wärme der Sonne. Langsam wurde mir wohler. Nach einiger Zeit erschien der kleine Herr und erkundigte sich höflich, wie es mir ginge.

»Sie ist heute wieder einmal besonders unmöglich, aber Sie dürfen es ihr nicht übel nehmen. Sie hat Angst, weil ihr Agent nicht gekommen ist, darum ist sie dermaßen in Fahrt geraten. Auch war sie wohl enttäuscht, weil Sie nicht so auf sie reagiert haben, wie sie es sich vorgestellt hatte.«

»Sie sind ein guter Freund.«

»Nun ja, wir sitzen hier ja alle sozusagen auf Ruinen, wenn ich mich nicht irre. Und diese aufzubauen ist bedeutend schwerer als unsere schönen, alten Häuser.« Er zündete sich eine Zigarette an.

»Haben Sie nicht manchmal Heimweh nach Ihrer Zeitung«, fragte ich ihn.

»Doch, das habe ich, aber ich würde wieder das Gleiche schreiben. Die Kunst ist eine ernste Angelegenheit, in diesem Punkt hat Goethe einmal nicht Recht gehabt.« Er rauchte schweigend. Nun erschien auch die Dame. Sie hatte ein Tuch um Kopf und Hals geschlungen und hielt sich mit einer Sonnenbrille bedeckt. Sie betrachtete mich, ohne zu lächeln:

»Leider habe ich den Eindruck, dass Ihnen meine Antworten nicht immer gefallen. Aber machen wir uns doch nichts vor – Künstler interessieren sich letzten Endes nur für sich selbst und ihr Kunstwerk, in meinem Fall bin ich dieses Kunstwerk selbst.« Und als ich darauf nichts sagte:

»Und Sie, für was interessieren Sie sich? Sie haben es uns ja noch nicht verraten. Aber ich habe mir sagen lassen, Sie seien Opernsänger, noch dazu ein Tenor, mit einiger Sicherheit stehen da auch Sie vollkommen im Mittelpunkt Ihres eigenen Interesses.«

Wie konnte man sie nur zum Schweigen bringen, unter diesen Umständen graute mir vor der Heimfahrt. Aber es blieb mir nichts anderes übrig, als aufzustehen und den Wagen aufzuschließen. Der kleine Herr wollte unbedingt chauffieren, ich ließ ihn also ans Steuer. Ärgerlich langsam fuhr er die ganze Zeit genau in der Mitte der Straße, so dass die entgegenkommenden Fahrzeuge in letzter Sekunde ausweichen mussten. Während der ganzen Fahrt sprach niemand ein Wort. Auf dem Parkplatz oberhalb von Lindos stiegen wir aus.

Während ich meine Sachen aus dem Wagen nahm, blickte ich zu ihr hinüber. Sie sah vollkommen anders aus als in Kalithea, anders auch als im Hotel in Rhodos. Der Fahrtwind hatte ihr die Frisur durcheinander gebracht, ihr obligates Lächeln war verschwunden. Plötzlich wirkte sie einsam und traurig.

»Habe ich Sie beleidigt?« fragte sie, auch ihre Stimme war in sich zusammengefallen und hatte ihre Arroganz verloren. »Das war nicht meine Absicht. Manchmal sage ich allzu unverblümt. was ich denke, das meint auch Brian. Wenn Sie mich fragen – mir hat unser Ausflug gefallen. Besonders dessen erster Teil. Ich hatte das Gefühl, als sei alles wieder einmal so wie früher. Sogar das Meer spielte mit.« Und da ich nicht antwortete: »Außerdem sollten Emigranten zusammenhalten, finden Sie nicht auch?«

Aber mir war nicht nach Frieden schließen. Ich hob meine Tasche vom Boden auf und ging, ohne mich zu verabschieden. Im Gehen versuchte ich mich zu beruhigen. Als ich vor meinem Haus ankam, wartete dort Eftichia.

»Warum sagst du uns nicht, wo du hinfährst? Seitdem du das Boot hast, machen wir uns Sorgen.« Sie schloss das Hoftor auf und ließ mich eintreten.

»Wie du siehst, bin ich nicht untergegangen, aber ich muss sagen – die See war recht stürmisch. Merkwürdige Leute habe ich getroffen.«

»Ich an deiner Stelle würde lieber zu Hause bleiben, denn du siehst müde aus, müde und ärgerlich.« Eftichia teilte die Menschen in zwei Kategorien ein, in die guten und die schlechten. Die ich heute getroffen hatte, zu welcher der beiden mochten sie wohl gehören? Sie schienen außerhalb solcher Kriterien zu stehen.

Ich ging an Eftichia vorbei in die Sala und setzte mich auf die Stufen der Banca. Lange betrachtete ich die Zypressen auf der Vorderfront der großen Truhe, als hätte ich sie nie zuvor gesehen. Es waren auf jeder Seite zwei, und dann noch einmal zwei in der Mitte. Das machte sechs und im Vergleich zu dem, was ich diesen Nachmittag erlebt hatte, war es angenehm überschaubar. Eftichia stand in der Türe und blickte, da ich ihr nichts erzählte, enttäuscht zu mir herüber.

»Wenn du etwas brauchst, ich bin nebenan«, sagte sie nach einer Weile, aber sie ging nur widerwillig. Doch was hätte ich ihr auch erzählen sollen? Dass ich fürchtete, mir selbst begegnet zu sein und ebenfalls zu einem Fossil der eigenen Vergangenheit zu werden? Wie konnte sie verstehen, dass man sich an einen Verlust klammerte und versuchte, ihn durch ein Haus zu ersetzen.

Mit diesem Raum hatte es seine Bewandtnis. Man kroch in ihn zurück wie in den Mutterschoß, noch nie hatte ich es stärker empfunden. Das tat gut, gewiss, aber auf die Dauer war es auch gefährlich, denn auf diese Weise ging das Leben an einem vorüber.

Erst später habe ich begriffen, dass dieser Nachmittag in Gesellschaft dieser Frau mich gezwungen hatte, endlich weiter zu sehen als bis zu den Mauern des Hauses, die ich um mich aufgebaut hatte, um nicht noch einmal Schiffbruch zu erleiden. Menschenverachtung, Kälte und Zynismus, nur um den Schein zu wahren, war ich auf dem Weg zu einer ähnlichen Existenz? Etwas in mir begann zu rebellieren gegen dieses Dasein ohne Risiko, das nichts anderes war als ein Sichtotstellen.

20

Im Hochsommer ging die Sonne genau hinter dem Massiv der Akropolis auf. Dann begann sich ihre Silhouette langsam gegen den sich zart belebenden Himmel abzuzeichnen, bis auch die Zinnen der fränkischen Mauerbrüstung erkennbar waren. Mit jedem Augenblick hatte man mehr den Eindruck, als ginge das Strahlen nicht von der Sonne, sondern von dem Berg selbst und seinen Tempeln aus.

Heute war ich besonders dankbar für diesen Anblick, denn ich hatte kaum geschlafen. Schuld daran waren die unangenehmen Wahrheiten, die mir diese Frau gesagt hatte – sie hatten mir so brutal die Augen geöffnet, dass ich sie nicht mehr schließen konnte. Auch wenn sie in ihrer Verbitterung gewaltig über das Ziel hinausgeschossen war, so hatte sie doch im Grunde Recht gehabt – ich drehte mich tatsächlich ständig um mich selbst. Nur geschah es ohne die geringste Bewunderung und trug daher wenig zu meinem Wohlbefinden bei.

Das Resultat dieser schlaflosen Nacht war gewesen, dass ich endlich konsequent darüber nachgedacht hatte, wie es mit meinem Leben weitergehen solle. Im Dunkeln liegend hatte ich begriffen, dass ich meine Stimme so virtuos verdrängen konnte, wie ich wollte, und doch würde ich sie mein Leben lang nicht loswerden. Sie wartete darauf, dass etwas mit ihr geschah.

Auch mit Catherine hatte ich, während ich wach lag, in Gedanken diskutiert. Sie war davon überzeugt gewesen, dass die Katastrophe in München nicht unbedingt das Ende meiner Karriere bedeuten müsse, und hatte mich bis nach Wien begleitet, um die Wunderärztin zu finden, die mir helfen würde.

Ich sah die Frau mit dem Kopf einer Sibylle vor mir. Auch sie hatte mir die Wahrheit gesagt, aber nicht in der Absicht mir wehzutun. Ja, sie hatte mir sogar Hoffnung gemacht: unter gewissen Umständen ließe sich eine Stimme wieder finden, aber dazu müsse ich sie erst einmal eine Zeit lang vergessen – was mir auch tatsächlich gelungen war. Doch diese Gnadenfrist schien endgültig vorüber zu sein.

Ich hatte alle Möglichkeiten der Zerstreuung ausgeschöpft, kannte jeden Strand dieser Insel, jede ihrer byzantinischen Kirchen. Eftichia wagte ich schon längst nicht mehr von meinen Ausflügen zu erzählen, und zwar, weil ich mich vor ihr schämte. Vor ihr, die von dieser Insel, die doch ihre Insel war, vor lauter Arbeit kaum etwas anderes kannte als Pefkos am Sonntag und die Stadt Rhodos zum Einkaufen. Musste sie sich denn nicht Gedanken machen über das Leben, das ich führte, das mitnichten das eines Mannes meines Alters war?

Ob sie wohl ahnte, dass es nichts Deprimierenderes gab als diese ewigen Ferien? Ich stand auf und blickte hinaus auf die Dächer des schlafenden Dorfes. Sie alle dort ruhten sich aus von irgendwelchen Tätigkeiten, nur ich konnte nicht schlafen – aus dem einfachen Grund, weil ich mich von nichts auszuruhen hatte.

In meiner nächtlichen Verzweiflung fing ich an, nach

einem Alibi meiner Existenz zu suchen. Und es fiel mir nichts anderes ein als die Tonbänder meiner früheren Konzerte oder Opernaufnahmen. Sie waren nicht schwer zu finden, denn es verhielt sich mit ihnen nicht anders als mit meinen übrigen Erinnerungen auch – zwar hielt ich sie vor mir versteckt, und doch wusste ich ganz genau, wo sie waren.

An einem besonders verzweifelten Abend hatte ich sie, nach zu viel Wein und geschüttelt von Selbstmitleid und Trauer, in meine Truhe versenkt, entschlossen, sie niemals wieder anzuhören, und war mir dabei vorgekommen wie Prospero, der seinen Zaubereien entsagt. Doch sie endgültig ins Meer zu werfen, dazu hatte ich nicht den Mut gehabt. Etwas in mir, irgendeine verzweifelte Unvernunft, hatte auf eine Fortsetzung dieses Kapitels gehofft.

Als ich die Bänder, die ich so ängstlich gemieden hatte, nun wieder abspielte, war mir, als hörte ich einem anderen zu, und so konnte ich ganz objektiv sein. Das also war meine Stimme gewesen, das halb Geschenkte und nur halb Erworbene, das, wofür die anderen mich geliebt oder beneidet hatten. Und auf einmal begriff ich meinen eigenen Erfolg. In diesem Augenblick war ich viel zu stolz, um unglücklich zu sein.

Als es anfing zu schmerzen, stellte ich das Gerät ab. Nein, sie konnte nicht endgültig verloren sein, meine Stimme, war ich denn nicht am Leben? Und wenn ich am Leben war, so musste sie sich auch wieder finden lassen. Schließlich besaß ich doch noch immer meine Kehle, meinen Kopf und meinen Körper. Seit ich mir zugehört hatte, hielt ich den einmal gefassten Entschluss bereits für eine Garantie des Erfolgs. Mein neu erwachter Enthusiasmus blendete mich, und das war gut so, denn auf diese Weise ahnte ich nicht, auf welches Abenteuer ich im Begriff war, mich einzulassen.

Ich war erschöpft, aber gleichzeitig fühlte ich mich auch voller Energie. Etwas hatte sich bewegt. Wie erlöst ging ich hinaus in den Hof, setzte mich dort auf den Brunnenrand und wartete.

Die Fassade hatte angefangen, sich im Widerschein der aufgehenden Sonne zu färben, und ihr poröser Stein, bis dahin unbelebt, speicherte das einfallende Licht, bis er die Farbe von Honig angenommen hatte. Ich wollte diesen Augenblick nie versäumen – jedes Mal wieder war mir dabei, als könne ich zusehen, wie sich die Hoffnung, die ich so dringend brauchte, aus einem Abstraktum in sichtbare Wirklichkeit verwandelte.

Nun lag die gesamte Fassade im Licht. Ich ließ mir Zeit und betrachtete jede Einzelheit. Ja, dieses Haus war mir gelungen, auch wenn ich in meinem Unverstand das blaue Glasmosaik dort oben hatte herausschlagen lassen, das Fenster gegen den bösen Blick. Aber das war wohl kaum der Grund, weswegen ich hier nicht zur Ruhe kam. Nein, der Grund dafür war etwas anderes, etwas, das weit zurücklag wie in einem anderen Leben, und das mich doch auf alle Zeiten zum Krüppel machte, wenn ich nichts dagegen unternahm.

Es galt, noch einmal den Einstieg zu finden, und nur dort konnte es weitergehen, wo es aufgehört hatte. Ich taugte nun einmal zu nichts anderem als zum Singen. Irgendwie hatte mein Optimismus auch diese Nacht überlebt, oder war es nur mein alter Leichtsinn, der sich griechisch tarnte? Ich weiß es nicht, aber immerhin war es ein Anfang, und das war in jedem Fall besser als das Ende.

21

Um ganz sicher zu sein, dass niemand mich hören konnte, schloss ich am nächsten Morgen Türen und Fenster der Sala, und in ihrer schmeichelhaften Akustik gelangen mir auch tatsächlich einzelne Töne. Aber ihr Klang war mir so fremd, dass ich jedes Mal wieder konsterniert abbrach, denn was ich hörte war reizlos, hatte keinerlei Schmelz – meine einstige Stimme hatte völlig anders geklungen. Es fehlte das spezifische Timbre, das sie ausgemacht hatte – die Seele war aus ihr verschwunden.

Ich versuchte, anders zu färben, nahm den Ton zurück, versuchte es mit mehr Kraft, aber keine meiner Manipulationen brachte den erwünschten Erfolg. Das Instrument war kein Ganzes mehr, seine Räder griffen nicht ineinander. War es möglich, dass ich einmal gesungen hatte, ohne überhaupt nachdenken zu müssen?

Um mich abzulenken, nahm ich ein Buch und setzte mich damit in den Hof. Aber ich sah nichts als die Buchstaben auf dem Papier, so sehr beschäftigte mich noch immer, was ich gehört hatte. Wie konnte man die Wahrheit finden, wenn es nicht den geringsten Anhaltspunkt gab? Nach drei weiteren, hartnäckigen Versuchen war ich so entmutigt, dass ich fürs Erste aufgab. Doch als ich das Haus verließ, um ein paar Schritte durchs Dorf zu machen, nahm ich meine Grübeleien mit mir hinaus.

Bereits an jenem ersten Vormittag begriff ich, dass von nun an nichts mehr so sein würde wie früher. Das Rätsel, das ich lösen musste, trennte mich eifersüchtig von den anderen, und es tickte in meinem Kopf weiter, ob ich ihm nun in der Sala gegenüberstand oder versuchte, ihm durch einen Gang ins Dorf zu entkommen. Es würde mich nicht mehr aus den Fängen lassen.

Nach einigen Tagen merkte ich, dass man mich bereits besorgt betrachtete. Auf andere Menschen wirken Sänger leicht erheiternd, denn sie scheinen ständig mit ihrer Stimme und damit mit sich selbst beschäftigt. Deshalb gab ich Acht, dass ich weder summte noch die Lippen bewegte, wenn ich durch den Ort ging.

Der Grund für mein sonderbares Benehmen war, dass ich angefangen hatte, die kläglichen Reste meiner Stimme auf ihre einzelnen Funktionen hin zu untersuchen. Es schien da eine gewisse Logik zu herrschen, und so konnte ich nicht mehr aufhören, daran herumzuexperimentieren.

Da ich einmal vollkommen unreflektiert gesungen hatte, kam ich mir einigermaßen lächerlich vor, wenn ich mit Hilfe eines Spiegels meine Lippenstellung bei den verschiedenen Vokalen und Konsonaten kontrollierte, oder deren Einfluss auf meine Atmung. Aber irgendwie musste ich das Problem ja schließlich angehen. Wenn ich glaubte, etwas begriffen zu haben, schrieb ich es auf, doch leider merkte ich am Ende des Vormittags nur allzu oft, dass ich im Kreis gegangen war.

Um mir Mut zu machen, dachte ich daran, dass Champollion fünfundzwanzig Jahre lang durchgehalten hatte, um die Hieroglyphen zu entziffern, aber es tröstete mich nicht wirklich. Sich für einen Augenblick zu Pavlos in die Bar zu setzen, war da entschieden wirksamer. Denn Pavlos war ein guter Freund – obwohl er spürte, dass mich etwas umtrieb, fragte er nicht viel.

»Falls du Geld brauchst, könnte ich dir etwas leihen«, sagte er nur, und da er vorhatte, demnächst zu heiraten, bedeutete dies, dass er mich sehr gern hatte. Ja, vielleicht hätte ich ihm sogar erzählt, was mir so sehr zu schaffen machte, aber leider setzte sich in diesem Augenblick der bebrillte Österreicher zu uns. Wie üblich warnte er mich vor irgendetwas. Ich versuchte nicht weiter hinzuhören, nickte aber wenigstens von Zeit zu Zeit.

»Sie scheinen ein philosophischer Mensch zu sein, genau wie ich auch«, sagte er dankbar und hoffte auf eine längere Unterhaltung. Diesmal war ich vorsichtiger und verzichtete auf mein bestätigendes Nicken. Als er uns mehr als erträglich angeödet hatte, griff Pavlos zur Selbsthilfe, indem er beiläufig erwähnte – im Radio hätten sie gerade durchgegeben, dass in zehn Minuten in Lindos das Wasser abgestellt werde. Damit waren wir ihn los, denn er war aufgesprungen und schoss wie nicht gescheit aus der Bar.

Ich war Pavlos dankbar für seine List, aber die Gelegenheit, ihm etwas von meinem Problem zu erzählen, war damit verpatzt.

»Nimm's nicht zu tragisch«, sagte er, als ich aufstand, »und denk daran, fünfzigtausend Drachmen könnten es durchaus sein.« Wenn es nur das gewesen wäre, denn kaum war ich wieder zu Hause, begann ich von neuem zu experimentieren.

Warum ich mir damals keinen Lehrer gesucht habe?

Ich habe später oft darüber nachgedacht, aber der Gedanke ist mir überhaupt nicht gekommen. Einer der Gründe war zweifellos, dass es auf der Insel gar keinen Lehrer gab, und nach Athen zu fahren hätte bedeutet, mein Haus zu verlassen, meine zweite Haut, mein mühsam konstruiertes, griechisches Selbstgefühl. In Wirklichkeit aber verhielt es sich so: Ich hatte es einmal allein gekonnt, daher musste ich es auch noch einmal allein schaffen. Es war Auflehnung, Trotz dabei.

Und was hätte ich einem Lehrer auch präsentieren sollen, der ich mit meinen achtunddreißig Jahren ärmer dastand als jeder Anfänger, mit nichts als einem Haufen Scherben und vieler Skepsis, anstelle noch unenttäuschter, jugendlicher Hoffnungen.

Ich versuchte es also allein. Stellte Entsprechungen zwischen Spannungen im Kopf und solchen im Körper fest und registrierte dankbar selbst den kleinsten Erfolg, auch wenn er sich gleich darauf wieder als ein Trugschluss erwies.

Was mich am meisten erbitterte war, dass ich nicht einmal mehr begriff, wie ich früher geatmet hatte. Ich pumpte mich voll, versuchte es mit weniger Luft, atmete ausschließlich in der Brust oder wo sonst immer. Dass nach dererlei Operationen überhaupt nichts mehr klappen wollte, war eigentlich logisch, versetzte mich aber in blanke Wut.

Während dieser ersten Wochen kam ich überhaupt nicht mehr aus dem Haus. Meine Suche war zu einer Obsession geworden. Umsonst spannte sich der Himmel Tag für Tag leuchtend über dem Dorf – ich hatte keine Augen für seine Bläue. Stattdessen schloss ich mich in der Sala ein, quälte mich mit meiner Stimme ab und ließ nicht locker.

Für Eftichia muss dies alles höchst beunruhigend gewesen sein, denn ich gab ihr keine Erklärung. Trotzdem vergaß sie mich nicht und brachte mir täglich etwas zu essen – sichtlich besorgt, manchmal auch kopfschüttelnd, worauf sie ohne zu fragen wieder verschwand.

Seit Tagen hatte ich mir nicht einmal mehr erlaubt, schwimmen zu gehen. Als ich endlich aufgab, war ich vollkommen erschöpft. Es war nach drei Uhr nachmittags, und bei den herrschenden Temperaturen hielt jeder vernünftige Mensch eine Siesta. Durch das ausgestorbene Dorf ging ich hinunter an den Strand, alles schien vor der Hitze geflüchtet zu sein, die Bucht war leer.

Mit einem Seufzer tauchte ich tief hinein ins Meer, und nach der Marter der vergangenen Wochen glich dieses erste Eintauchen einer erlösenden Umarmung. Das Wasser machte mich wie betrunken. Ich schwamm lang ausgestreckt und mich elastisch drehend wie eine Spirale, bildete mir dabei ein, ich sei ein Fisch, meinetwegen auch ein Hai, so wütend war ich noch immer. Wütend auf meine Stimme und wütend auf mich selbst, weil ich nicht loslassen konnte.

Zornig kraulte ich weit hinaus bis zu den beiden kleinen Inseln inmitten der Bucht, und ohne auszuruhen wieder zurück. Nun war mir wohler, das Wasser hatte meinen Ärger neutralisiert. Als ich wieder den Boden unter den Füßen spürte, blieb ich stehen, nur den Kopf über dem Wasser. Immer noch war weit und breit kein

Mensch zu sehen, der Strand gehörte weiterhin mir ganz allein.

Leise fing ich an, vor mich hinzusingen, und auf einmal ging es wie von selbst. Wo war nun der verdammte Atem? Offenbar wirkte das Wasser wie ein gleichmäßig verteilter Widerstand. Also war es gar nicht die Luft, sondern eine Art Spannungsbalance, was die Stimme in der Schwebe hielt.

War Singen am Ende nichts anderes als eine Hörbarmachung des Geistigen durch das Körperliche? Aber dann hatte ich die Wichtigkeit der Physis beim Singen bisher ganz gewaltig unterschätzt, und genau das war mir zum Verhängnis geworden. Ein Schwarm winziger Fische schwamm mir gegen die Beine. »Tauch unter, vergiss es, du kommst heute sowieso nicht mehr weiter«, schienen sie sagen zu wollen und verschwanden wie flüssiges Silber. Aber das Rätsel lösen musste ich, so viel war sicher.

Jede Besessenheit schafft ein Vakuum um den Besessenen, mit dem sie ihr Opfer eifersüchtig mit Beschlag belegt. Mir war es nicht anders ergangen. Während der vergangenen Wochen war ich auf dem besten Weg gewesen, jeden Bezug zur Realität zu verlieren und in ein abstraktes Reich der Analyse zu entschwinden, in dem es nur noch mich und meine Stimme gab. Ich war den Fischen dankbar, dass sie mich daran erinnert hatten.

Erlöst schwang ich mich in mein Boot und löste den Anker, dabei genoss ich sogar das Rasseln der schweren Kette. Als ich mit hochgezogenem Motor aus der Bucht hinausfuhr, wehte es wunderbar kühl. Außerhalb des Hafens stellte ich den Motor ab, und in der plötzlichen

Stille legte ich mich im Boden des Bootes zurück. Nun gab es nichts mehr als das leichte Schlagen der Wellen, eine Musik, die nichts sein wollte als sie selbst.

Als ich erwachte, war es tiefe Nacht. Durch den Schlaf war alle Hektik von mir abgefallen. Über mir spannte sich funkelnd die Himmelskarte voller Sterne. In einiger Entfernung schimmerten die Lichter von Lindos, und die Felsen der Akropolis spiegelten sich, der Wirklichkeit entrückt, nur noch wie schwarze Schatten im Wasser. So lag ich lange Zeit.

Schließlich zog ich den Anker wieder ins Boot, dankbar darüber, dass er sich nicht verklemmt hatte, und ruderte, um die Stille nicht zu stören, zurück in den Hafen. Ich musste aufhören, mich so zu schinden, wo doch das Glück vor der Türe lag.

22

Fürs Erste war ich sie satt, diese Tage mit meiner Stimme als einzigem, rätselhaftem Gegenüber, das mich in Labyrinthe lockte, für die es keinen Ariadnefaden gab. Um ganz sicher zu sein, dass ich nicht gleich wieder anfing zu üben, fuhr ich mit Eftichia am nächsten Tag zum Einkaufen in die Stadt.

Zunächst war es Jorgo gewesen, der mich auf meinen Fahrten begleitet hatte, aber seitdem das Haus fertig war, überließ er es Eftichia. Beim ersten Mal wäre ich allerdings fast ihrem strategischen Genie erlegen. Als wir in Rhodos ankamen, schlug ich vor, am Hafen einen Kaffee zu trinken, aber damit stieß ich bei ihr auf wenig Begeisterung. Als ich in Ruhe meine Zeitung lesen wollte, störte sie mich, indem sie immer wieder auf die Uhr sah.

Ich ließ die Zeitung sinken und blickte hinüber zu den ankernden Yachten. Wie waren sie dort alle sorglos und heiter – selbstsicher und kernig lächelten die Bootsbesitzer aus ihren Seefahrerbärten. Und ich, was tat ich? Mir war das Lächeln vergangen. Warum um aller Götter willen machte ich mir das Leben sauer, indem ich über etwas nachgrübelte, für das es vermutlich gar keine Lösung gab.

An den größeren Schiffen warben Schilder für Ausflüge, man konnte nach Simi fahren, nach Kos oder hinüber in die Türkei und darüber alles andere vergessen, was vernünftige Menschen auch taten, wenn sie in Griechenland Urlaub machten. Jetzt hätte ich gerne einen Campari getrunken, aber das ging nicht meiner neu gefassten Vorsätze wegen, die natürlich meine Stimme betrafen.

Ich streckte die Beine aus und blickte von neuem in meine Zeitung, gewohnheitsmäßig studierte ich als Erstes das Feuilleton.

»Das Mozart-Requiem szenisch. Man weiß es wieder einmal besser als der Komponist und verzichtet zu Gunsten des Optischen auf das Absolute. Unterschätzt man da nicht doch das Publikum? Gott sei Dank, dass ich mir das nicht ansehen muss«, sagte ich. Aber eigentlich fand ich es schade, dass ich nicht dabei war. Eftichia kramte ungeduldig in ihrer Tasche.

»Willst du noch einen Kaffee?« fragte ich.

»Nein, wir sollten lieber gehen.«

»Schau dir das an – *Pelléas et Mélisande* in einer psychiatrischen Klinik«, sagte ich, auf den Artikel deutend, den ich gerade las. »Warum muss man nur immer so deutlich werden, wo doch das so genannte Normale viel verstörender sein kann als jede Verfremdung.« Eftichias Augen sah ich an, dass ich zu viel redete.

»Beeile dich, *Kirie*, wir haben viel zu tun«, sagte sie. Wenn sie »*Kirie*« zu mir sagte, wurde die Sache ernst. Gehorsam trank ich meinen Kaffee aus und folgte ihr, die entschlossen auf den Markt zusteuerte.

Wo war meine sanfte Eftichia geblieben? Hart sah ich sie feilschen, sie wies die Bohnen zurück, die sie so köstlich zuzubereiten verstand – sie seien zu groß und hätten Fäden. Das Obst nahm sie zu meiner Verlegenheit, jedes Stück einzeln prüfend, in die Hand. Auch Tomaten, Auberginen, Knoblauch und eine Menge Zwiebeln verschwanden erst nach genauester Kontrolle in ihrer Tasche. Ich hätte mich gern davongemacht, aber sie ließ mich, während sie handelte, nicht aus den Augen.

»Hast du das gesehen, der Kerl hat versucht, mich hereinzulegen. So etwas hat es hier früher nicht gegeben«, sagte sie und schüttelte den Kopf. »Aber nun zu unserer Liste.«

Gläser für die Küche, Wäsche, Lampen – für alles wusste Eftichia die beste Adresse. Überall versuchte sie, für mich den Preis zu drücken, selbst in dem feinen Geschäft für Bambusstühle. Das war mir etwas peinlich, und so hätte ich gern gekniffen, aber es half nichts, ich musste dableiben. Sie kannte die obskursten Trödelläden für alle möglichen und unmöglichen Reparaturen, dann wieder wartete ich mit ihr in verdächtigen Hinterhöfen, weil es nur dort den Mann zu finden gab, der Glas in Fenster einsetzen oder Kissen zu ihrer Zufriedenheit zu polstern wusste.

Unterdessen waren wir in das alte türkische Viertel geraten. Plötzlich fühlte man sich im Orient, und ein paar hundert Meter weiter verlief sich die Welt im Ungefähren. Die Gassen waren schmal und verschwiegen, zwischen den niedrigen Häusern wölbten sich Stützbögen, Wäsche reihte sich auf einer Leine bunt über der Straße. Lautlos strichen uns die Katzen um die Beine, und da und dort erinnerte ein schöner türkischer Brunnen an eine andere Zeit. Gegen Mittag kamen wir zurück an die Befestigungsanlagen der Ritter.

»Schau dir diese Mauern an, Eftichia, wie dick sie sind – vier, sechs Meter oder mehr, kein Wunder, dass die Türken die Stadt damals nicht einnehmen konnten. Es blieb ihnen nichts anderes übrig, als sie auszuhungern.«

»Trotzdem ist es eine Schande«, sagte Eftichia. Wie viele Griechen hatte sie nur wenig für die Türken übrig. Eines Abends hatte ich ihr, während sie die Küche besorgte, von den Schätzen erzählt, die ich im Topkapi-Museum gesehen hatte. Im Allgemeinen hörte sie besonders gerne zu, wenn ich ihr von meinen Reisen erzählte, aber diesmal sagte sie nur: »So, so, bei denen warst du also auch.«

Ihre Abneigung gegen die Türken saß so tief, als sei sie bereits bei den Befreiungskriegen zur Zeit Lord Byrons dabei gewesen. Aber dieses Vorurteil war bislang die einzige Schwäche, die ich an ihr entdeckt hatte.

Im Vorübergehen warfen wir einen Blick hinauf in die Hippoton. In ihrer vornehmen Strenge schien sie immer noch widerzuhallen von den gepanzerten Schritten der Ritter. Gerne wäre ich ein wenig stehen geblieben, auch das Hospital hatte ich seit meiner Reise nach Athen nicht wieder besucht. Aber schon ging es weiter.

Da kamen uns auf der anderen Straßenseite die Dame und der kleine, feine Herr entgegen. Unser gemeinsamer Ausflug war mir noch in lebhafter Erinnerung, daher war ich froh, dass Eftichia bei mir war. Ich stellte sie mit besonderer Wärme vor:

»Mein griechischer Schutzengel.« Die Dame lächelte maliziös, wie immer war sie geradezu provozierend elegant. Mit der einen Hand stützte sie ihren radgroßen

Strohhut gegen den Wind, überflüssig zu sagen, dass dies mit einer ausgesucht dekorativen Geste geschah.

»Eigentlich sind wir ja bereits fort«, meinte der kleine Herr, »vor unserer Abreise wollte ich nur noch rasch ein paar Details im Kastell überprüfen.«

»Brian ist nämlich dabei, ein Buch über die Johanniter zu schreiben«, erklärte die Dame. »Nach dem wenigen, was ich davon kenne, habe ich den Eindruck, dass wir gespannt sein dürfen.«

»Wenn wir wieder im Lande sind, würde ich Ihnen das Manuskript gern einmal zeigen, ein Paar fremde Augen sehen oft Unstimmigkeiten, die man selbst überliest. Auch erinnere ich mich mit Vergnügen an unser Gespräch in Nektarios' Laden. Wenn ich mich nicht irre, drehte es sich um gewisse Dekadenzerscheinungen unserer Kultur.«

»So ist es. Nur hat es leider keine Fortsetzung gefunden«, sagte ich. »Vielleicht weil unsere letzte Begegnung etwas ausgeartet ist, wenn ich mir die Bemerkung erlauben darf.« Die Dame lächelte, was ich gesagt hatte, irritierte sie offenbar keineswegs.

»Sehen Sie, auch Brian war ganz und gar nicht mit mir zufrieden und meinte, wir hätten es meinen Direktheiten zu verdanken, dass wir Sie seitdem nicht mehr zu Gesicht bekommen haben. Ich nehme an, dass ich eine meiner Krisen hatte. Zu Ihrem Unglück liefen da gerade Sie mir über den Weg und mussten darunter leiden.«

»Nun ja, ich gebe zu, der Nachmittag hatte es gewissermaßen in sich, aber vielleicht war er gerade deshalb so aufschlussreich.«

Darauf verabschiedeten sie sich. Sie seien in Eile und

müssten noch zur Olympic, bei diesem Sturm wisse man nicht, ob man morgen überhaupt fliegen könne. Wie zur Bestätigung ihrer Worte verfing sich der Wind in ihrem Kleid, noch einmal griff sie dekorativ an ihren Hut – und schon waren sie um die nächste Ecke verschwunden. Eftichia sah ihnen nach:

»Schön ist sie ja, das muss man ihr lassen. Aber wenn ich du wäre, würde ich mich vor ihr in Acht nehmen, sie ist eine von denen, die Männer fressen.«

»Und wie willst du das wissen?« fragte ich amüsiert.

»Als Frau sieht man so etwas.«

»Ich glaube, als Mann auch.«

»Und eine Haut hat sie, obwohl sie nicht mehr die Jüngste ist. Schau mich dagegen an – wie ein runzliger Apfel.«

»Als ob es darauf ankäme, trotz deiner Falten bist du mir entschieden lieber, bei dir weiß ich wenigstens, woran ich bin.« Das schien sie gern zu hören.

Irgendwie hatte die Begegnung uns aus dem Konzept gebracht. Um Eftichia eine Freude zu machen, lud ich sie ein, am Hafen gemütlich mit mir zu essen und versuchte, sie mit der Abfahrt des großen Dampfers zu verführen, die man von dort aus beobachten konnte.

»Wir sollten daran denken, dass sie um eins schließen«, sagte sie und kaufte stattdessen an der nächsten Ecke riesige Sandwiches für uns, von denen ich eins im Gehen hinunterschlingen musste. Meinem Eisschrank fehlte ein Butterfach und ein Ständer für die Flaschen, beides wollten wir heute besorgen. Eftichia war ganz in ihrem Element, nur für das alte Rhodos hatte sie heute kein Interesse. Ich wies auf die Ruinen einer Kirche:

»13. Jahrhundert, reine französische Gotik, ist das nicht interessant?« – Eftichia dagegen schaute lieber auf ihre Liste.

Ich schlug ein Eis vor – dazu brauche man sich nicht unbedingt hinzusetzen. Aber nein, es ging weiter, vorbei am türkischen Bad und der Moschee mit dem gekappten Minarett. Wir schleppten Pakete über Pakete – hätte man doch nur das Auto näher geparkt! Droben, auf dem äußersten Ring der Wälle fielen schon die Ahornblätter gelb von den Bäumen. Die Luft war dünn und etwas scharf, war es denn tatsächlich schon Herbst geworden? Hier fand sich in einem obskuren Laden auch endlich der Wasserkessel, den ich schon längst nicht mehr haben wollte, denn inzwischen lief mir das Wasser nur so herunter und Durst hatte ich auch.

Dann saßen wir endlich oben an der Festungsmauer – es war wie ein Rausch gewesen. Eftichia schien hoch befriedigt, ich dagegen, der so etwas nach all der lindischen Ruhe nicht mehr gewöhnt war, war erschöpft. Benommen lehnte ich mich zurück und ließ mich von der schon etwas blassen Sonne bescheinen. Aus jenem Tor dort waren sie herausgekommen, die Ritter, als sie sich den Türken ergeben hatten – ein langsamer, trauriger Zug. Mit Sicherheit hatten sie ihre Besieger dabei nicht eines Blickes gewürdigt. Die Blätter trieben am Boden und raschelten trocken.

»Nun haben wir doch die Dichtungen für die Küche vergessen«, sagte Eftichia. Leider waren unsere Einkaufstouren später nie mehr so aufregend wie bei diesem ersten Mal, denn dann nahm sie zu viel Rücksicht auf mich.

23

Der Herbst kündigte sich an durch einen ersten kolossalen Regen. Er fiel mit solcher Dichte, dass die Akropolis wie hinter einem Vorhang verschwand. Die Welt zog sich zusammen, wurde kleiner und kleiner, bis man kaum mehr die Hofmauer erkennen konnte. Der Federbaum duckte sich unter den peitschenden Böen, und ich hörte, wie seine Äste stöhnten.

Als der Angriff vorüber war, öffnete sich der Himmel als sei gar nichts gewesen. Aber die Gewalt des Sommers war damit gebrochen, was ich dankbar empfand, denn bei den herrschenden Temperaturen war das Singen eine Plackerei gewesen.

Ich übte bereits wieder seit über zwei Monaten, und das mit System und ohne nachzugeben. Dabei versuchte ich, was ich neulich im Meer begriffen hatte, in mein Experimentieren einzubauen, und mir schien, dass sich dadurch etwas von der Verkrampfung in meiner Kehle zu lösen begann.

In jedem Fall aber ging ich seitdem weniger verbissen an die Sache heran, was ihr offenbar gut bekam, denn mit Forderungen und Ansprüchen kam man auch hier nicht weiter. Verführen musste man die Stimme, aber das war leicht gesagt, wenn man nicht wusste, wo sie sich überhaupt versteckt hielt.

Ich schloss das Hoftor und ging hinunter zur Platea.

Überall im Dorf standen Wasserlachen, und es tropfte aus den Bäumen. Bei Vassilis war man dabei, die Tischtücher auszuwringen, die man vor dem plötzlich einsetzenden Regen nicht mehr rechtzeitig hatte in Sicherheit bringen können. Die Touristen waren mit ihren Tellern in die Küche geflüchtet und aßen, nun wieder im Freien stehend, ihre Mahlzeit zu Ende. Alle hatten sie frohe Gesichter und schienen dankbar für die unerwartete Abkühlung.

Ich winkte Jorgo, und zusammen fuhren wir in meinem kleinen Wagen zum Dorf hinaus. Es tat gut, die vielen Kurven ganz eng zu nehmen. Nach diesen Monaten strenger Klausur musste ich Lindos wieder einmal mit einem anderen Ort vertauschen, musste dort mit anderen Männern im Kafenion sitzen und zuhören, wie sie von ihren Häusern sprachen und davon, was diese wert waren, seitdem die Fremden kamen. Es war ein Schauspiel für sich, wie sie sich dabei selbst darstellten, karg und überschwänglich zugleich wie ihre Landschaft, bei nichts weiter als einem *metrio* und einem Glas Wasser.

Kurz vor Lardos, ich fuhr gerade sehr langsam, sah ich sie sitzen – auf einem Mäuerchen rechts von mir, halb verborgen von den Zweigen eines Eukalyptusbaums. Und ohne den Regen vorher wäre sie mir vermutlich gar nicht aufgefallen, denn sie war farblos wie der Sommerstaub. In tiefster Ruhe schaute sie mich an und klappte darauf die Augen mit einem Ausdruck vollkommener Gleichgültigkeit wieder zu. Es war eine riesige Eule.

Ich muss zugeben, ihr Anblick war befremdlich so mitten am Tag. Jorgo schlug denn auch sofort ein Kreuz, und umsonst versuchte ich ihn zu überzeugen, dass eine Eule nicht unbedingt Unheil bedeuten müsse. Misstrauisch und finster hockte er neben mir und wollte nach Hause.

»Besser, wir schauen nach, ob dein Haus noch steht«, meinte er trocken und zog an seiner Zigarette.

Als ich zögerte und mich nochmals nach der Eule umwandte, schlug er sich ungeduldig mit der flachen Hand gegen die Stirn, was ich mit Recht auf mich bezog. Da war er wieder, der Fremde, der alles besser wusste und doch von nichts etwas verstand. Aber ich hatte nicht die geringste Lust, nachzugeben und hielt daher erst einmal in Lardos, um in aller Ruhe einen Kaffee zu trinken. Jorgos *ochi*, als ich auch ihm einen anbot, wäre vorauszusehen gewesen, ärgerte mich aber trotzdem.

Wir fuhren weiter, am Meer entlang, über Kiotari nach Asklipion, wo, wie Jorgo behauptet hatte, eine alte Truhe zu verkaufen war. Er rauchte neben mir in schweigendem Protest.

»Vielleicht ist sie nur heute da, die Frau mit der Truhe, und wir sind am Ende doch froh, gefahren zu sein«, versuchte ich einzulenken. Aber er gab keine Antwort, sondern schnippte sich nur mit seiner gewohnten Eleganz etwas Asche vom Ärmel. Als wir auf dem schräg abfallenden Dorfplatz von Asklipion hielten, wartete dort bereits, uns genau gegenüber, ein Dreirad mit Anhänger, beladen mit Fischen. Sein Besitzer war eben im Begriff, sich von den Männern im Kafenion zu verabschieden.

»Jassas, pethia«, rief er und lachte mit einem Gebiss prachtvoller Zähne aus seinem Vollbart heraus. Uns

aber hatte er offenbar nicht gesehen, denn er gab Gas und demolierte mir dabei krachend den linken Kotflügel. So ruhig wie nur irgend möglich drehte ich den Zündschlüssel herum.

»Würdest du jetzt vielleicht bitte nach Hause fahren«, sagte Jorgo. Ich hatte bis dahin nicht gewusst, dass Triumph so sanft klingen konnte. Ich wusste genau, dass es sinnlos war, mit dem wild gestikulierenden Bärtigen zu diskutieren, eine Versicherung hatte er mit Sicherheit keine, und selbst zahlen würde er schon gar nicht. Also machten wir uns an die Heimfahrt, in Rhodos würden sie mir das Ding schon wieder zusammenflicken.

Nun waren wir beide verstimmt, besonders erfreulich war dieser Nachmittag nicht gewesen. Wieder fuhren wir am Meer entlang. Durch den Regenguss am Mittag schimmerten die Olivenbäume in den anliegenden Gärten sauber gewaschen und grünsilbern gegen die braunrote Erde. Plötzlich stürmten von rechts drei Ziegen in die Straße, und nur mit Mühe konnte ich den leichten Wagen noch rechtzeitig zum Stehen bringen.

Wir schwiegen. Jorgos Genugtuung hatte die Gestalt einer kleinen Wolke angenommen, die sich behutsam aufs Meer senkte.

Als wir in Lindos ankamen, lehnte an der Brüstung der Platea eine Frau und blickte aufs Meer. Sie schien zu frieren, denn trotz des Sommers trug sie einen knöchellangen Mantel. Ihr Haar leuchtete rotblond in der Sonne, lang und glatt fiel es ihr auf die linke Schulter. Sie war auffallend groß, von weitem erinnerte sie mich einen Augenblick an Catherine, wie sie in ihrem Cape nach der Vorstellung am Bühneneingang auf mich gewartet hatte. Unverwandt schaute sie hinaus aufs Meer, neben ihr standen mehrere Koffer und ein Reisekorb.

Ich parkte den Wagen und sah erneut zu ihr hinüber – von hier aus gesehen erschien sie mir kleiner. Mit der rechten Hand beschattete sie sich die Augen, während sie unverwandt über die Orangengärten hinaus auf die Bucht blickte.

»Hast du eine Ahnung, wer das ist?« erkundigte ich mich bei Jorgo.

»Sie war gestern schon einmal hier. Dimitri vermietet ihr sein altes Haus.«

»Will sie denn länger bleiben?«

»Ja, den ganzen Winter über.«

Ich schaute von neuem zu ihr hinüber, und als habe sie gespürt, dass wir über sie redeten, wandte sie sich nach uns um. Ich erinnere mich noch genau an den Ausdruck großer Müdigkeit, mit dem sie mich ansah. Auch war sie ungeschminkt, wodurch ihr Mund wie verblichen wirkte und ihre großen, grauen Augen ihr Gesicht vollkommen dominierten.

»Könnten Sie mir behilflich sein?« fragte sie auf Englisch, und es war nicht klar, ob sie Jorgo meinte oder mich.

»Gewiss«, beeilte ich mich zu antworten.

Ohne weiter etwas zu sagen, ging sie dem Schubkarren voran, den Jorgo mit ihren Sachen beladen hatte. Ihr Mantel – es war eher eine Pelerine, wie sie die Romantiker trugen – schwankte dabei vor uns her. Als wir vor Dimitris Haus am Fuß der Akropolis angelangt waren, sagte sie:

»Ich danke Ihnen. Falls Sie hier im Ort wohnen, sehen wir uns ja sicher wieder.«

Damit entließ sie mich – es war, als sei eine Audienz zu Ende. Ich war etwas amüsiert von so viel Hoheit, aber gleichzeitig war ich auch beeindruckt – gleichgültig ließ einen diese Frau nicht.

24

Die folgenden Wochen ähnelten einander. Es war ein schöner, milder September, die größte Hitze war vorüber, und die Gewissheit, dass auch am nächsten Morgen die Sonne wieder scheinen würde, hatte nichts Quälendes mehr.

Für mich, der ich mein Übepensum strikt einhielt, waren diese Tage bestimmt vom Wechsel zwischen der Genugtuung über kleine Erfolge und einem Gefühl der Sinnlosigkeit, gegen das ich mich an Tagen, an denen mir nichts, aber auch gar nichts gelingen wollte, vergeblich wehrte. Denn die Entfernung von meinem rätselhaften Ziel schien auf diese Weise immer die gleiche zu bleiben. Das machte mich gereizt und müde, aber wenn ich mich auch quälte, so wusste ich wenigstens, warum ich am Morgen aufstand.

Eftichia erschien, wenn sie mich üben hörte, nie ohne anzuklopfen. Trotzdem kam ich mir dann jedes Mal vor wie ertappt, was mir zeigte, wie wenig sicher ich mich noch immer in einer Materie fühlte, in der ich früher einmal zu Hause gewesen war. Im Gegensatz zu mir schien Eftichia keinerlei Zweifel zu haben, ob es sinnvoll war, was ich da trieb, und bewegte sich, um nicht zu stören, besonders geräuschlos durchs Haus.

Nur wenn ich gar nicht mehr vor die Türe kam, unterbrach sie mich und machte Vorschläge:

»Warum gehst du nicht mehr schwimmen, so wie früher. Es täte dir gut.«

»Weil ich über etwas nachdenke.«

»Kannst du das denn nicht auch am Strand? Ständig bist du zu Hause.«

»Hier geht es besser.«

»Weißt du, was ich glaube? Du denkst zu viel nach. Man kommt doch nicht dahinter.«

»Da magst du Recht haben.«

Immer wenn wir mit unseren Gesprächen an diesem Punkt ankamen, beendete sie die Diskussion mit einem *Megali dynami*, was so viel hieß wie: hier werde die Sache rätselhaft, und man ließe daher am besten die Finger davon. Sie schien genau zu wissen, wo diese Grenze war.

Ebenso wenig wie man über seine Gesundheit nachdenkt, solange man nicht krank ist, hatte ich über meine Stimme nachgedacht, solange ich sie noch besessen hatte. Jetzt erst wusste ich, in welchem Ausnahmezustand ich einst gelebt hatte. Auch heute wieder schien mir dieses Paradies endgültig verschlossen zu sein und alles Experimentieren sinnlos.

Vielleicht lag es am Wetter, der Himmel hatte sich bewölkt, was man auch anfasste, war feucht und klebrig. Es war ein Nachmittag, wie er nicht in den September passte, lastend, ohne Wind und ohne Sonne, er drückte einen zu Boden, besonders wenn man mit sich selbst unzufrieden war. Für heute machte ich wohl besser Schluss mit dem Üben.

Vorbei an Hühnerställen und Bretterverschlägen wanderte ich hinauf zu der kleinen Felsenterrasse, die das Dorf gefährlich überhing. Bei einem Erdbeben am

Ende der Zwanzigerjahre war ein Teil von ihr hinuntergestürzt, und die Erinnerung daran war in der bizarren Felsenkulisse auch heute noch lebendig. Jeden Augenblick erwartete man ein neues Beben. Vom Wind durchlöchert und ausgeblasen, lag der poröse Sandstein in dünnen Schichten übereinander, was den gewaltigen Massen etwas Zerbrechliches, etwas Gefährdetes gab.

Unter mir breitete sich der Ort aus, über ihm erhob sich, mir genau gegenüber, das Massiv der Akropolis. Linker Hand waren, noch deutlich erkennbar, Halbsäulen und ein Architrav in den Fels gehauen, im Gras davor standen Opfersteine, geschmückt mit Blumengirlanden und Stierköpfen. Das Ganze erweckte den Eindruck, als habe man den Göttern den Tisch gedeckt. Bisher war ich hier immer allein gewesen, doch als ich diesmal um die Felsen bog, saß dort eine Frau.

Es war die Fremde von der Platea. Ich stutze, weil ich in Bezug auf sie das Wort ›Frau‹ gebraucht habe, denn ich sollte sie wohl eher ein Mädchen nennen, wenn das in Anbetracht ihres Alters nicht ebenso unpassend wäre. Unwillkürlich dachte ich, als ich sie dort sitzen sah, an die Athene in der Glyptothek in München. Vielleicht war daran auch die Eule in Lardos schuld, die sie sozusagen angekündigt hatte. Es war etwas jugendlich Kriegerisches um sie, etwas, das Ehrfurcht und Respekt einflößte.

Sie saß auf einer der umgestürzten Säulen und schaute hinunter auf das Dorf, ihr langes, rotblondes Haar hatte sie diesmal wie einen Helm um den Kopf geschlungen. Aber es ging kein Leuchten von ihr aus, wie von der

Tochter des Zeus im Giebelfeld der Ägineten, sondern sie wirkte einsam und traurig. Athene hatte den Mut verloren. Etwas an ihr zwang zur Distanz, daher war ich stehen geblieben. Ich war mir nicht sicher, ob sie mich überhaupt bemerkt hatte, doch nach einer Weile wandte sie sich nach mir um:

»Ich glaube, wir kennen uns.« Sie versuchte ein Lächeln, aber sofort verschwand es wieder aus ihrem Gesicht. »Merkwürdig, von hier oben sieht der Ort so vollkommen anders aus, dass ich eine ganze Weile gebraucht habe, um mein Haus zu finden, dabei liegt es direkt neben der Kirche. Und Sie – wo wohnen Sie?« Ich wies auf den Baum, der wie ein Schirm meinen Hof überwölbte:

»Er ist sozusagen mein Erkennungszeichen. Wenn wir in einer Großstadt lebten, wären wir so gut wie Nachbarn, aber hier sind ein paar hundert Meter bereits Distanzen. Vielleicht besuchen Sie mich trotzdem einmal.« Doch darauf ging sie nicht ein.

»Kommen Sie oft hier herauf?« fragte sie stattdessen.

»Ja, immer wieder, ich liebe diesen Platz. Man sieht, was sie da unten treiben, wie sie mit ihren Kindern leben, wie sie Brot holen, diskutieren und zur Post gehen. Und im gleichen Augenblick spürt man hinter sich die Gräber aus der Antike – alles durchdringt sich, alles scheint gleichzeitig gegenwärtig. Man wird auf Schritt und Tritt daran erinnert, was sich früher einmal hier abgespielt hat. Da ich schon so oft hier oben gewesen bin, glaube ich beinahe, sie alle gekannt zu haben, wie diesen Anakretos zum Beispiel, der seiner Familie dieses aufwendige Felsengrab gestiftet hat, das Grab mit der herrlichsten Aussicht der Welt. Die Toten ruhten ausgerichtet auf die Akropolis, damit sie sich den Unsterblichen ein wenig näher fühlten. Wer sollte sich da nicht auf sein Ende freuen.«

»Sie haben eine seltsame Art zu scherzen.«

»Vielleicht, weil es mir heute besonders wenig zum Lachen ist.«

»Leben Sie denn so ungern hier?«

»Nein, ganz im Gegenteil, ich fühle mich hier sogar richtiggehend zu Hause und bin überzeugt, dass Odysseus, wäre er in Lindos gelandet, gar nicht erst weitergesucht hätte und geblieben wäre. Nur verliere ich manchmal die Geduld mit mir, und dann muss auch meine Liebe zu diesem Ort darunter leiden.«

In dem durchbrochenen Kirchturm läutete die Glocke. Ich dachte an Eftichia, vielleicht war sie dabei, zusammen mit dem Popen und anderen Frauen für die zu beten, die nur wie Zuschauer am griechischen Leben teilnahmen. Manchmal kam sie mir vor wie das Gewissen dieses Ortes. Die Glocke hatte ausgeläutet, ich wandte mich wieder der Fremden zu:

»An einem Ort wie diesem gerät einem leicht der Zeitbegriff durcheinander, Tage oder Monate kommen einem vor wie Jahre oder ganze Epochen. Dann wieder hat man das Gefühl, als habe einen die Zeit vergessen.«

»Ja, er ist ein gutes Versteck.« Sie saß vor mir wie im Theater, und beide schauten wir, ohne weiter miteinander zu sprechen, auf das Schauspiel hinunter, das sich uns bot.

In den Gassen im Dorf erkannte ich einige der Griechen, die meine Freunde geworden waren. Die hölzerne Veranda neben dem kleinen Glockenturm gehörte zu Pavlos' Bar, bei Wetter wie diesem hockten sie dort sicher alle bei ihm – Jorgo, Philippi, Nektarios und alle die anderen, das erhöhte seinen Umsatz. Und Eftichias Haus brauchte ich erst gar nicht zu suchen, sie wohnte direkt neben mir.

Und doch glich mein Aufenthalt an diesem Ort einem ewigen Warten, denn ich war nicht ganz zu einem der ihren geworden, und würde es wohl auch nie sein. Man konnte nicht vergessen, wo man herkam, mit jedem Tag spürte ich das stärker. Das Leben der anderen ließ sich nicht kopieren.

In manchen Zeiten sei man besser allein, hatte Catherine gesagt, aber diese Zeiten schienen mir mit einem Mal vorüber. Lag es an dieser Frau? Mir war lange nicht so wohl gewesen wie in ihrer Gegenwart.

Bevor ich ging, wiederholte ich meine Einladung. Diesmal erwiderte sie sie sogar und sagte:

»Haben Sie vor, den Winter über hier zu bleiben? Ich fände das sympathisch.« Noch einmal versuchte sie ein Lächeln, diesmal mit besserem Erfolg. Grau spannte sich der Himmel über dem Ort, als sei der Sommer bereits zu Ende. Aber die Aussicht auf den langen Winter schreckte mich plötzlich nicht mehr – an einem merkwürdigen Ort traf man merkwürdige Menschen. Ich verabschiedete mich und wanderte langsam den Weg ins Dorf zurück, vorbei an dem mageren Hund, der an der Kette lag und winselte. Er leckte mir die Hände, und ich hätte ihn gerne losgebunden.

Seit dieser Begegnung auf der Felsenterrasse konnte ich ihr Bild nicht vergessen, und wenn ich in der Sala mit meiner Stimme rang, dachte ich an sie, wie sie behelmt vom Schopf ihrer rotblonden Haare auf unser Dorf hinabgeschaut hatte, als wolle sie es bewachen.

25

Als es am übernächsten Abend klopfte, stand sie draußen vor der Hoftüre.

»Störe ich? Ihr Baum sah so einladend aus, dass ich dachte, ich könnte hereinkommen.« Damit trat sie an mir vorbei in den Hof und ging unaufgefordert weiter in die Sala, als sei sie hier zu Hause.

»Da Sie nicht gekommen sind, bin ich gekommen. Das kürzt den üblichen Prozess ab«, sagte sie und legte ihr Cape auf die Truhe. Während sie ihre Haare zurückstrich und zusammenknotete, blickte sie hinauf zur Decke. In dieser Haltung wirkte sie noch größer als sonst.

»Blumen und Vögel. Was für ein schönes Haus Sie haben.«

»Es ist etwas Hochstapelei dabei, aber es gibt mir das angenehme Gefühl, ich sei jemand von Bedeutung. Es ersetzt sozusagen meine einstigen Fähigkeiten.« Warum sagte ich ihr das, wo ich doch sonst zu niemand davon sprach?

»Im Dorf hat man mir erzählt, Sie seien Sänger.«

»Um ganz offen zu sein, ich war es.«

»Kann man das Singen denn verlernen?«

»Verlernen ist vielleicht nicht ganz der richtige Ausdruck. Es ist vielmehr so, als hätte man die Zahlenkombination für einen Tresor vergessen. Seitdem stehe ich vor dem rätselhaften Kasten, drehe an den Zahlen und kann die Lösung doch nicht finden. Darum habe ich mich aufs Rekonstruieren verlegt – dieses Haus oder meine Stimme, was auch immer, ich stelle sozusagen den Urzustand wieder her. Oder sagen wir besser, ich versuche es wenigstens.«

»Warum sind Sie so lieblos mit sich selbst? Schon neulich ist mir das aufgefallen.«

»Ich habe die Freude an mir verloren. Meine Freude, verstehen Sie, war meine Stimme, aus dem Rest meiner Person mache ich mir ehrlich gesagt nicht viel.«

»Dann sollten Sie versuchen, sie wieder zu finden, Ihre Stimme meine ich.«

»Ich bin ganz Ihrer Meinung, darum bemühe ich mich auch seit einiger Zeit wieder mit Verbissenheit um sie, aber bis jetzt mit nur mäßigem Erfolg. Und doch kann ich es nicht lassen, weiterzumachen.«

»Wie wäre es, wenn Sie versuchen würden, es jemand anderem beizubringen, zum Beispiel mir? Es würde Sie von sich selbst ablenken, denn ich stelle es mir äußerst frustrierend vor, ständig an sich selbst herumzuexperimentieren.«

»Aber wie sollte ich Ihnen etwas beibringen können, das ich selbst nicht mehr kann?«

»Auf diese Weise würden Sie immerhin herausfinden, wie viel Sie über das Singen wissen.« Dabei hatte sie mich voll angesehen, und ich war betroffen von dem Ernst ihrer großen, grauen Augen.

»Nun, ich werde es mir überlegen«, sagte ich, und sie ging, ohne sich lange zu verabschieden. Es hatte geradezu den Anschein, als sei sie nur gekommen, um mich auf diesen Gedanken zu bringen.

Es war unmöglich, sie zu vergessen, und so schickte ich bereits am nächsten Tag Eftichia zu ihr und ließ sie fragen, ob sie Lust habe, am Abend bei mir Musik zu hören.

Pünktlich um sieben Uhr erschien sie. Einen Augenblick lang dachte ich, Athene selbst stünde vor der Türe, so großartig war sie. Das Einzige, was ihr dazu fehlte, war ein Speer.

Diesmal hatte sie sich geschminkt, und zwar sehr geschickt – Müdigkeit und Trauer waren verschwunden. Wie bei ihrer Ankunft fiel ihr das glatt gekämmte Haar lang auf die Schultern, was sie jünger machte. Auch schien sie bester Laune zu sein. Mit großer Selbstverständlichkeit trat sie vor den Spiegel neben der Türe und betrachtete sich.

»Nicht schlecht«, lachte sie. »Ich glaube beinahe, ich wollte Sie beeindrucken.«

»Das ist nicht mehr nötig.« Das überhörte sie und sah sich stattdessen aufmerksam in der Sala um, nahm Bücher vom Tisch auf, blätterte in ihnen und legte sie sorgfältig wieder zurück an ihren Platz. Schließlich setzte sie sich auf das Geländer der Banca, im Halbdunkel sah sie aus wie ein junges Mädchen:

»Dieser Raum hat eine ganz eigene Atmosphäre«, sagte sie.

»Ja, er zwingt zu einer gewissen Haltung, man kann sich in ihm nicht gehen lassen.«

»Das ist es nicht, was ich meine.«

»Dann kommt es vielleicht von der vielen Musik, die ich hier abends höre – möglich wäre es immerhin.« Wieder glitt ihr Blick durch den Raum. Ich versuchte mir vorzustellen, wie es wäre, wenn wir tatsächlich zusammen an ihrer Stimme arbeiten würden. Aber dann sagte ich:

»Ich glaube, es ist besser, wir vergessen Ihr Singen. Es steht nicht dafür, es hätte zu viele Konsequenzen.«

»Ehrlich gesagt höre ich Ihnen auch lieber zu, wenn Sie mir davon erzählen, es ist ein Gebiet, von dem ich nichts verstehe. Waren Sie ein guter Sänger?«

»Was soll ich darauf antworten – ja, ich glaube schon. Das heißt, ich dachte gar nicht darüber nach, ich sang eben. Man weiß es nicht, wenn man begabt ist, schließlich ist man ja damit geboren. Aber ich hatte wahrhaftig keine Mühe, Engagements zu bekommen.«

»Und dann? Was geschah dann?«

»Ja, dann wagte ich mich wohl zu hoch hinauf und stürzte ab. Man kann auch zu viel Mut haben. Dann bricht man sich das Genick, nur mit dem fatalen Unterschied, dass man am Leben bleibt und sich dabei zuschaut, wie man am Boden kriecht, wo man doch einmal Flügel hatte.«

»Wenn es Sie quält, davon zu reden, sprechen wir lieber von etwas anderem.«

»Ja, es quält mich, aber so habe ich wenigstens das Gefühl, ich sei noch am Leben. Soll ich Sie tatsächlich mit meinen Definitionen langweilen? Kunst und Natur – beim Singen scheinen sie sich nicht zu fliehen, denn der Künstler ist eins mit seinem Kunstwerk. Sie beseelen sich gegenseitig. Manchmal fragte ich mich, ob der Mensch nicht ursprünglich gesungen hat. Das wäre durchaus möglich, und sein Sprechen wäre somit bereits eine Degeneration, die Zurücknahme des totalen Menschen durch den Intellekt. Je mehr er an diesem gewann, desto mehr verlor er an Instinkt.

Also wäre der uralte Traum des Menschen vom Fliegen vielleicht gar kein Traum, sondern die Erinnerung an einen Zustand, in dem Denken, Fühlen, Fliegen, Singen noch eins waren. Kann man sich eine solche Freiheit überhaupt vorstellen?«

»Sie sind ein guter Anwalt Ihrer Sache.«

»Musiker sind präzise Phantasten, wenn Sie so wollen, das liegt an der Materie, mit der sie umgehen. Notieren kann man sie zwar, aber das macht sie noch längst nicht greifbar, und doch ist sie für mich die einzige Wirklichkeit. Es gibt auch eine seelische Realität, so zum Beispiel, wenn sich ein Gefühl, ein Bild, ein Wort in einem gesungenen Ton verdichtet.«

»Sie haben viel darüber nachgedacht.«

»Ich hatte ja genügend Zeit dazu, seitdem ich nicht mehr singen kann.«

»Das klingt bitter.«

»Das ist bitter, so bitter, dass ich mir jeden Morgen einen zweiten Löffel Honig in meinen Joghurt rühre, damit ich es nicht so merke.« Sie lockte mich zu weit aus mir heraus, es begann zu schmerzen. Und doch tat es gut, mit ihr zu reden.

»Wenn man dafür begabt ist, ist das Singen etwas vollkommen Natürliches – genauso lebenswichtig wie Essen und Trinken. Auch wenn ich schwer arbeitete, und das tat ich weiß Gott, sang ich letzten Endes fast ohne mein eigenes Zutun. Von der technischen Seite hatte ich so gut wie keine Ahnung, *es sang*, wenn Sie so wollen.

Das Wichtige am Singen war für mich etwas anderes – die Worte, die Mitteilung, der Ausdruck. Aber ich musste erfahren, wie gefährlich dieser Zustand ist. Vielleicht halte ich es deshalb jetzt so sehr mit der Nüchternheit.« Sie war eine gute Zuhörerin, ich hatte mich in Feuer geredet.

»Es müsste doch möglich sein«, fuhr ich fort, »durch eine minutiöse Analyse und bei höchst gesteigertem Bewusstsein vielleicht nicht den einstigen Zustand, aber doch wenigstens das Funktionieren dieses Wunders zurückzuerobern.«

»Das klingt derart abstrakt, als habe es nichts mehr mit dem Singen zu tun.«

»Und doch ist es dessen Voraussetzung, glauben Sie mir, und genau das, was ich suche, und was ich hätte wissen müssen, um mir nicht den Hals zu brechen.«

»Geben Sie Acht, dass Sie vor lauter Bewusstsein nicht den Verstand verlieren. Meinen Sie nicht, wir hätten genug theoretisiert? Ich würde lieber etwas von Ihnen hören, Sie haben doch sicher irgendeine Aufnahme von sich.«

Ich schüttelte den Kopf. Sozusagen die Situation von neulich wiederholen, und das in Gesellschaft einer Fremden? Was sollte das. Und doch gab ich nach.

»Nun ja, wenn Sie absolut wollen.« Ich suchte in der Truhe nach einem meiner Bänder: »Um in Griechenland zu bleiben vielleicht eine Arie aus Mozarts *Idomeneo* über das aufgebrachte Meer. Sie kennen Lindos im Winter noch nicht, es kann erschreckend sein, Sie würden es nicht wieder erkennen. Manchmal kommen die Wellen turmhoch über die Felsen der Paulusbucht.«

Während des Orchestervorspiels stieg sie großgewachsen und schmal die Stufen zur Banca hinauf. Dort setzte sie sich zurecht, legte den Kopf auf ihre Arme, die sie um die Knie geschlungen hatte und hörte mit großem Ernst zu. Von Zeit zu Zeit schaute sie zu mir herüber, als wolle sie das, was sie hörte, mit meiner Person vergleichen. Als ich den Apparat am Ende der Arie abstellte, war sie aufgestanden.

»Ich hätte Sie nicht darum bitten dürfen, denn es muss schwierig für Sie auszuhalten sein. Einerseits sind Sie es, und andererseits auch wieder nicht. Es war egoistisch von mir, aber ich wollte Sie dadurch besser kennen lernen.«

»Allein bringe ich es auch nicht fertig, mir zuzuhören, aber nun, wo Sie dabei sind, geht es schon besser.« Ich holte eine Flasche Wein aus der Küche und sagte, während ich uns einschenkte:

»Wissen Sie, das Gefährliche an der Musik ist, dass sie alle Größenverhältnisse verändert. Ist man einmal an ihren Reichtum gewöhnt, erwartet man leicht zu viel vom Leben.«

»Leben Sie deswegen allein?«

»Nein, nicht deswegen.«

»Aber es scheint Ihnen nichts auszumachen.«

»Da bin ich nicht so sicher. Es gibt einem Zeit zum Nachdenken, aber Gespräche sind besser.« Wir schwiegen eine Weile. Sie hatte sich auf der Banca zurückgelegt, die Arme verschränkt im Nacken und blickte hinauf zur Decke.

»Ich lebe auch allein, oder besser – wieder allein. Ich scheine in dieser Hinsicht nur wenig Glück zu haben.

Aber ehrlich gesagt bin ich es leid, immer selbstlos und nur der treu sorgende, vernünftige Freund zu sein, dies nämlich erwartet mein Mann von mir.«

»Und was tut Ihr Mann sonst noch?«

»Er ist Professor für englische Literatur in Cambridge.« Sie zögerte einen Moment, dann fuhr sie fort:

»Ich habe ihn sehr geliebt, und das sehr viele Jahre. Ja, ich glaube, ich liebe ihn immer noch. Er ist ein ungewöhnlicher Mensch, kultiviert, gebildet, er besitzt einen intellektuellen Charme, dem nur schwer zu widerstehen ist. Es ist nicht das erste Mal, dass er eine Geliebte hat, aber nun ist es eine seiner Studentinnen, und das nehme ich ihm besonders übel. Der Fall ist so klassisch, dass ich mich schäme, Ihnen überhaupt davon zu erzählen.

Sie kam viel zu uns ins Haus, ja, wir wurden Freundinnen – bis ich merkte, was hinter meinem Rücken vorging. Das Problem ist, dass sie mir so sympathisch ist. Wenn man jemand verachten oder hassen kann, ist eine derartige Situation vermutlich leichter zu handhaben, denn dann hat man wenigstens einen Feind.

Da ich meinen Mann nicht verlieren wollte, versuchte ich die Angelegenheit zu akzeptieren. Ich redete mir ein, als intelligente Frau stünde ich über solchen Dingen, aber es hat nicht mit Intelligenz allein zu tun. Mein Mann besaß die Geschmacklosigkeit, mir Goethes *Stella* zu lesen zu geben mit der Bemerkung, bei den Romantikern sei dergleichen an der Tagesordnung gewesen. Aber von mir einmal abgesehen finde ich, dass *Stella* ein sehr schwaches Stück ist – jedenfalls für einen Dichter von Goethes Format.

Ich bin mit der Situation nicht fertig geworden, und so bin ich auf Reisen gegangen. Aber nun stelle ich fest, dass ich sehr viel länger brauche, als ich gedacht habe, um die Sache zu vergessen.

Warum ich Ihnen das alles erzähle? Sie waren so offen zu mir, also bin ich es auch. Man kann an seiner eigenen Diskretion auch ersticken, und als wir uns auf der Platea begegneten, war ich auf dem besten Weg dazu.«

Wie oft nach großen Konfessionen trat Stille ein. Aber es war ein Schweigen, das nicht beschwerte.

»Es ist einem wohl in Ihrer Gegenwart«, sagte sie. »Vielleicht macht das auch Ihre Stimme, ich weiß nicht – irgendwie steht sie noch im Raum. Ich habe übrigens noch nie einen Sänger gekannt und muss sagen, es ist ein merkwürdiges Gefühl. Sie scheinen doppelt zu existieren, denn wenn Sie reden und wenn Sie singen, sind Sie nicht derselbe.«

Ich betrachtete sie, wie sie dort oben lag, sie wirkte jetzt sehr viel weicher. Athene war zu einer Frau geworden. Wie wäre es, dachte ich, wenn sie hier bei dir lebte? Mit einem Mal erschien mir die Klausur, die mir meine Stimme auferlegte, vollkommen unsinnig.

Da erhob sie sich, als habe sie meine Gedanken erraten und griff nach ihrem Mantel auf der Truhe.

»Ich fürchte, ich habe viel zu viel geredet. Trotzdem würde ich Sie gerne wieder sehen«, sagte sie und verabschiedete sich nur mit einem Nicken des Kopfes. Alles, was sie tat, war von einer gewissen Ungeduld, die aber nichts Verletzendes hatte.

Ich ging zur Tür und schaute ihr nach in die Dunkelheit. Ihre Gegenwart hatte mich wunderbar erfrischt.

Durch ihr Interesse an meiner Person hatte ich den Eindruck, wieder zu existieren. Gleichzeitig hatte sie etwas mit sich fortgenommen – dieses Gefühl der Verachtung, das ich für mich empfand, seitdem ich nicht mehr singen konnte. Vielleicht würden sich, wenn wir vorsichtig genug miteinander umgingen, unsere beiden Einsamkeiten am Ende gegenseitig aufheben?

26

An die Tage, die nun folgten, erinnere ich mich wie an einen Frühling, und doch steckten wir bereits tief im Herbst. Wir gingen viel miteinander spazieren und holten einander dazu gegenseitig ab.

Plötzlich war da ein Echo, ein Gesprächspartner, wie ich ihn mir sensibler und intelligenter gar nicht wünschen konnte. Nicht dass sie immer besonders viel gesagt hätte, aber es war, als enthielte ihre bloße Gegenwart bereits die Antworten auf meine Fragen. Die Dinge ordneten sich von selbst, wenn ich mit ihr sprach.

Viel mehr als an jenem ersten Abend habe ich nie über sie erfahren, offenbar hatte sie keine Lust, über sich zu reden. Es ist schwer zu erklären – oft war mir, als wären wir uns ganz nahe, doch wenn ich ihre Hand ergriff, diese schmale und biegsame Hand, hatte ich das Gefühl, als griffe ich ins Leere. Sie entzog sie mir nicht, aber sie selbst blieb unerreichbar wie ein Ideal.

»Lassen Sie uns Freunde bleiben«, sagte sie, »im Augenblick habe ich genug von der Liebe, wenn es Ihnen nichts ausmacht.«

Es machte mir etwas aus, aber andererseits konnte ich so guten Gewissens an Catherine schreiben, dass ich auf meiner Insel lebte wie ein Mönch. Im Übrigen sei ich tatsächlich der Pallas Athene begegnet, wie sie es vorausgesagt habe. Diese habe eine gewisse Ähnlichkeit mit ihr, so dass ich an manchen Tagen Mühe hätte, sie nicht mit ihr zu verwechseln.

Heute war ich an der Reihe mit dem Abholen. Ich hatte Eftichia zur Kirche begleitet, denn es war Sonntag, und nur wenige Häuser weiter wohnte ja sie, die mir in kurzer Zeit so vertraut geworden war, obwohl ich nicht einmal ihren Namen kannte.

»Wir wollen einmal alles offen lassen«, hatte sie gesagt, »selbst die Namen. Zwei Fremde, die sich begegnen – kann sein, dass sie füreinander die Lösung sind, vielleicht brauchen sie dafür viel Zeit, vielleicht auch nur wenig.«

»Sie stellen gewaltige Ansprüche, ich kann Ihren Mann verstehen, dass er sich hin und wieder eine Abwechslung gönnt.«

»So etwas sollten Sie nicht einmal im Scherz sagen.«

»Tut mir Leid, ich wollte Sie ja lediglich zum Lachen bringen.«

Dabei war sie gar nicht mehr so ernst wie zu Anfang, aber immer war sie – wie soll ich sagen – wesentlich, als wolle sie keine Zeit verlieren. Ich hatte den Eindruck, dass auch die anderen sie mit meinen Augen betrachteten, denn sie lächelten mit einer Art von andächtigem Wohlwollen, wenn wir an ihnen vorbei durchs Dorf gingen.

»Kali kiria, poli kali kiria ine«, pflegten sie zu sagen – sie sei eine gute, eine sehr gute Frau. Eigentlich hätten sie sagen müssen: ein sehr gutes Mädchen, denn bei ihr wusste man nicht so recht, wie man sie nennen sollte.

Sie ging in einiger Entfernung vor mir her. Dass sie so groß war, fast einen halben Kopf größer als ich – und dabei war ich selbst durchaus kein kleiner Mann – störte mich ebenso wenig, wie wenn ein Baum, ein Berg mich überragte. Auch war sie sehr schlank und biegsam, wodurch sie keineswegs monumental wirkte, sondern trotz ihrer Größe durchaus anmutig.

Wir stiegen miteinander die zerbrochenen Stufen des antiken Theaters hinauf. Noch immer war es sommerlich warm, der Salbei roch stark. Ich setzte mich in eine der oberen Reihen, es war ein kleines Theater, an den Hang der Akropolis gebaut, nicht weit von der Agora der antiken Stadt.

»Setzen Sie sich doch auch«, sagte ich, »sonst komme ich mir vor wie ein Zwerg.«

Aber sie blieb stehen, als wolle sie mich für meinen leichtfertigen Ton bestrafen, und blickte hinauf zur Akropolis, die über uns in den Himmel stieg.

»Wie gut es hier riecht«, sagte sie, »heute Morgen in der Kirche roch es ganz ähnlich, man verbrannte dazu Harz in kleinen Pfännchen. Der Gesang des Priesters, der vollkommen geschlossene Raum ohne weiteres Licht als das der Kerzen – ich habe nie zuvor in einer Kirche ein ähnliches Gefühl der Hingabe an das Geheimnis erlebt. Alle im Dorf scheint die Sache allerdings nicht mehr zu überzeugen, heute Morgen jedenfalls war die Kirche halb leer. Fast ausschließlich ältere Leute.«

»Manchmal frage ich mich, ob die Griechen mit ihren alten Göttern nicht glücklicher waren. Ihr Weltbild mag vielleicht weniger großartig und absolut gewesen sein als das unsrige, aber es war weniger anspruchsvoll und daher menschlicher. Sie glaubten an etwas, mit dem sie sich identifizieren konnten. Ihre Götter waren phantasievoll, kühn und unabhängig, aber auch unberechenbar, listig, eifersüchtig und etwas großsprecherisch, so wie sie selbst. Bei dem Gedanken an die Dimensionen der Milchstraßen und Sonnensysteme des Einen, Unsichtbaren, hat man dagegen leicht ein kaltes Gefühl im Rücken. Nur fragt man sich, wo sich die Götter versteckt halten, seitdem wir ihnen um der großen Synthese willen abgeschworen haben. Ich nehme an, dort, wo sie immer gewesen sind – in unseren Köpfen.«

Während ich redete, hatte sie sich neben mich gesetzt und wischte mit der Hand den Sand auf dem steinernen Sitz zwischen uns zu kleinen Häufchen zusammen. Sie hatte eine sehr dunkle Stimme, und so klang, was sie sagte, als vertraue sie mir ein Geheimnis an:

»Eine aber war anders als die übrigen Götter, denn sie als Einzige besaß Verantwortungsgefühl. Auf diese Weise kam sie den Menschen immer näher, bis diese zu einem Teil ihrer Existenz wurden. Ja, sogar Mitleid mit ihnen hat sie empfunden, das musste ihr Dasein zwangsläufig komplizieren.«

»Wie gut Sie über Athene Bescheid wissen.«

»Ich habe viel über sie nachgedacht, seitdem ich hier bin, schließlich war Lindos einmal ihr Heiligtum. Sie ist mir von allen Göttern am sympathischsten. An manchen Tagen, je nach Wetter und meiner eigenen Verfassung, ist ihre Gegenwart hier geradezu zu spüren.«

»Im Augenblick bilde ich mir ein, sie säße neben mir.« Sie lächelte und sah mich an, als höre sie einem Kind zu.

»Sind Sie ganz sicher?«

»Was wollen Sie – man muss dem Mythos eine

Chance geben. Kurz ehe Sie hier ankamen, sind Jorgo und ich vor Lardos einer Eule begegnet, da bedurfte es keiner allzu großen Phantasie, um Sie bei Ihrem Erscheinen für die Athene zu halten. Es passte alles so schön zusammen.«

Wieder lächelte sie, dann aber stand sie auf, um Zweige von dem stark riechenden Salbei zu einem Strauß zu pflücken. Ich konnte nicht aufhören, sie zu betrachten.

»Wissen Sie, mit dem Glauben ist es so eine Sache«, sagte ich. »Drücken wir es einmal ganz banal aus: Ohne Empfänger existiert auch der Sender nicht. Dasselbe gilt für die Musik – auf dem Papier allein lebt sie nicht, auch sie hängt schließlich davon ab, dass jemand sie hört. So intensiv zum Beispiel, wie Sie neulich mir zugehört haben. Was Sie dabei empfanden, war in der ganzen Sala zu spüren, endlich fand wieder einmal ein Austausch statt, ein Austausch an Energie. Liebe, Glaube, Musik, diese drei – in der Bibel steht es zwar etwas anders.« Sie roch an ihrem Strauß und sah mich forschend an:

»Was Sie eben gesagt haben, fand ich sehr schön«, sagte sie. »Aber warum müssen Sie nur immer so viel reden, genügt es Ihnen denn nicht, wenn man etwas empfindet?«

»Da ich unentwegt über meine Stimme nachdenke, analysiere ich auch alles andere ständig. Es ist wie ein Zwang. Sie müssen mir das Wort abschneiden, wenn ich wieder einmal nach der Wahrheit suche, so wie es die Griechin, die mir das Haus versorgt, auch immer macht. *Megali dynami*, sagt sie dann immer, was so viel heißt wie: ›das ist ein weites Feld‹, oder weniger literarisch: ›Warum hältst du nicht lieber den Mund‹.« Sie lachte.

»*Megali dynami*«, sagte sie dann, »kommen Sie, gehen wir lieber noch ein bisschen.« Ich stand auf, und wir kletterten die Stufen des Theaters wieder hinunter. Dabei griff sie nach meiner Hand, um sich zu stützen, und das hatte sie noch nie getan.

Als wir in Richtung Pefkos aus dem Ort hinauswanderten, leuchtete das Meer tintenblau. Sie wies mit der Hand darauf, ich sagte:

»Sie haben ganz Recht, man muss dieses Wetter ausnützen. Wir haben bereits den zwanzigsten Oktober, und seit Ende April hat es nicht mehr geregnet. Alles wartet darauf, die Menschen, die Natur, und wenn es einmal losgeht mit dem Regen, sitzen wir in der Falle und können nicht mehr miteinander spazieren gehen.« Goldbraun säumten die Disteln den Weg, stieß man mit dem Fuß gegen sie, raschelten sie metallisch.

»Wie anders es im Frühling hier aussieht, können Sie sich kaum vorstellen«, erklärte ich, »dann reichen einem die Margariten bis an die Knie. Es ist windig, kleine Bäche schießen überall aus den Felsen, und das Licht ist von einer Klarheit, dass man meint, man könne bis ans Ende der Insel sehen.«

Der Weg nach Pefkos war karg, verbrannt vom langen Sommer, fast dünkte man sich irgendwo im Hochgebirge. Aber am Ende wurden wir dadurch belohnt, dass wir im Schatten der Kiefern sitzen und hinunter auf Pefkos und aufs Meer schauen konnten. Nur hatten wir vergessen, etwas zu trinken mitzunehmen. Unten am Strand gab es zwar einen Brunnen, aber nach der großen Hitze war ich nicht sicher, ob er überhaupt noch Wasser enthielt.

Sie stand auf und verschwand in den Bäumen hinter der kleinen Kirche. Nach einer Weile kam sie mit einem Zweiglein Minze zurück, das sie mir zwischen die Lippen schob.

»Kauen Sie ein wenig darauf, es löscht den Durst«, sagte sie.

Auf dem Rückweg ging sie wieder vor mir her, schlank und biegsam. Bisweilen drehte sie sich nach mir um, als wolle sie sich vergewissern, dass ich ihr folgte. Wieder erinnerte sie mich an Catherine – ging ich am Ende nur mit einer Projektion meiner eigenen Sehnsucht spazieren?

Eine Schar von Ziegen, darunter zwei kleine, schwarzweiß gefleckte, begleitete uns eine Weile mit ihrem Panblick heidnischer Zeiten. Als wir an dem einzigen Baum der Ebene vorbeikamen, dachte ich daran, dass man hier vor Ostern die Zicklein schlachtete. Abgehäutet und blutig hingen sie dann von den Zweigen. Aber davon habe ich meiner Begleiterin nichts erzählt.

Der Weg dehnte sich zu einer weiteren halben Stunde der Einöde. Nach der letzten Steigung tauchte vor uns die Akropolis auf.

»Ich habe nie etwas ähnlich Großartiges gesehen«, sagte sie. »Dieser Felsen hoch über dem Meer muss die Menschen förmlich dazu gezwungen haben, hier ein Heiligtum zu errichten.«

»Ich bin sicher, selbst die deutschen Naturphilosophen wären mit Ihrer Bemerkung zufrieden gewesen.« Aber sie blieb ganz ernst:

»Das nächste Mal sollten wir auf der oberen Straße hier ankommen, so kreisen wir das Wunder ein. Ganz ähnlich müssten Sie auch bei der Suche nach Ihrer Stimme vorgehen, aber sie dürfen auch die Steinwüste nicht vergessen, die wir eben durchquert haben und sollten jederzeit wieder auf sie gefasst sein.«

Ich sah sie von der Seite an – nicht viel anders mochte auch Athene zu Odysseus gesprochen haben. Damit waren wir vor meinem Haus angelangt, über die Mauer grüßte grün und wiegend der Federbaum.

»Wenn Sie Lust haben, können wir noch etwas Musik bei mir hören.« Sie zögerte nur einen Augenblick, dann sagte sie:

»Ja, warum eigentlich nicht.«

Ich schloss die Hoftüre für uns auf und war dabei so nervös wie bei meiner ersten Verabredung mit einem Mädchen. Kaum waren wir in der Sala, nahmen wir einander in die Arme. Unsere Einsamkeit war so tief gewesen, dass wir eine Weile brauchten, um uns wieder an das Glück zu gewöhnen. Aber dann ließen wir erst wieder voneinander ab, als es längst Nacht geworden war.

Da machte sie sich plötzlich los, sah mich lange an und sagte, während sie mir das Haar zurückstrich:

»Hast du gesehen, wie blau das Meer heute auf dem Weg nach Pefkos war? Wie Tinte. Ich musste daran denken, wie es wohl sein mag, wenn man als Schiffbrüchiger auf dem Meer verdurstet, umgeben von lauter Wasser, das zu salzig ist, um es zu trinken.«

»Denk nicht mehr daran.« Sie blickte sich in der Sala um:

»Schon am ersten Abend, als ich dich besuchen kam, wäre ich am liebsten bei dir geblieben. Ich hatte sofort das Gefühl, als sei ich hier zu Hause, obwohl ich dich doch gar nicht kannte. Aber ich musste erst ein wenig auftauen, ich war ganz vereist vor lauter verletztem Stolz.«

»Es ist ja vorüber.«

Türe und Fenster der Sala standen offen, und so hörten wir die Käuzchen rufen. Eine kleine fallende Sekunde, und darauf als Antwort eine weitere. Sie drehte sich noch näher und enger in meinen Arm, und wir lauschten beide.

»Athene ist in der Nähe«, sagte ich.

»Du bist unverbesserlich.«

Nach einer Weile stand ich auf, um uns aus der Küche eine Flasche Wein und etwas zu essen zu holen. Als ich damit zurückkam, sagte sie mit einem Blick hinauf zur Decke:

»Da du mich unter dem Vorwand hierher gelockt hast, bei dir Musik zu hören, musst du mir jetzt auch tatsächlich etwas vorspielen. Sonst habe ich das Gefühl, ich sei dir auf den Leim gegangen.«

Wir kamen nicht viel zum Schlafen in dieser Nacht, denn wir probten sozusagen unser Zusammenleben. Nachdem wir ausgiebig Musik gehört hatten, Klaviermusik von Schumann und Chopin, die sie besonders liebte, las sie mir etwas vor. Eine Passage aus Byrons *Childe Harold*, dem einzigen englischen Buch, das ich im Haus hatte. Der Umschlag war verblichen und die Seiten gewellt, jemand musste es wohl am Strand vergessen haben, und das Meer war darüber hingegangen. Sie las gut, die brillanten Verse dabei in musikalische Prosa auflösend. Ihre Stimme tönte dunkel wie eine Glocke.

»Übrigens hat Byron das am Genfer See geschrieben, in deiner Heimat«, unterbrach sie sich plötzlich. »Ich habe einmal über ihn und die Shelleys in der Schweiz gearbeitet, daher weiß ich es.«

»Manchmal habe ich genug von der ständigen Intensität Griechenlands und direkt Heimweh nach der Milde der Landschaft dort. In der Nähe von Rolle sind die Ufer des Genfer Sees noch fast unbebaut, eine Parklandschaft mit riesigen Eichen wie in England. Ich bin sicher, du würdest sie genauso lieben wie ich.«

Immer wieder versicherten wir uns einander. Ihr Körper glich dabei ihrer Stimme, wie diese umschloss er mich mit seiner dunklen Ruhe. Es gab keine Suche mehr nach etwas, an das ich mich qualvoll erinnerte, ich war endlich angekommen.

Wir machten Pläne über Pläne, aber irgendwann sind wir dann doch wohl eingeschlafen. Als die Sonne hinter der Akropolis heraufstieg und sie allmählich mit ihrem Licht übergoss, stand sie auf und trat an die Türe.

»Und so etwas siehst du alle Tage«, sagte sie und konnte den Blick nicht von dem Berg wenden, der in Flammen stand.

»Wenn du bei mir bleibst, kannst auch du es jeden Morgen sehen.« Ich betrachtete ihre schmale Silhouette, ihre Arme, mit denen sie sich in die Türe stützte, ihre Hüften. Das Gegenlicht verwandelte ihr Haar, das ihr dicht auf beide Schultern fiel, in eine ägyptische Perücke. Draußen begrüßten die Vögel wie außer sich den neuen Tag.

»Lass dir nur nicht einfallen, wegzugehen«, sagte ich. »Du kommst hier nicht mehr heraus, ich allein besitze den Schlüssel zum Hoftor.« Wieder lachte sie leise. Ich hörte, wie sie in der Küche einen der Schränke öffnete, schloss die Augen und dachte höchst undankbar – wie gut, dass es nicht Eftichia ist.

»Suchst du nach einem Messer, nun, nachdem ich dich geschändet habe?« rief ich, denn sie hatte mir gesagt, sie hieße Lukrezia. Seitdem zog ich sie damit auf.

27

Aber das Wunder währte nur wenige Wochen. Es fing damit an, dass es regnete. Nach der unbarmherzigen Hitze der Sommermonate freuten wir uns zunächst darüber – Lukrezia rannte vor lauter Begeisterung nackt in den Hof hinaus und ließ es, die Arme ekstatisch ausgebreitet, an sich herunterregnen.

Aber bald war uns die Sache nicht mehr geheuer, denn es regnete nicht heftig und kurz, wie man es im Oktober gewöhnt war, nein, wie ein Monsun prasselte es stunden- ja tagelang auf die Decke der Sala. Ich betrachtete sie mit Sorge, doch sie schien dicht zu halten.

Die Straßen hatten sich in Sturzbäche verwandelt, aus allen Ecken kam das Wasser, ergoss sich über Dächer, über Mauern und Treppen. Trotzdem ließ sich Lukrezia nicht davon abhalten, zur Post zu gehen. Sie wolle sich bei dieser Gelegenheit ein paar Bücher aus ihrem Haus holen, schließlich könne sie ja nicht immer nur in meinem Byron lesen, meinte sie.

Ich gab zu bedenken, dass bei solchem Wetter überhaupt keine Post käme. Aber sie wollte nicht hören – da sie bereits über eine Woche nicht mehr nachgesehen habe, läge vielleicht dennoch etwas für sie da.

Nachdem sie gegangen war, wozu sie die Schuhe ausgezogen hatte, blieb ich am Hoftor stehen und sah zu, wie in der Straße draußen das Wasser vorüberschoss.

Ich hatte etwas einkaufen wollen, aber angesichts des katastrophalen Wetters gab ich auf, klappte meinen zerfetzten Schirm zu und schickte ihn einem Koffer hinterher, der sich von weiß Gott woher befreit hatte.

Der unter solchen Umständen unvermeidliche Österreicher kam mir, die Hosen hochgekrempelt, durch das Wasser entgegengewatet.

»Sicher kommt es auch bei Ihnen bereits durch die Saladecke«, sagte er erwartungsvoll.

»Den Gefallen kann ich Ihnen leider nicht tun. Sie hätten Jorgo Ihr Haus bauen lassen sollen, anstatt alles selber zu machen, dann würde auch Ihre Decke halten.« Dies war kein Wetter für den Austausch von Höflichkeiten. Aber dann bat ich ihn doch auf einen Ouzo herein, vielleicht brachte das uns beide auf andere Gedanken, denn das Warten auf Lukrezia fing an, mich nervös zu machen.

»Schön haben Sie es hier«, sagte er, als wir in meine Sala traten, aber ich konnte hören, dass er es nicht ehrlich meinte. Wir tranken schweigend, er schien etwas auf dem Herzen zu haben. Nach einem weiteren Ouzo rückte er mit der Sprache heraus:

»Die Sache ist die, dass ich Ihnen gern einmal meine Bilder zeigen würde. Es wäre mir wichtig. Aber heute ist dafür wohl nicht der richtige Tag.« Mit einem Mal wirkte er recht sympathisch, auch hatte er seine übliche Leidensmiene abgelegt. Ich schlug also vor:

»Warum gehen wir nicht gleich, heute kann man sowieso nichts anderes tun.« Damit machten wir uns auf den Weg. Bis zu ihm waren es nur wenige Schritte den Berg hoch, aber auch davon waren wir bereits völlig durchgeweicht. Ich schüttelte meine Windjacke aus und folgte ihm in sein Haus.

Dort bot sich mir ein höchst merkwürdiges Bild – seine drei Töchter hockten, einander zum Verwechseln ähnlich, in der Sala auf dem Boden, jede eine Schüssel neben sich, die das Getropfe von der Decke auffangen sollte. Aber alle drei lachten sie, im Gegensatz zu ihrem unseligen Vater schienen sie das Leben von der leichten Seite zu nehmen.

»Wissen Sie was? Sie sollten hier das *Rheingold* aufführen«, sagte ich, »die Besetzung dafür hätten Sie ja.«

»Ich bin nicht sicher, ob mir Ihr Humor gefällt.« Ich schwieg fürs Erste. Aber nach einer Weile fragte ich dann:

»Wo ist eigentlich Ihre Frau?«

»Sie ist mit einem Griechen auf und davon.«

»Falls Sie ihr bereits beim Frühstück den Untergang Trojas prophezeit haben, könnte ich ihr das durchaus nachfühlen.«

Er rang mit sich, ob er mir meine Taktlosigkeit verzeihen sollte, aber der Ouzo hatte uns einander näher gebracht, und so ließ er es gut sein und ging voraus, um mir in einem Nebenraum seine Bilder zu zeigen. Dort sah ich Leinwände in der Art von Magritte, De Chirico, Lindner, Hundertwasser, technisch ganz hervorragend gemalt. Ich war sprachlos.

»Sie hätten Fälscher werden sollen«, sagte ich nach einer Weile des Staunens. Merkwürdigerweise nahm er mir, was ich gesagt hatte, nicht einmal übel.

»Es fällt mir einfach nichts Neues ein.«

»Meinen Sie nicht, dass Sie das, was Sie von den anderen übernehmen, irgendwie verarbeiten oder subjektiv beleuchten müssten? Ich weiß nicht, ob ich mich verständlich machen kann, schließlich bin ich nicht vom Fach, aber Kunst ensteht doch stets auf diese Weise. Wer kann denn heute noch der Erste sein.«

»Immer kommt mir meine Bewunderung dazwischen – ohne dass ich es merke, führt sie mir den Pinsel und blockiert meine Eigenständigkeit.«

»Vielleicht haben Sie ganz einfach keine, oder Sie sollten zurück in eine Großstadt, dorthin wo es gärt, wo Sie Kontakt mit anderen Menschen, anderen Malern haben, was weiß ich.« Aber was redete ich denn, gab ich da nicht am Ende Ratschläge, die ich mir besser selbst gegeben hätte? Während ich aus dem Fenster starrte, fiel der Regen dicht und weiß wie Milch.

»Sie sind ganz ohne Zweifel sehr begabt«, sagte ich unsicher.

»Das bekomme ich immer zu hören. Aber davon kann ich meine Kinder nicht ernähren.«

»Nichts für ungut.« Mir war heiß geworden, jetzt hätte ich einen weiteren Ouzo gebrauchen können, aber er bot mir keinen an. In einiger Verlegenheit verließ ich sein Haus.

Das war kein Regen, sondern eine Katastrophe. Der Zauber des Ortes war von der Sonne abhängig, er versagte unter derartigen Güssen. Die Akropolis stieg nicht mehr wie ein Siegeszeichen in den Himmel, wie ein riesiges Schiff hatte sie sich lastend quer vor das Dorf geschoben und riegelte es gegen die Außenwelt ab.

Dass die Vögel nicht mehr am Morgen sangen, war

Lukrezia als erster aufgefallen, im Gleichgewicht der Natur schien etwas gestört. Mit jedem Augenblick wurde der Ort mir fremder – ein Gefühl des Unbekannten, Feindlichen breitete sich aus. Als auch noch die Bougainvillea, schwer vom Regen, sich von den Wänden löste und in den Hof stürzte, kam ich mir vor wie der Gefangene meines eigenen Hauses. Eftichia kam herüber und half mir, so gut es eben im Regen ging, sie wieder an der Wand der Küche zu befestigen.

Ich ging hinunter zum Kafeneion. Dort erzählten sie, in den Bergen könne das Erdreich das Übermaß des Regens nicht mehr aufnehmen, reißend wälze sich das Wasser durch die sonst ausgetrockneten Täler, an manchen Stellen geriete der Lehmboden unter dem sich schiebenden Geröll ins Gleiten. In Lardos seien bereits zwei Häuser in den Fluten verschwunden. In Richtung Rhodos war es nicht anders. Die große Ebene in der nächsten Bucht hatte sich in einen See verwandelt, damit war der Weg zur Hauptstadt abgeschnitten.

Als ich wieder zu Hause ankam, war Lukrezia noch immer nicht zurück. Voller Unruhe ging ich von neuem los, um in der Kirche nachzuschauen. Aber dort knieten nur die alten Frauen, die Augen betend auf den Kerzenstock gerichtet und sich fortwährend bekreuzigend. Als ich wieder hinaus vor die Kirche trat, hätte mich der Sturm fast umgerissen.

Auf dem Weg zum Strand donnerte und dröhnte das Meer zu mir herauf. Die große Bucht war nicht wieder zu erkennen, sie kochte. In immer neuen Anläufen kamen die Wellen haushoch und braunverschlammt über die Felsen, als wollten sie selbst noch die Akropolis erreichen. Schaute man zu lange in den Hexenkessel hinein, wurde man wie trunken von der Gewalt, die bei aller Zerstörung etwas von einer wahnwitzigen Freude hatte.

Unten am Strand fand ich jetzt die Männer des Dorfes versammelt. Auch wenn wir uns unserer Ohmacht dem Meer gegenüber durchaus bewusst waren, stärkte uns doch das Gefühl der Solidarität – wir hatten alle denselben Feind. Vor uns türmten sich bereits meterhoch Barrieren aus angeschwemmtem Holz, schweigend wies Jorgo auf zwei Planken, die ihrer Farbe nach nur von der kleinen Yacht stammen konnten, die während der letzten Tage in der Bucht geankert hatte.

Pavlos nahm die Sache weniger gelassen. Zornig ballte er die Fäuste gegen das Meer und bedachte es mit Flüchen, denn auch seine beiden Boote waren in den Fluten verschwunden.

Wir diskutierten darüber, was zu tun wäre, falls die Flut noch weiter steigen würde, als plötzlich Lukrezia hinter uns auftauchte. Mit dem Sturm kämpfend, wickelte sie sich aus ihrem Mantel.

»Verzeih, ich erkläre es dir später«, sagte sie nur und half mir, Sand in Säcke zu füllen, die wir anschließend aufeinander stapelten. Die anderen schoben und zogen inzwischen die bisher verschonten Boote weiter den Strand hinauf, denn plötzlich sah es tatsächlich so aus, als würde es noch schlimmer kommen.

Benommen von dem allgemeinen Chaos verließen Lukrezia und ich die Bucht. Und über Geröll und Kissen von Salbei stolpernd stiegen wir höher hinauf in die Felsen über der Bucht. Immer wieder mussten wir uns aneinander festhalten, um nicht vom Sturm hinuntergerissen zu werden.

Die Wellen hoben sich fast bis zu uns herauf – waren es hundert Meter, waren es nur zehn? Es war nicht auszumachen. Besonders erschreckend war die Langsamkeit der großen Bewegung, sie gab einem den Eindruck, als habe das Meer das Gleichgewicht verloren. Es schien zu locken – gib endlich nach und stürze dich in mich hinein. Dann ist die Qual zu Ende.

»Begreifst du nun, warum Odysseus sich am Mast seines Schiffes festbinden ließ, um dem Gesang der Sirenen nicht zu erliegen?« Aber der Sturm riss meine Worte auseinander, ich musste schreien, um mich verständlich zu machen. Statt einer Antwort schob Lukrezia ihre Hand in die meine, und ihre Gegenwart war so stark, dass mir war, als hielten mich Seile von dem tödlichen Sog zurück.

»Komm, lass uns gehen«, sagte sie, »das erträgt man nicht.«

Als wir wieder unten im Dorf bei der Kirche ankamen, bat sie mich, einstweilen vorauszugehen, sie würde später nachkommen – sie müsse einen Augenblick mit sich allein sein. Ich hatte ein ungutes Gefühl, als sie das sagte – etwas hatte sich zwischen uns geschoben.

Wieder zu Hause trank ich ein Glas Wein und aß von dem Fetakäse mit Öl, den mir Eftichia in die Küche gestellt hatte. Wie immer hatte sie Origano darüber gestreut, etwas in dieser Welt war also noch in Ordnung.

Es hatte wieder angefangen zu regnen. Um mich abzulenken, machte ich mich daran, aufzuschreiben, was ich über das Singen begriffen hatte. Doch es fiel mir schwer, mich zu konzentrieren, das Chaos draußen war als Beunruhigung im ganzen Haus zu spüren. Manches von dem, was ich zu Papier brachte, schien mir bereits stimmig zu sein, vielleicht würde sich also auch zu anderem der Schlüssel finden lassen.

Aber obwohl ich die Blätter vor mir mit Beobachtungen und Skizzen füllte, so versuchte ich damit doch in Wirklichkeit gegen die herrschende Auflösung anzuschreiben und klammerte mich an die Möglichkeit einer Ordnung, während draußen die Welt aus den Fugen ging. Doch immer wieder schweiften meine Gedanken ab, dann sah ich Lukrezia vor mir in ihrem langen Mantel, der im Sturm geweht hatte wie eine Fahne.

Schließlich verlor ich die Geduld und ging durch das nächtliche Dorf hinunter zu ihrem Haus. Aber obgleich ich immer wieder an ihr Hoftor klopfte, blieb alles dunkel. Ich erinnere mich, dass ich dabei dachte – sie gehört dir wohl nicht allein. Durchnässt und müde machte ich mich wieder auf den Weg zurück nach Hause und kroch frierend in mein Bett.

Im Dunkeln liegend hörte ich dem Regen zu und versuchte, mir dabei Lukrezias Gesicht vorzustellen. Aus der Bedrängnis dieser Nacht tauchte es auf wie ein Schemen, um sich im Geräusch des Regens sogleich wieder zu verflüchtigen, einem Thema gleich, das sich in einer dissonanten und quälenden Musik nicht erfassen lässt.

Als ich früh am nächsten Morgen aufwachte, hatte es aufgehört zu regnen. Aber dafür war es jetzt neblig, etwas in diesen Breiten vollkommen Ungewohntes. In weißen Tüchern lagerte es dämmrig über dem Ort, und bereits die Nachbarhäuser verloren sich im Ungefähr.

Überall im Dorf fragte ich nach Lukrezia. Es hieß, sie habe oben gesessen, beim kleinen Tempel der Athene, Jorgos Sohn Pavlos wollte sie dort gesehen haben. Doch als ich zur Akropolis hinaufstieg, fand ich dort oben nur ihren Mantel, der sich im Wind um eine der Säulen gewickelt hatte. Ich konnte der Versuchung nicht widerstehen, ihn mir um die Schultern zu legen, und für einen Augenblick glaubte ich dabei, Lukrezias Arme um mich zu spüren. Hin und wieder trieb der Wind die Nebel auseinander, dann wogte tief unter mir das sonst so blaue Meer böse und bleigrau wie der Himmel.

Ich war erleichtert, als ich wieder bei den Männern auf der Platea stand. Aber sie waren anders als sonst, sie redeten nicht und machten keine Späße, jeder von ihnen schien mit seiner eigenen Angst beschäftigt.

Vorn an der Brüstung stapelte sich bereits ein Haufen Gepäck, aber Tasso war dabei, noch weitere Koffer und Reisetaschen von seiner Karre zu heben. Der kleine Herr erschien, nur wenige Augenblicke später folgte ihm auch die Dame. Auch unter diesen Umständen hatte sie offenbar einige Zeit auf ihr Äußeres verwandt, in der allgemeinen Unordnung wirkte es irgendwie bestätigend.

»Wir reisen«, erklärte der kleine Herr mit Emphase. »Es ist mir gelungen, die beiden letzten Plätze in der Maschine nach Athen zu bekommen, sofern man bei diesem Wetter überhaupt fliegen kann. Mit unserer Abreise protestieren wir gewissermaßen gegen das herrschende Chaos – unsere Insel scheint mir in mythische Zeiten zurückgefallen zu sein. Damit ist die Zivilisation entmündigt.«

Während seiner Tirade hatte die Dame immer wieder ungeduldig auf ihre Uhr geblickt, nun trat sie einen Schritt näher:

»Wollen Sie denn partout hier bleiben? Zur Not würden Brian und ich Sie auch noch auf den Schoß nehmen.« Überrascht von ihrer Herzlichkeit begleitete ich sie bis zum Wagen. Katastrophen hatten offenbar auch ihr Gutes, sie brachten die Menschen einander näher. Als Eftimeos mit ihnen davongefahren war, stellte ich fest, dass sie mir bereits fehlten.

Ich verließ die Platea, um nach Eftichia zu sehen. Dabei galt es, über Berge von Geröll zu steigen, die der Regen aus den höher gelegenen Gärten heruntergeschwemmt hatte. Eftichias Haus war kaum wieder zu erkennen, seine sonst so sorgfältig geweißten Wände waren durch hässliche, schwarze Trauerfahnen aus Patelia verunstaltet.

Sie selbst, die ich noch nie müßig gesehen hatte, saß stumm in ihrem Hof, die Hände im Schoß verschränkt, und wies nur voller Kummer auf ihren verwüsteten Garten. Auch ihre festgefügte Welt hatte das Chaos erreicht. Sie begrüßte mich nicht – erst als riesige Vogelschwärme aus dem Innern der Insel über uns hinweg dem offenen Meer zuflogen, brach sie ihr Schweigen:

»Siehst du, sie verlassen uns, wir gefallen ihnen nicht mehr«, damit stand sie auf und begann wie verzweifelt, ihre *Koklakia* zu fegen, als könne sie dadurch das Jüngste Gericht aufhalten. Als ich sie nach Lukrezia fragte, sagte sie nur:

»Schau unter deiner Türe nach.«

Und dort lag tatsächlich ein Zettel. Sie habe einen

Brief bekommen, las ich, mit dem sie im Augenblick nicht fertig werde. Ihr Mann habe geschrieben, er brauche sie. Und nun brauche sie etwas Zeit, um nachzudenken. Darum war sie also immer wieder zur Post gegangen.

Ich sah sie vor mir, wie sie an jenem Nachmittag auf der Platea erschienen war, wie die leibhaftige Hoffnung. Mit diesem Augenblick hatte sich alles verändert, von da an hatte es keine Einsamkeit mehr gegeben. Und dieses Wunder sollte bereits wieder vorüber sein?

Als ich mich etwas beruhigt hatte, wurde ich mir bewusst, dass ich zum ersten Mal ihre Schrift sah. Sie war groß, schmal und energisch, so wie sie selbst. Ich steckte den Zettel zu mir, er war der einzige Beweis, dass es sie überhaupt gab. Ich hatte angefangen, daran zu zweifeln.

28

Ich wollte fort. Ich hatte genug von dem Elementaren, dem gänzlich Unvorhersehbaren dieser Welt – war man nicht hier geboren, konnte man ihm unmöglich gewachsen sein. Dass Eftichia jeden Sonntag, und auch sonst noch, so oft es läutete, in die Kirche ging, um für uns zu beten, war offenbar nicht genug. Wenn es IHN gab, so hatte ER uns jedenfalls vergessen. Es war eine Leere an diesem Ort, die einen das Fürchten lehrte.

Oben am Parkplatz traf ich auf Jorgo. Er stand da mit finsterem Gesicht, die Hände vergraben in den Hosentaschen, er rauchte nicht. Auch er hatte genug von Lindos und wollte mitfahren. Ich war froh, als er neben mir saß, und mit jedem Kilometer, den wir uns von Lindos entfernten, fiel etwas von der Spannung von uns ab, in der wir während der letzten Tage dort gelebt hatten.

Vor uns in der Ferne lagerte das Massiv des Attaviros wie ein urtümliches, schlafendes Tier, dessen Haut über der Ebene mächtige Falten warf. Nach einer halben Stunde konnten wir die Nordküste der Insel sehen, denn inzwischen fuhren wir erhöht über dem Meer durch die Berge. Von hier aus betrachtet, schlug das Meer unschuldig an die weiten Strände, hatten wir das Chaos nur geträumt?

Als wir in Embona ankamen, sagte man uns, es habe gebrannt, und zwar an mehreren Stellen gleichzeitig.

Springend habe sich das Feuer ausgebreitet, angefacht vom Meltemi und genährt vom Harz, das explodierend die Flammen weitertrug. Ich erinnerte mich, dass seit Tagen eine Wolke über der Mitte der Insel gestanden hatte, anders als sonst die Wolken, schwarz und widerlich quellend – nun verstand ich, warum. Man riet uns vom Weiterfahren ab.

Bald darauf sahen wir die Verwüstung. Mein Lieblingstal, einst eine Idylle voller Kiefern, Olivenbäumen und Weizenfeldern, war vollkommen leer gebrannt. Wir stiegen aus und wagten uns in den Spuk hinein. Brandgeruch hing noch in der Luft. Wie in einem falschen Herbst leuchteten die wenigen, nicht gänzlich verbrannten Bäume fuchsrot in der Abendsonne. Während der Kiefernwald sich früher duftend bis an den Horizont erstreckt hatte, erinnerten jetzt nur noch kahle Strünke an ihn. Wer diese Insel liebte wie ich, musste den Brand auf der eigenen Haut spüren.

Ein paar Kilometer weiter in Siana war wieder alles vollkommen friedlich, bis hier herauf war das Feuer nicht gekommen. Ein alter Mann erzählte uns von seinem Sohn in Amerika und bot uns einen Joghurt mit Honig an. Als wir nach einem zusätzlichen *metrio* weiterfuhren, tauchte vor uns im Meer Chalkis und die Kette der kleinen Inseln auf, nach dem Schrecken des Feuers war es ein Anblick wie geträumt.

Da wir bereits seit mehreren Stunden unterwegs waren, schlug ich vor, in Kamiros Skala zu halten.

»Habt Ihr hier denn kein Unwetter gehabt?« fragte ich Lucas, den Besitzer der kleinen Taverne.

»Nein, aber wir konnten sehen, wie es hinter dem

Ataviros tobte.« Er verschwand in die Küche, um uns etwas zu essen zu machen. Während wir warteten, sahen wir zu, wie das Schiff nach Chalkis mit kleinen Ziegen beladen wurde.

»Man bringt sie in deine Heimat«, sagte ich zu Jorgo und wies auf das Boot. Aber er nickte nur und rauchte. Nach einer Weile brachte Lucas jedem von uns einen Teller *Kalamaria*. Nirgends auf der Insel gab es bessere, denn er holte sie jeden Tag frisch aus dem Meer. Trotzdem blieben wir bedrückt.

»Was ist los mit euch beiden«, wollte Lucas wissen. Er war ein intelligenter Kerl mit dem Kopf eines Professors.

»Ich weiß nicht«, sagte ich. »In Lindos hatte man tatsächlich den Eindruck, als wollten die Götter noch einmal wiederkommen.«

»Ja, Lindos ist ein merkwürdiger Ort. Einmal, als ich meine Frau im Winter zu ihren Eltern brachte und es stürmte, ging mir etwas Ähnliches durch den Kopf, als ich über die Paulusbucht zur Akropolis hinüberblickte.«

»Glaubst du denn an so etwas?«

»Glauben, was heißt hier glauben, aber wenn man eine Möglichkeit dafür offen lässt, das kann ja nichts schaden. Als ich ein kleiner Junge war, ist mein Vater gestorben. Kurz darauf arbeitete ich mit meiner Mutter zusammen in unserem Weinberg in Armatos. Dort ganz in der Nähe gibt es eine kleine Kirche, und darin saß mein Vater – er hatte auf mich gewartet. Die anderen meinten, ich hätte Gespenster gesehen, aber ich kann euch versichern, er war wirklich da. Vielleicht hatte er Heimweh nach mir, das wäre doch natürlich, oder nicht? Seitdem bin ich vorsichtig und sage nicht mehr – dies oder jenes gibt es nicht.«

Ich blickte zu Jorgo hinüber, er machte ein abfälliges Gesicht, offensichtlich legte er keinen Wert auf derlei Geschichten. Er zündete sich eine Zigarette an, zog die Augenbrauen zusammen und rauchte. Auf dem Boot nach Chalkis war man dabei, den Anker zu lösen.

»Irgendwann fahre ich einmal mit dir dorthin«, sagte er, ohne auf das einzugehen, was Lucas erzählt hatte. »Großen Komfort darfst du dir allerdings nicht erwarten, es ist eben eine griechische Insel mehr. Aber ich nehme an, sie wird dir gefallen, einsam genug ist sie ja.« Wir brachen auf und bedankten uns für das vorzügliche Essen.

»Grüß deine Frau«, sagte Jorgo zu Lucas. »Und sag ihr, diesmal hätte sie in Lindos nichts versäumt.«

Wir stiegen ein. Im Fahren dachte ich über unser Gespräch nach – in Gedanken sah ich den unglücklichen Vater irgendwo zwischen uns sitzen, weil er seinen kleinen Sohn wieder sehen wollte.

Als wir gegen Abend durch die Bucht von Aghios Nikolajos wieder auf Lindos zufuhren, türmten sich die Wolken immer noch schwarz um die Akropolis wie um einen Magnet. Im Windschatten der kleinen, blau gestrichenen Kirche drängten sich die Kühe aneinander, und das Meer donnerte so stark zu uns herüber, dass es das Motorengeräusch übertönte.

Oben auf dem Parkplatz versuchte ich zunächst vergebens, die Wagentüre zu öffnen, mit solcher Gewalt drückte sie der Wind jedes Mal von neuem zu.

»Wir wären besser bei Lucas geblieben«, meinte

Jorgo und verschwand, ohne sich lang zu verabschieden. Ich aber blieb noch eine Weile dort oben stehen und konnte den Blick nicht von dem Labyrinth der Häuser wenden. Auch sie schienen sich, schmutzig grau vom Regen, unter dem niedrigen Himmel zusammenzudrängten. Während des ganzen Tages hatte ich mich bemüht, Lukrezias Brief zu vergessen, und doch hatte ich an nichts anderes denken können. Was sollte mir dieser Ort, wenn sie nicht mehr da wäre? Und doch wusste ich im gleichen Moment, dass ich um nichts in der Welt von hier fortgehen würde.

Auf dem Weg zu meinem Haus begegnete ich niemand, der Ort war wie ausgestorben. Als ich das Hoftor aufsperrte, blieb das gewohnte Heimatgefühl aus – ich war also umsonst um die halbe Insel gefahren.

Noch immer gab es keinen Strom und damit auch keine Musik, was das Alleinsein für mich noch erschwerte. Ich rückte einen Tisch ans Fenster und versuchte, weiterzuschreiben, was ich am Tag zuvor angefangen hatte, aber bereits nach wenigen Sätzen gab ich auf. Immer noch hoffte ich, Lukrezia würde kommen.

Ich zündete eine Kerze an und beobachtete, um mich in Geduld zu üben, wie sie langsam herunterbrannte. Als es endlich klopfte, sprang ich auf und lief hinaus in den Hof, um das Tor aufzuschließen. Da stand sie groß und schmal draußen im Dunkeln.

Ohne zu grüßen, ging sie an mir vorbei in die Sala, erst dort drehte sie sich zu mir um:

»Ich weiß, ich habe dich warten lassen«, sagte sie in ihrer gewohnten, ungeduldigen Art, »aber ich fühlte mich plötzlich so alt wie dieser Ort. Da bin ich zum

Athene Tempel hinaufgestiegen und habe mich zwischen seine Säulen gesetzt.«

»Ich habe dich dort gesucht und dabei deinen Mantel gefunden.«

»Hast du das?« sagte sie und versuchte ein Lächeln, aber sofort wurde sie wieder ernst: »Wie gefällt dir unser Wetter?«

»Feuer und Wasser – wie in der *Zauberflöte*. Mag sein, dass wie dort ein tiefer Sinn dahinter verborgen liegt, aber im Augenblick finde ich es lediglich beängstigend.« Sie hatte ihren Mantel auf der Banca entdeckt und wickelte sich in ihn hinein. Immer schien sie zu frieren.

»Als ich dich heute Morgen nicht antraf und dir daher den Zettel unter der Tür durchschob, hoffte ich einen Augenblick, du seiest abgereist«, sagte sie.

»Hast du das wirklich?« Sie schüttelte den Kopf.

»Nein, ich war nur feige, und wollte uns den Abschied ersparen.«

»Er braucht dich also, dein Mann – nun, das löst ja alle Probleme. Um mich von dieser Überraschung zu erholen, bin ich mit Jorgo über die Insel gefahren. Du hattest mich mit deiner Gegenwart so verwöhnt, dass ich an Entzugserscheinungen litt. Künstler sind feinfühlige Menschen, musst du wissen.«

»Nun redest du wieder, wie ich es nicht mag.«

»Das ist nicht meine Schuld.«

»Dabei ist alles ganz anders, als du denkst. Ich habe eingesehen, dass ich nicht mir nichts dir nichts von einer intensiven Beziehung in eine andere schlüpfen kann wie in eine neue Haut. Seit du mir von Catherine erzählt hast, bin ich überzeugt, dass wir beide, wenn wir uns lieben, im Grunde genommen die umarmen, die uns im Augenblick unerreichbar sind. Wir sollten ehrlich miteinander sein und uns nichts vormachen, dazu ist unsere Freundschaft zu schade.«

»Hast du dieses Unwetter gebraucht, um dir das auszudenken? Für dich mag es ja vielleicht zutreffen, aber ich kann nicht nur mit dir *befreundet* sein – es wäre eine Lüge. Ich liebe dich nämlich.«

»Ich liebe dich auch, das ist es ja«, sagte sie und sah mich traurig und unglücklich an. Darauf tat sie ein paar Schritte durch die Sala und blickte dabei, wie so oft, hinauf zur Decke, als wolle sie sich ihren Anblick einprägen.

»Ich bin gern bei dir in deinem Haus gewesen, es hat meinem Selbstgefühl gut getan. Aber als ich dort oben zwischen den Säulen saß, habe ich begriffen, dass ich den Menschen, mit dem ich so lange gelebt habe, nicht einfach wegwerfen kann. Und vielleicht geht das andere ja wieder vorüber wie all die anderen Male auch.«

Ich hörte ihr zu, und doch weigerte ich mich, an diesen Abschied zu glauben. Ich kam mir vor wie ein Schiffbrüchiger, der am Horizont das Boot wieder verschwinden sieht, das vielleicht die Rettung bedeutet hätte.

»Als Tenor habe ich in der Oper immer die standhaften Prinzen zu singen gehabt, aber ich bin es satt, vernünftig und heroisch zu sein. Auch von meiner Stimme will ich nichts mehr wissen, seitdem ich dich getroffen habe. Was ich möchte? Ich möchte noch einmal glücklich sein, so banal sind meine Wünsche. Ich bin es ein paar Wochen lang mit dir gewesen, aber das reicht nicht.« Doch sie schüttelte den Kopf.

»Du machst dir etwas vor – ich bin gar nicht so wichtig für dich, wie du im Augenblick glaubst. Ich lenke dich nur von dem ab, was du in Wirklichkeit tun musst. An jenem ersten Abend hast du mir auseinander gesetzt, wie wichtig deine Stimme für dich ist und du hast Recht – erst wenn man das, was man sucht, vollständig und endgültig begriffen hat, hat man es hinter sich. Eine zweite Naivität gibt es nicht.«

Während ihrer letzten Worte war sie ganz nah an mich herangetreten und hatte ihre Stirn gegen die meine gelehnt, als wolle sie mir, was sie sagte, suggerieren. So verharrten wir eine ganze Weile. Lass sie nicht fortgehen, dachte ich, und ich weiß nicht mehr, an welche Instanz ich mich dabei wandte. Aber es hat nichts geholfen, denn sie löste sich von mir, und kurz darauf hörte ich, wie die Türe hinter ihr ins Schloss fiel.

Ich war dem Geräusch hinaus in den Hof gefolgt, als könne ich es damit aufhalten. Es hatte aufgehört zu regnen, kein Wind, kein Donnergrollen, und nach der Gewalttätigkeit der vergangenen Tage war es, als hielte die Nacht den Atem an.

Von Zeit zu Zeit wurde der Felsen der Akropolis von einem kalten Licht überflutet, dabei erhellten sich von innen die darüber aufgehäuften Wolkengebirge wie der Himmel eines Barocktheaters. In seiner sinnlosen Regelmäßigkeit glich dies Wetterleuchten meiner vergeblichen Anstrengung, Lukrezia festzuhalten, die sich mir mit solcher Entschiedenheit entzog.

Mit ihr hatte ich über Dinge reden können, über die ich hier sonst mit niemand reden konnte. Sie hatte in einer Weise zuzuhören gewusst, dass diese sich von selbst erledigten. Und ihre Stimme, diese dunkle, ernste Stimme, sie hatte nie belehrend geklungen, sondern liebevoll und vernünftig. Wie sollte ich jemals ohne sie auskommen können?

Was sagte Odysseus bei Homer zu seiner großen Beschützerin? »*Einmal noch liebe mich, Pallas Athene – wenn es dir möglich ist.*« Und um dieses kleinen Nachsatzes willen hatte ich diese Stelle immer geliebt. Aber in der Realität konnte ich so viel sich Bescheiden und Verzicht nicht nachvollziehen.

29

Wie am Morgen meiner Ankunft saß ich auf der Platea unter dem Baum mit der mächtigen Krone. Nach dem tagelangen Donnern und Dröhnen des Meeres wirkte die Stille wie ein Entzug. Es dämmerte bereits, aber es würde kein klarer Tag werden – am Himmel zogen streifig die Wolken, ein Zeichen dafür, dass endgültig der Winter kam.

Ich war eine Zeit lang in den Trümmern des Theaters herumgestiegen und hatte mich dann in die oberste Reihe gesetzt. Aber die Erinnerung an jenen Tag voller Hoffnung und Erfüllung war so übermächtig gewesen, dass ich es nicht hatte ertragen können.

Aus den tiefer liegenden Gärten dufteten die Orangenblüten herauf, noch immer schlief der Ort. Von irgendwoher tauchte nach einer Weile Jorgo auf und trat auf mich zu, schwarz gekleidet wie immer. Aber diesmal trug er keinen Schlüssel in der Hand, denn mein Haus war gebaut, und die Hoffnung längst im Begriff, wieder abzureisen.

»Du siehst übernächtigt aus«, sagte er und zündete sich eine Zigarette an. »Macht dir die Engländerin Kummer? Was ist los mit euch beiden – alle im Dorf hatten gedacht, du würdest sie heiraten. Ich könnte es durchaus verstehen, sie ist keine Frau wie die anderen.«

Noch nie war Jorgo, der diskrete Jorgo, so persönlich

geworden. Offenbar war es ihm selbst ein wenig peinlich, denn er hüstelte und steckte sich eine weitere Zigarette an, obgleich er die erste noch gar nicht zu Ende geraucht hatte.

»Du solltest nicht auf nüchternen Magen rauchen«, sagte ich.

»Du kümmerst dich wohl besser um dich selbst.«

»Ich meine es ja nur gut.«

»Trotzdem geht es mir auf die Nerven.«

Allmählich erwachte das Dorf, die blauen Fensterläden des Kafenions wurden geöffnet, und langsam begann sich die Platea zu füllen. Alle sprachen über die vergangenen Tage und waren dankbar, dass der Alptraum vorüber war. Ich aber fühlte mich krank. Wo sie nur blieb – ehe sie abfuhr, musste ich sie noch einmal sprechen.

Um etwas gegen meine Unruhe zu tun, stand ich auf und gesellte mich zu den anderen. Sie schienen zu wissen, dass etwas mit mir nicht stimmte, aber sie fragten nicht und ließen sich nichts anmerken. In der Hand drehten sie ihr *Komboloi*, die kleine Kette mit den Glasperlen, und warteten darauf, verbal in die Attacke zu gehen, wenn sich eine Gelegenheit dazu bot. Schließlich hielt ich es nicht mehr aus und fragte Jorgo:

»Kannst du mir sagen, warum sie nicht kommt?«

»Weil sie abgereist ist«, sagte er und zog an seiner Zigarette.

»Und warum hast du mir das nicht gleich gesagt?«

»Ich dachte, du wüsstest es. Manolis hat sie nach Rhodos gebracht – zum Dampfer nach Athen.«

Manolis lag unter seinem Wagen und reparierte etwas. Vorwurfsvoll blickte er zu mir auf, durch die starken Dioptrien seiner Brillengläser wirkten seine Augen eulenhaft vergrößert, wie immer erinnerte er mich an Athenes klugen Vogel.

»Obwohl der Dampfer erst um neun Uhr ablegt, musste ich sie schon in aller Herrgottsfrühe fahren«, beklagte er sich. »Als könne sie es nicht erwarten, von hier wegzukommen. Geredet hat sie auch nichts während der Fahrt, dabei hätte ich ein bisschen Unterhaltung gebrauchen können, nachdem sie mich schon aus dem Bett geholt hatte.«

Aber ich hörte ihm schon nicht mehr zu, sondern lief zu meinen Wagen. Durch die ständige Wiederholung war der Weg in die Stadt zu einem Nichts zusammengeschrumpft, aber diesmal erschien er mir wieder ohne Ende. Alles hing davon ab, dass ich sie noch einmal sah.

Eingekeilt zwischen anderen Autos ging es am Quai in Rhodos nur schrittweise vorwärts. Am Eingang zum Hafen verlor ich die Geduld, ließ den Wagen einfach stehen und versuchte, zu Fuß weiterzukommen. Dabei schob ich die Leute auseinander und wäre auch noch auf ihre Köpfe gestiegen. Nur noch hundert Meter trennten mich von dem großen Dampfer, aber vor mir drängten sich die Menschen zusammen wie eine zähe Masse. Ich muss es schaffen, murmelte ich, während ich mich voranarbeitete. Ich wurde beschimpft, aber ich hielt mir die Ohren zu, eine Frau schlug, weil ich so drängelte, mit ihrer Tasche nach mir. Endlich stand ich am Quai – dort oben war sie.

»Athinae«, rief ich. Zum ersten Mal nannte ich sie so, wie ich sie in Gedanken immer genannt hatte. Aber

schon zogen sie die Treppe nach oben. Als ich trotzdem noch an Bord springen wollte, packten mich zwei Griechen an der Schulter.

»Du musst das nächste Schiff nehmen, beruhige dich.«

Ich trat ein paar Schritte zurück und weinte, außer mir vor Zorn und Trauer. So wie ich sie das erste Mal auf der Platea gesehen hatte, stand sie auf dem Vorderdeck – groß und schweigsam, und mit der einen Hand hielt sie den Kragen ihres Mantels zusammen, inmitten der gestikulierenden Griechen.

Als sich das Schiff langsam entfernte, war es, als wüchsen ihr aus den Wolken riesige Flügel. Während sie voraus aufs Meer blickte, breiteten sie sich über den ganzen Abendhimmel aus.

»Sie kommt wieder, du musst es glauben, die Zeit vergeht schnell«, sagte einer der beiden Männer.

30

Der Oktober kam zu seinem Ende, und das Leben im Dorf fing an, wieder in seine gewohnten Bahnen zurückzukehren. Bei schönstem Wetter trieben ein paar trockene Zweige am Boden, sonst aber war es still.

Die letzten Touristen waren abgereist – man hatte den Eindruck, als wären mit einem Mal die Akteure aus einem Theater verschwunden. Man glaubte, ihre Abwesenheit zu spüren, die plötzliche Ruhe war nicht ganz geheuer. Auf der Platea hatte man sich an den Trubel so gewöhnt, dass man geradezu darauf wartete, die Touristen kämen noch einmal wieder, entschlossen, sich zu amüsieren.

Durch seine hohen Mauern, die die Innenhöfe der Häuser gegen die Straße hin abschirmten, wirkte der Ort diskret und verschlossen. In dem sommerlichen Ansturm hatte er seinen ureigenen Charakter fast verloren – nun hatte er ihn wieder gefunden.

Die Reichen waren mit den Touristen für den Winter fortgezogen, um sich die Zeit in einer Großstadt zu vertreiben. Die anderen, die weniger Reichen, versuchten die Unruhe erst einmal zu vergessen oder warteten bereits auf den nächsten Sommer. Nach dem Lauten und Buntgescheckten waren auch die einfachen, griechischen Farben wieder zum Vorschein gekommen – Weiß, Ocker und Blau, dazu das Schwarz der alten Frauen und etwas Grün über einer Mauer. Das Dorf lauschte wieder, anstatt sich zu betäuben.

Unten am Paulushafen wurde an den Booten gearbeitet, die das Unwetter überlebt hatten. Man schöpfte sie aus, um sie am Ufer zu trocknen, denn sie waren vollgesogen wie Schwämme. Bretter wurden erneuert, es wurde genagelt, gestrichen, und manche der Boote hielten sich bereits wieder auf dem Wasser.

Unweit von mir stand der Österreicher, vor uns im flachen Wasser spielten die drei Rheintöchter. Als er mich erkannte, kam er näher, für einmal sah er zufrieden aus, auch gab er keine guten Ratschläge.

»Ich habe eine Stellung am Goethe-Institut in Rhodos angenommen«, erzählte er mir, »und zwar als Deutschlehrer, wie finden Sie das? Vielleicht ist Ihre Ehrlichkeit von neulich daran nicht ganz unschuldig. Auf diese Weise sehe ich endlich einmal wieder andere Menschen.« Ja, war denn das die Möglichkeit, der Mann hatte ein neues Gesprächsthema.

»Dürfen meine Kinder einmal mit Ihrem Boot fahren, wenn es wieder flott ist?« fragte er und lächelte. »Jetzt, wo sie nicht mehr den Regen auffangen müssen?«

»Fragen Sie lieber Pavlos, das meine hat sich Poseidon geholt.« Ich freute mich für ihn, er schien ein ganz anderer Mensch zu sein, denn anstatt muffig herumzustehen wie sonst, war er dabei, sich die Schuhe auszuziehen, um mit seinen Töchtern im flachen Wasser Ball zu spielen.

Ich verließ den kleinen Strand und stieg die Stufen im Fels höher hinauf, setzte mich dann aber so, dass ich den

Blick weiterhin auf die Paulusbucht hatte. Noch vor wenigen Tagen waren die Wellen hier haushoch über die Felsen gedonnert. Nun hatte das Raubtier seine Pranken wieder eingezogen und dehnte sich blau und unschuldig bis an den Horizont.

Der kühne Aufschwung der Akropolis war indessen unverändert. Man glaubte, den urtümlichen Felsmassen ihre Entstehung anzusehen, wie sie durch eine wahnwitzige Bewegung hervorgeschleudert worden waren an Tagen des Chaos, ähnlich denen, die hinter uns lagen. Andere Gesteinsschichten hatten sich über sie gelegt und wieder gespalten, bis sich schließlich das Ganze in einer letzten Anstrengung emporgehoben hatte, um in dem großen Gedanken zu gipfeln, den das Felsplateau trug.

Dort oben lag, von hier aus in seinen Proportionen besonders maßvoll, Athenes Tempel. Im Sturm der vergangenen Tage war er offenbar beschädigt worden, denn man hatte einige seiner Säulen eingerüstet, was ihm den Anschein des Provisorischen gab. Die große Göttin war bis auf weiteres abgereist. Ich stieg die restlichen Stufen der Paulusbucht hinauf, hatte aber keine Lust, nach Hause zu gehen, sondern schlug den Weg nach Pefkos ein.

Jetzt, wo einem die Hitze nicht mehr im Nacken saß, wanderte es sich leicht. Ich dachte an jenen Spaziergang mit Lukrezia und versuchte, nicht mit meinem Schicksal zu hadern, weil ich diesen Weg nun wieder allein ging.

Im Gehen fing ich an, vor mich hinzusingen, und zum ersten Mal war es mir gleichgültig, ob mich jemand hörte. Der Wind trieb mich vor sich her, und so stark war er, dass ich mich in ihn hineinlehnen konnte und meine Stimme in seinem Brausen unterging.

Am Nachmittag dann Schwärme von Schwalben. Immer wieder schossen sie niedrig heran, als wollten sie mich begleiten. Dann glitten sie einen Augenblick ganz tief über dem Meer dahin, das Wasser fast berührend, um sich gleich darauf pfeilschnell wieder emporzuschwingen und zu entfernen. Warum schossen sie nicht über ihr Ziel hinaus? Woher hatten sie diesen stählernen Elan, wo sie doch nichts als Federn waren?

Die Masse war es also nicht. Sie bewegten sich in diesem Himmel, als wären sie ein Teil von ihm. War es wirklich nur ihr Flügelschlag, oder hatte sich das Licht in Energie verwandelt? Sah man ihnen zu, fühlte man die Abwesenheit der Angst, die vollkommene Freiheit. Ihre Sicherheit des Instinkts musste man wieder finden, um sich noch einmal ohne Gefahr vom Boden erheben zu können.

Darauf flogen sie zu allem Überfluss noch eine Schleife und verschwanden ebenso schnell wie sie gekommen waren.

Abgeerntete Weizenfelder über dem Meer, Windmühlen, die sich nicht mehr drehten. Müde kam ich am frühen Abend nach Plimiri. Plimiri heißt Sturmflut, und wie zum Beweis dafür ragten die rostigen Masten eines untergegangenen Schiffes aus den Fluten hervor. Trauer lag über dem Ort, der aus nichts weiter bestand, als einer kleinen Kirche und einer bescheidenen Taverne mit blauen Stühlen und Fensterläden. Schilfgras und

Tamarisken bogen sich unter dem heftigen Wind, leer dehnte sich eine Bucht aus kleinen Kieseln bis an den Horizont. Neben der Taverne führte ein schön gewölbter Durchgang zur Kirche, überall Gerümpel, die Türe einer offenen Toilette schwang in den Angeln hin und her. Eine Klematis überwucherte das Ganze.

Die Kirche war zusammengebacken aus byzantinischen Resten und antiken Säulen, Apollo und die heilige Irene hatten hier Frieden geschlossen. Statt Pfauen pickten Hühner in einem zerfallenden Mosaik, auf das eine umgekehrte Schubkarre ihren Inhalt entleert hatte. Ich versuchte, die schönen Meander vom Sand zu befreien, aber sie verloren sich zerbröckelnd bald im trockenen Gras. Griechische Sorglosigkeit oder Ärgernis, wie immer man die Sache ansah.

Vor der Kirche ein Dreirad mit Anhänger – Kinder spielten miteinander, ihr Vater schien ihnen und sich selbst einen schönen Tag zu machen. Er schien mir auffallend klein, zunächst merkte ich gar nicht, dass seine Beine verkrüppelt waren, denn mit unheimlicher Behendigkeit bewegte er sich an seinen Stöcken zwischen den Kindern hin und her, die vor Freude darüber in die Hände schlugen. Ich setzte mich in die Taverne.

»Hast du Lust auf ein Glas Wein?« rief ich ihm zu, worauf er umständlich zu mir herüber an den Tisch humpelte. Als ich ihm einschenkte, trank er gierig in großen Schlucken.

»Du siehst mir aus, als kämst du aus Lindos«, sagte er. Aber ich hatte keine Lust, mich zu unterhalten, und nickte nur. »Die Fremden kommen immer aus Lindos«, fuhr er fort, »dort scheint es ihnen besonders zu gefallen. Nach Messanagros, wo ich wohne, kommen sie nicht so leicht, obwohl es auch dort eine alte Kirche gibt und sogar bessere Mosaiken als hier. Ich zeige sie dir, wenn du mich einmal besuchen kommst.«

Das werde ich hübsch bleiben lassen, dachte ich. Irgendetwas an dem Kerl war mir unheimlich, außerdem roch er wie ein Ziegenbock. Müde von meinem langen Marsch begann ich den Wein bereits zu spüren. Aber ihm schenkte ich weiter ein, was er zu schätzen wusste, denn er stürzte zwei, drei Gläser in einem Zug hinunter, wobei er die Hälfte verschüttete. Trotzdem entstand eine merkwürdige Vertrautheit zwischen uns, die ich mir nicht erklären konnte, da ich mich doch vor ihm ekelte.

Er hatte es nicht eilig, auch schien es ihn nicht im Geringsten zu stören, dass ich nicht redete, denn er setzte sich nur noch bequemer zurecht und lächelte mir ermunternd zu, als habe er mich eingeladen. In seiner Gegenwart schien die Zeit rascher zu vergehen, schon war es dunkel. Ich holte ein Windlicht aus der Küche des Restaurants und stellte es zwischen uns auf den Tisch. Im Widerschein der Kerze flackerten seine Züge wild, und doch lachten seine Augen.

»Du solltest die Kerze ausblasen, dann sieht man die Sterne besser«, sagte er. Daraufhin schauten wir schweigend in den nächtlichen Himmel. Als man mir meinen Fisch brachte, verabschiedete er sich. Dabei küsste er mich laut schmatzend, und da er vom Wein stark schwitzte, war mir das außerordentlich zuwider. So gut es eben ging, versuchte ich, ihn mir vom Leib zu halten, aber weil ich mich gleichzeitig auch dafür schämte, schob ich ihm zur Beruhigung meines Gewissens zwei Tausend Drachmenscheine unter sein Glas. Er betrachtete sie, ganz ohne sich zu genieren.

»Du bist großzügig«, sagte er, aber es klang weniger wie ein Kompliment als wie eine Feststellung. Umständlich griff er in seine Tasche, streckte mir daraufhin die geschlossene Faust entgegen und drehte diese langsam öffnend um, so, als zaubere er, während er mir listig in die Augen sah.

»Das ist für dich«, sagte er. Auf seiner Handfläche lagen drei Walnüsse. Nun war ich der Beschenkte, und während er sich wieder hinüber zu seinen Kindern schleppte, die unter den Tamarisken spielten, war mir, als hätte ich eine Prüfung bestanden.

»Jassou«, rief er zu mir herüber, als er auf seinem Dreirad davonfuhr. »Und vergiss nicht, mich zu besuchen.«

Etwas benommen vom Wein saß ich noch eine Weile für mich allein im Dunkeln und schaute zu, wie die Sterne über dem Meer heraufzogen. Später ging ich in die Küche und fragte den Mann, der mir den Fisch gebraten hatte, ob er ein Bett für mich habe.

Im Einschlafen fiel mir noch einmal der Mann aus Messanagros ein, und ich wunderte mich, dass man ein Krüppel sein und doch solch lachende Augen haben konnte. Es kam also nur darauf an, was man aus einer Benachteiligung machte.

Und dann träumte ich sogar von ihm. Er führte mich hoch hinauf in die Berge, und wies mir dabei mit einer Laterne den Weg. Riesengroß und verzerrt warf sich sein Schatten gegen die Felsen, denn seine Gestalt hatte sich auf das Erstaunlichste verändert. Er bewegte sich vollkommen frei und ohne Krücken, und es ging ein Leuchten von ihm aus, denn seine Haare standen ihm wie Flammen um das Haupt. Auf dem Gipfel des Berges nahm er mich auf den Arm und zog mich an seine mächtige Brust wie ein Kind, während er gleichzeitig, mit einer ungeheuren Geste des Stolzes, auf die Insel unter uns wies. An ihren Küsten glitzerte das Meer im Dunkel wie gestoßenes Kristall, und erst, als er sich an dem Anblick gesättigt hatte, setzte er mich wieder zu Boden.

Ich wachte davon auf, dass jemand an den Fensterladen klopfte. Es war Christos, der Mann aus der Küche, am Abend zuvor hatte er mir versprochen, mich nach Kattavia mitzunehmen. Ich wollte ihn nicht warten lassen, deshalb musste es einmal auch ohne Dusche gehen. Als ich mir im Fahren eine Orange schälte, betrachtete ich ihn von der Seite – wie fühlte man sich wohl, wenn man Christos hieß? Aber schließlich hießen sie in Griechenland ja auch Athene.

Christos hatte einen guten Kopf, die Haare trug er lang wie ein Schauspieler. Sein Gesicht, das war mir schon am Abend vorher aufgefallen, war in zwei Zonen unterteilt, die sich widersprachen. Während seine Augen einen mit einem klugen, direkten Ausdruck ansahen, hatte sein Mund einen merkwürdig verächtlichen, ja etwas windigen Zug. Er philosophierte im Fahren:

»Du machst es genau richtig – man muss überhaupt nichts müssen, verstehst du? Ich mache es nicht anders, denn ich habe mein Geschäft in Athen an den Nagel gehängt. Ich hatte es satt. Und mit dem Geld, das ich dafür bekam, bin ich nach Rhodos gegangen. Aber auch dort fiel mir etwas auf die Nerven, diesmal war es meine Frau. ›Willst du lieber die Scheidung‹, habe ich sie gefragt, ›oder gibst du mir die Freiheit – nicht gleich für zwanzig Jahre, aber doch für ein Weilchen. Danach kannst du mich wieder haben.‹« Er lachte mich von der Seite an, halb Philosoph, halb Filou. Ich schälte meine Orange weiter.

»Und was machst du? Ich meine, wenn du nicht gerade spazieren gehst?« fragte er.

»Ich denke nach.«

»Da hast du viel zu tun. Aber Lindos ist dafür ein ausgezeichneter Platz. Vielleicht kaufe ich mir, wenn ich von hier genug habe, ein paar Mopeds und setze mich oben an den Parkplatz und vermiete sie. Vielleicht habe ich bis dahin auch wieder Sehnsucht nach meiner Frau – könnte ja sein«, lachte er. Wir fuhren eine Weile schweigend.

»Schau dir die schönen Gehöfte der Italiener an«, sagte er nach einer Weile und wies mit dem Kopf hinaus, »alle verlassen, und die Felder liegen brach. Hättest du nicht Lust, sie mit mir zusammen wieder in Gang zu bringen? Etwas Geld hast du doch sicher, wenn du in Lindos sitzen und nachdenken kannst.«

»Wenn wir versuchen würden, sie wieder hochzubringen, hätte ich dazu sicher keine Zeit mehr.«

»Da hast du Recht. Lass dich nur nicht von mir aufs Kreuz legen.«

Entlang der Straße tauchten verlassene Farmen aus der Zeit der Besetzung der Insel durch die Italiener auf. Häuser ohne Fenster, dazu Windmühlen, die sich nicht mehr drehten, schnurgerade Alleen aus kleinen Fichten, aber niemand weit und breit, für den sie Schatten warfen. Ein Dekor wie aus einem Film des Neorealismus, dabei musste dieser Teil der Insel einmal ein einziger Garten gewesen sein. Nun aber lag etwas Ungutes über dem verlassenen Land. Das Ganze wirkte wie eine Rache der Griechen an ihrer italienischen Vergangenheit, die in ihrer Sinnlosigkeit jedoch auf sie selbst zurückfiel.

In Kattavia hielten wir. Eine staubige Palme gab dem Ort ein afrikanisches Aussehen. Überall Hühner, statt der sonst streunenden Katzen. Christos brachte zwei Kisten mit leeren Flaschen zurück und verstaute stattdessen ein Fässchen Wein in seinem Wagen.

»Wenn du magst, lade ich dich zum Essen ein. Ich habe hier eine Freundin, sie könnte uns ein Huhn schlachten.« Aber ich wollte ans Meer, daher verabschiedete ich mich und ging zu Fuß weiter.

Nach ein paar Kilometern öder, langweiliger Straße tauchte vor mir das Meer zwischen den Dünen auf, phantastisch leuchtend in den Farben Türkis und Tintenblau, und mitten darin ein Felsenriff. Auf den ersten Blick konnte man es auch für ein Kriegsschiff mit allen seinen Aufbauten halten.

Immer wieder den Wellen ausweichend, wanderte ich den weiten Strand entlang. Der Wind war gewaltig, und nach dem vielen Wein vom Abend vorher tat es gut, sich von ihm durchblasen zu lassen. Dabei hatte ich die Sonne im Rücken. Als ich mich umwandte, glänzte mir das Meer wie flüssiges Silber entgegen. Im Gegenlicht zeigte das Felsenriff hinaus ins Nichts – es schien sich, wie die Nadel eines Kompasses, gedreht zu haben.

Für heute hatte ich genug von der Sonne und kehrte

auf die Straße zurück. Als ich eine Weile gegangen war, fuhr ein kleiner klappriger Laster vorbei, darin vier Männer, staubig wie die Schotterstraße, an der sie gearbeitet hatten. Ein paar Meter weiter hielt er an und kam dann rückwärts wieder auf mich zu. Man machte mir Platz, ja, sie führen über Monolithos, drei von ihnen wohnten sogar dort.

»Da habt ihr Glück«, sagte ich. Aber sie wiegten nur die Köpfe und schienen davon nicht so recht überzeugt.

»Und woher kommst du?«

»Aus der Schweiz.«

»Dann kennst du sicher Olten, dort haben wir vier Jahre lang gearbeitet.«

»Und hat es euch gefallen?«

»Nun ja, sie hatten immer Arbeit für Ausländer.« Ich schwieg. Wie lebte man in Olten, wenn man das Meer und diesen Blick gewohnt war? Ich bat sie, am Kastell einen Augenblick zu halten.

»Aber beeil dich«, riefen sie mir nach und blieben im Auto sitzen, Straßenbau bei dieser Hitze war gewiss kein Kinderspiel. Müde schauten sie in den Sonnenuntergang, für heute hatte sie das glühende Gestirn genug geplagt.

Durch das kleine Kiefernwäldchen ging ich bis zum Fuß der Burg, dabei knirschten die trockenen Nadeln unter meinen Schritten. Alles war dazu angetan, diesen frühen Abend zu verzaubern – der metallisch sirrende Ton der Grillen, der Geruch nach Harz, der durch die Hitze den Bäumen entströmte. Als ich im Fels die Stufen bis zu der kleinen byzantinischen Kirche auf dem Plateau emporgestiegen war, nahm mir der Ausblick den Atem.

Natürlich konnte der Mensch fliegen, man brauchte nicht Ikarus zu sein, um es zu glauben. Vor mir dehnte sich eine doppelte Unendlichkeit aus Himmel und Meer. Doch besser, man vergewisserte sich vorher, ob das Wachs, mit dem die Federn befestigt waren, nicht in der Sonne schmolz. Einen Augenblick lang wünschte ich mir, dass sich die Wolken noch einmal zu gewaltigen Flügeln zusammenschlössen wie am Hafen von Rhodos. Aber der Wind blies den Abendhimmel vollkommen klar.

»Wo bleibst du, komm endlich, wir wollen nach Hause«, riefen die Männer. Ich freute mich auf den nächsten Morgen. Ich würde mich von neuem in der Sala einschließen und nach einem Klang auf die Suche gehen, an den ich mich nun immer deutlicher erinnerte.

31

Damit, dass Lukrezia eine Zeit lang bei mir in meinem Haus wohnte, hatte ich Eftichia wohl einiges zugemutet. Seinerzeit lebte man in einem griechischen Dorf noch nicht so ohne weiteres miteinander, ohne verheiratet zu sein, und ich war sicher, dass sie damit ganz und gar nicht einverstanden gewesen war. Zwar hatte sie einmal gesagt:

»Ich nehme an, du weißt, was du tust«, aber dass sie nicht gewillt war, sich das Heft aus der Hand nehmen zu lassen, zeigte sich daran, dass sie sich auch weiterhin mit anfallenden Fragen an mich gewandt hatte, und nicht, was schließlich nahe liegender gewesen wäre, an Lukrezia.

Als sie abgereist war, hatte Eftichia keine Fragen gestellt und war auch später nie wieder auf sie zurückgekommen, schien aber sichtlich erleichtert. Und tatsächlich war wieder alles beim Alten, denn ich übte wieder, während sie das Haus besorgte.

Ganz beim Alten waren die Dinge aber glücklicherweise nicht, denn die Erinnerung an Lukrezia war überall zu spüren. Sie – oder war es die Hoffnung, die ihre Gestalt angenommen hatte? – saß beispielsweise oben auf der Banca, wenn ich übte, den Kopf über den Knien in die verschränkten Arme gelegt, und hörte mir zu. Ihre imaginäre Gegenwart verlieh den Stunden, die über meinem Suchen und Experimentieren dahingingen, Struktur, gab mir Mut und hielt mich bei der Stange.

Dennoch hatte ich den symbolischen Zweig Minze immer wieder bitter nötig, denn die von Lukrezia vorausgesagten Durststrecken ließen nicht auf sich warten.

Immerhin erschrak ich nicht mehr, wenn Eftichia das Hoftor aufschloss, während ich gerade übte – ich hatte also eindeutig Fortschritte gemacht. Obwohl es immer noch relativ bescheiden war, was sie hörte, lobte sie mich:

»*Oreo, san meli*«, es klänge wie Honig. Mag sein, dass sie mir nur Mut machen wollte, aber sie fragte weiter: »Willst du wieder Konzerte geben, *Kirie*?« Dabei schaute sie mich erwartungsvoll an.

»Alles ist möglich, Eftichia«, sagte ich etwas großspurig, um mir eine Türe offen zu lassen. Sie schien stolz auf mich zu sein, denn *Kirie* ging nicht mehr abends ins Kafeneion, und, was das Wichtigste war – *Kirie* trank nichts mehr. Ganz im Gegensatz zu früher, als er aus Verzweiflung Abend für Abend ganze Flaschen in sich hineingeschüttet hatte. Ohne großen Erfolg, denn er vertrug es wie ein Russe. Die vielen Flaschen hatte sie am Morgen stets taktvoll beseitigt, damit ich mich nicht zu schämen brauchte.

An Eftichias *Kirie* habe ich mich nie ganz gewöhnen können und bekam davon stets einen leisen Schrecken. Wahrscheinlich lag es an den vielen Messen, die ich früher gesungen hatte und deren *Kirie eleison* – für mich klang es immer so, als spräche Eftichia nicht mit mir, sondern mit Gott. Ich nehme an, dass ich mir aus diesem

Grund stets besonders Mühe gegeben habe, sie nicht zu enttäuschen.

Die Probleme waren kleiner geworden, und für Augenblicke hielt das fragile Gebäude bereits wieder zusammen. Aber noch immer verrannte ich mich in Details, weil diese zwar von mir erkannt, aber nicht im Zusammenhang gesehen wurden, und verlor damit das Ganze. Mit Musik hatte das alles noch wenig zu tun, denn was ich empfand, konnte ich damit nicht ausdrücken. Ich litt an meiner eigenen Monotonie, wie eine Barriere standen die Grenzen des Instrumentes zwischen mir und meinen Gefühlen.

Auch heute wollte es wieder einmal nicht gehen, bei allem Nachdenken nicht, oder gerade weil ich zu viel nachdachte. Mein ewiges Experimentieren versetzte mich in immer größere Nervosität. In solchen Momenten musste ich aufhören und mich beruhigen – so viel hatte ich immerhin begriffen. Aber ich war gereizt, und es störte mich sogar, dass Eftichia immer noch in der Küche herumwirtschaftete.

»Du solltest die Panajia von Skiadi holen, vielleicht ginge es mit ihrem Segen besser«, rief ich zu ihr hinüber.

»Es gefällt mir nicht, wenn du so redest«, sie hatte also gemerkt, dass ich es nicht ehrlich meinte. Verärgert schlug ich die Hoftüre hinter mir zu, denn ich hatte sie enttäuscht und außerdem auch noch mich verraten. Ich verordnete mir drei Tage totale Abstinenz von jeder Art von Analyse und schwor mir, in Zukunft vernünftiger vorzugehen.

Aber ich spürte, dass ich das Geheimnis, an dem ich so besessen herumrätselte, heute fast entschlüsselt hatte, und gerade dieses *fast* war es, das mich so gereizt machte. Der Vokal i, der Vokal mit der größten Helligkeit, er, der einmal mein bester Vokal gewesen war, würde die Lösung sein, dessen war ich mir nun endgültig sicher. Aber wenigstens für heute verbot ich mir alles weitere Nachdenken.

Ich schlug den Weg zum Paulushafen ein. Dort versuchte ich, mein Boot flottzumachen, das inzwischen repariert war, fand es aber verdreckt. Wasser stand in seinem Boden, auch war die Leine anders vertäut als sonst. Irgendjemand musste es also heute Nacht zum Fischen gebraucht haben. Aber ich ließ alles, wie es war, denn ich wollte so rasch wie möglich hinaus aufs Meer.

Immerhin startete der Motor bereits beim zweiten Mal und zerriss aufheulend die Stille der Bucht, ein Geräusch, das ich gewöhnlich hasste – aber heute war mir es gerade recht.

Nun ließ mein Ärger nach. An diesen Spätsommernachmittagen schien es vor lauter Helligkeit keine Grenze zwischen Himmel und Meer zu geben. Dann war der Horizont verschwunden, und vom Boot aus hatte man den Eindruck, als führe man in eine Leere hinein, die sich mit Licht gesättigt hatte. Warum jagte ich einem halb vergessenen Klang hinterher, anstatt einfach in dieser gleißenden Leere zu verschwinden?

Ich drehte den Motor auf und hielt geraden Kurs auf die schon tief stehende Sonne. Dabei steuerte ich das Boot im Stehen, auf diese Weise war der Fahrtwind noch stärker zu spüren. Ich fuhr immer schneller und schloss für einen Moment die Augen. Nun glich es dem tatsächlich Gefühl der Euphorie, das ich früher beim

Singen erlebt hatte, mit einiger Phantasie konnte man das eine für das andere nehmen.

Glücklicherweise kam ich gerade noch rechtzeitig zur Besinnung, denn beinahe wäre ich in meinem Wahn gegen einen Felsen gedonnert. Ich musste mir auf die Finger sehen, ich war in einer gefährlichen Laune.

Weit draußen, fast am Horizont, erschien eine kleine Insel. Tetrapolis nannten sie die Fischer. Es sollte Pinguine dort geben, aber bis jetzt hatte ich noch nie einen zu Gesicht bekommen. Dafür ankerte heute in einer ihrer felsigen Buchten ein Boot. Ich stellte den Motor ab, und als ich näher heranglitt, sah ich, dass es Stergos' Boot war, der hier seine Netze auslegte.

»*Siga siga*, mach langsam«, rief er zu mir herüber, »du fährst ja wie der Teufel.« Er hatte ganz Recht, wieder einmal musste ich zurückschrauben, verlangsamen und die Dinge ruhiger, gelassener nehmen. *Ipomoni* – es war zum Verrücktwerden.

Stergos war ausnehmend klein, weshalb man ihm von weitem nicht mehr als zwölf Jahre geben mochte. Trotzdem hatte er nichts von einem Zwerg, sondern wirkte eher wie die wohlproportionierte und imposante Reduktion eines Herakles. Es hieß, er sei so bärenstark, dass er fünfzig Meter Netz allein aus dem Meer ziehen könne. Ersetzte man die Harpune in seiner rechten Hand durch einen Dreizack, so verwandelte sich Herakles in Poseidon.

Hinter ihm im Boot saß eine blasshäutige, sommersprossige Sirene, wenigstens anderthalb Köpfe größer als er. Sie lebte bereits seit über zwei Jahren mit ihm in Pefkos zusammen und hatte, so sagte man jedenfalls, seinetwegen einen Ehemann in Birmingham vergessen.

Stergos war einer der fünf Männer gewesen, die seinerzeit bei meinem Fest aufgespielt hatten. Ich hatte ihm damals lange und neidvoll zugesehen, wie er, kaum bei Bewusstsein, auf seiner Violine spielte, die auf seinem gewaltigen Bizeps ruhte, und dazu sang, selbstverloren, mit dem Ausdruck eines Süchtigen.

Eines Tages war jemand auf den Gedanken gekommen, ihn nach Athen zu schicken, um dort Musik zu machen, und nun auf einmal konnte er es nicht mehr. Verpflanzt und bei vollem Bewusstsein war er verloren, offenbar brauchte er dazu seine Insel. Wieder zu Hause ging alles wie von selbst. Das gab einem zu denken.

»Wann machen wir beide einmal zusammen Musik?« rief er und lachte.

»Fang ruhig schon einmal an zu üben«, gab ich zurück. Großzügig warf er mir zwei Fische herüber.

»Für dein Abendessen«, erklärte er.

Ich wollte nicht länger stören, bedankte mich und überließ ihn seiner Sirene. Während ich den Motor anwarf, dachte ich über Stergos nach. Ja, der hatte alles, was er brauchte – ging fischen, hatte ein Mädchen und singen konnte er auch. Es fehlte nur noch, dass es ihm Poseidon persönlich beigebracht hatte. Das Leben war ungerecht.

Bei maßvoll gedrosseltem Motor fuhr ich, immer der Küste entlang, hübsch langsam zurück nach Lindos. Es war fast dunkel, als ich in der Paulusbucht ankerte und durchgegerbt von Salz und Sonne mit meinen Fischen in der Hand wieder zum Dorf hinaufstieg.

Warum waren die, die ich am meisten liebte, nicht hier? Hatten sich das die Götter als Strafe für meinen Leichtsinn ausgedacht? Oder sollte es mich zum Durchhalten zwingen? Heute Morgen hatte ich allerdings wieder daran gezweifelt, dass ich es je schaffen würde.

Aber das Meer setzte einem jedes Mal wieder den Kopf zurecht.

32

Ich lag im Halbschatten des Federbaums, bereits seit Tagen stand er in voller Blüte. Zwar beschwerten sich die Nachbarinnen, weil Tausende und Abertausende seiner goldgelben Blüten nach draußen auf die Straße fielen, aber ich nahm ihre Klagen nicht allzu ernst, denn ich fand, für einen Goldregen könne man sich ruhig ein wenig bücken.

Ich hatte den ganzen Morgen geübt und gönnte mir eine Pause. Auch dieser Vormittag war wieder ein Kampf gewesen, aber meine Stimme schaffte es nicht mehr, mich zu entmutigen, das Ziel war endgültig in Sicht. Seitdem gönnte ich mir ganz bewusst freie Nachmittage, und das war ohne Zweifel ein gewaltiger Fortschritt.

Mit jeder Entdeckung wunderte ich mich mehr über diese komplizierte Welt der Vorstellungen, die sich durch feine und feinste Spannungen in der Schwebe hielt. Die Korrekturen mussten inzwischen mit kaum vorstellbarer Subtilität ausgeführt werden. Tat ich des Guten auch nur ein wenig zu viel, so verkehrte der Fehler sich in sein Gegenteil, und die Sache geriet von neuem aus dem Gleichgewicht.

Und doch war Singen nicht reine Wissenschaft. Man musste das Gelernte wieder vergessen, damit von neuem der Instinkt die Führung übernehmen konnte.

Es ging dabei um nichts weniger als um einen Zustand der Gnade.

Als ich mit meinen Überlegungen an diesem Punkt angelangt war, klopfte es und erlöste mich von weiterem Nachdenken. Es war Jorgo. Er hatte eine Blume hinterm Ohr und sah aus wie ein Hochzeiter.

Seit unserem Gespräch nach Lukrezias Abreise verhielt er sich mir gegenüber anders als sonst, weniger distanziert, ja beinahe zärtlich. Oft zwinkerte er mir zu, als wolle er mir Mut machen, oder schlug mir auch ermunternd auf die Schulter. Gemessen an seiner sonstigen Zurückhaltung, wirkten diese Zeichen der Zuneigung und Protektion zwar etwas demonstrativ und darum auch ein wenig komisch, aber sie rührten mich sehr.

»Warum fahren wir nicht zu Paraskevi«, schlug er vor, nachdem er seine obligate Zigarette geraucht hatte, »sie erntet heute ihre Orangen.« Ich war mit meinen Gedanken noch bei meiner Stimme und so wusste ich nicht gleich, wer Paraskevi war, aber ich wollte mir keine Blöße geben, und so nickte ich nur.

Paraskevi war, so fiel mir im Fahren ein, Jargos jüngere Schwester in Archangelos. Dort angekommen, bogen wir ein in ein idyllisches Tälchen, und mitten darin lagen Paraskevis Gärten, umgeben von Schilf und Zypressen. Nur die verbrannten Hügel erinnerten noch an das Feuer der vergangenen Tage. Gegen einige der Orangenbäume waren Leitern gelehnt, auf ihnen hockten Paraskevis zahlreiche Kinder. Sie selbst war dabei, die gepflückten Orangen in große Körbe zu legen, von denen einer bereits gefüllt neben ihr am Boden stand.

Paraskevi trug eine Brille und war ebenso zierlich wie ihr Bruder. Sie grüßte uns freundlich lächelnd und entblößte dabei eine Zahnlücke, die sie nicht eben verschönte.

»Es war ein Stein im Brot«, sagte sie klagend und wies dabei auf den fehlenden Zahn. Eins der Mädchen, ein spatzenhaftes Kind, half nicht wie die anderen, sondern saß am Boden, die Zeigefinger in beide Ohren gesteckt, und las.

»Ständig liest sie, und in der Schule ist sie die Erste«, sagte die Mutter mit einem stolzen Blick auf die Kleine. Diese war so mit ihrem Buch beschäftigt, dass sie uns in keiner Weise beachtete.

Nachdem ich eine Weile mitgeholfen hatte zu pflücken, setzte ich mich ins hohe, stechende Gras und zog ein Buch aus der Tasche. Die Kleine hatte mich beobachtet und gab mir einen Blick voller Einverständnis. Darauf lasen wir beide. Als ich nach einer Weile aufstand, um mir die Beine zu vertreten, kam sie mir hinterhergelaufen, schob ihre kleine klebrige Hand in die meine und schüttelte sie.

»Komm«, sagte sie und führte mich bis zum Ende des Tälchens. Dort zeigte sie mir, verborgen hinter Oleanderstauden, einen merkwürdig geformten Stein, groß wie eine kretische Amphore, mit einem kreisrunden Loch in der Mitte, das einen anglotzte wie das Auge eines Zyklopen. Vielleicht zeigte sie ihn mir, weil ich ebenfalls gelesen hatte und sie in mir einen Verbündeten witterte, das war sympathisch. Erwartungsvoll sah sie mich an.

»Das ist ganz eindeutig Polyphem«, flüsterte ich,

»immer hatte er die Nase in seinem Buch und half seiner Mutter nicht beim Orangenpflücken. Zur Strafe dafür hat er seitdem nur noch ein Auge.« Die Kleine musterte mich kritisch.

»Das hast du erfunden, du bist ein Lügner«, sagte sie. Schade, sie glaubte nicht mehr an Märchen. Doch dann wanderten wir einträchtig, Hand in Hand, zurück zu den anderen, und zusammen mit Jorgo hob ich zwei der Körbe in meinen kleinen Wagen.

Bei sich zu Hause in Archangelos stellte Paraskevi zwei blau gestrichene Stühle vor einen wackligen Tisch, wischte kurz darüber und gab jedem von uns einen Ouzo, dazu einen Teller mit Sanziki und einen weiteren mit Oliven. Darauf verschwand sie in der Küche, um uns kleine, nur fingergroße Fische zu braten. Das Radio spielte lärmend. Der Ouzo, bald waren es mehrere, stieg uns bei der Hitze rasch zu Kopfe, und wir stellten fest, was wir längst schon wussten, dass wir Freunde, nein Brüder seien und eigentlich unsere Namen tauschen sollten.

Das taten wir denn auch, erhoben uns feierlich und stellten uns einander vor. Mein neuer Name passte mir ganz vorzüglich, ja er saß wie eine Tarnkappe, und mit ihm war mein altes Ich verschwunden. Auch Jorgo schien höchst zufrieden mit dem seinen. Er, der nie etwas trank, vertrug nicht viel und war bereits völlig hinüber. Als wir kräftig nachgeschenkt hatten, konnten wir uns nicht mehr auseinander halten. Ich war endgültig zu einem Griechen geworden, und Jorgo, obwohl klein und dunkel, bestand darauf, Schweizer zu sein.

Die kleine Spatzenhafte hatte wieder ihr Buch hervorgeholt und las, die Zeigefinger in den Ohren, inmitten des Lärms und unserer Fröhlichkeit.

»Die wird ganz sicher einmal eine Ärztin«, sagte die Mutter und nahm uns die Flasche weg. Wir protestierten, aber Paraskevi blieb eisern. Überschwänglich nahmen wir von ihr Abschied. Gott sei Dank hatten wir es nicht allzu weit bis Lindos, denn ich überließ dem kleinen Wagen die Führung. Verkehr gab es zu dieser Stunde so gut wie keinen, und so schafften wir es.

Offenbar hatte der viele Ouzo meinen Farbensinn verändert, denn beim Nachhausekommen missfiel mir im Haus so manches. Was sollten die roten Kissen, und in der Küche die roten Teller, die roten Stühle, waren wir denn in Spanien? Blau war die Farbe dieses Landes, blau war der Himmel und blau das Meer, daher galt es, ganz entscheidend durchzugreifen. Jorgo war ganz meiner Meinung, und so fingen wir an, die roten Teller, einen nach dem anderen, in die Ruine gegenüber zu werfen. Es war ein wunderschöner Anblick, denn wenn man es richtig machte, segelten sie wie fliegende Untertassen und zersprangen mit einem hellen, klirrenden Klang. Nach einer Weile erschien Eftichia:

»Was soll das, *Kirie*, was macht ihr da?«

»Wir ändern die Dekoration, ich habe sie satt, diese roten Teller, sie wirken aggressiv, ich will sie nicht mehr sehen«, damit flog ein weiteres Dutzend den anderen nach über die Mauer. Draußen liefen die Nachbarinnen zusammen und jammerten, Eftichia hatte keinen leichten Stand, mich zu verteidigen.

»Er will es so«, sagte sie. Sie hatte ein Gefühl für Würde.

»Wir werden blaue kaufen«, versprach ich ihr, während ich zielte und Jorgo mich mit weiteren Tellern versorgte, »alle verschieden bemalt, mit Blumen darauf, von mir aus auch mit Vögeln, und alles werden wir anders streichen, den Tisch blau und blau die Stühle, alles in der Farbe Griechenlands.«

»Du übertreibst, außerdem wird es teuer«, sagte sie, denn sie war Realistin. Ich verschwand in der Sala und legte eine Platte auf, unter dem Schlussduett aus *Turandot* tat ich es diesmal nicht, es entsprach am ehesten meiner sieghaften Laune, noch dazu stellte ich den Apparat auf Hochtouren. Man konnte förmlich hören, wie dem Tenor die Adern schwollen, aber sollte der Konkurrenz doch ruhig der Hals platzen. Eftichia versuchte ich zu beruhigen:

»Ich weiß genau, was du sagen willst, aber ich verspreche dir, es ist eine Ausnahme.« Inzwischen hatte Jorgo in der Küche noch eine letzte Flasche entdeckt, und diese leerend lauschten wir ergriffen der glücklichen Vereinigung Turandots mit dem mutigen Prinzen Calaf. An den Rest des Abends kann ich mich ehrlich gesagt nicht mehr erinnern.

33

Als ich mich am nächsten Morgen mit einem entsprechenden *Hangover* in die Küche bewegte, um mir Kaffee zu machen, griff ich dort automatisch in das Bord an der Wand nach einer Tasse. Aber es waren gar keine Tassen da, und Teller gab es auch keine. Mir dämmerte, dass sie drüben im Nachbargrundstück lagen.

Auf diese Entdeckung hing schaltete ich den Herd erst einmal wieder aus und ging schwimmen. Vielleicht war das Meer doch das Beste an Griechenland, dachte ich, als ich in die Paulusbucht hineintauchte. Ich blieb so lange im Wasser, bis ich ohne Schrecken daran denken konnte, dass ich anschließend die vielen Stufen zum Dorf wieder hinaufsteigen musste.

Nein, Eftichias strafenden Blicken war ich in diesem Zustand unmöglich gewachsen. Wieder zu Hause nahm ich daher meinen Autoschlüssel und fuhr, um einem etwaigen Gewitter auszuweichen, nach Rhodos. Und irgendeiner der niederen Götter, vielleicht war es Hermes, muss mir geholfen haben, denn ich fand genau das, was ich Eftichia versprochen hatte. Mein schlechtes Gewissen ließ mich dabei großzügig einkaufen, und als sie am Abend herüberkam, stand bereits alles schmuck und blau geblümt auf dem Geschirrbord in der Küche.

Eftichia war die Großmut selbst, denn sie enthielt sich jeder Kritik, ja, sie lobte mich sogar, allerdings maßvoll, für meinen Einkauf, worauf sie anfing, das Zeug abzuspülen. Damit war das Thema zwischen uns erledigt.

Ich nahm Eftichias Schweigen als einen weiteren Beweis dafür, dass sie mich sehr gern hatte, denn direkt in Worte kleidete sie ihre Zuneigung nie. Vielleicht könnte man sagen, dass sie mich in ihre Liebe zu meinem Haus mit einschloss, und diesem gegenüber verhielt sie sich geradezu passioniert. Man hörte es allein an der Art, wie sie *to spiti mas*, ›unser Haus‹ sagte. Es klang nicht nur stolz, sondern auf zärtliche Weise besitzergreifend. Unauffällig war sie da, wann immer man sie brauchte, und löste alle anfallenden Probleme intelligent und geduldig.

Oft stellte ich mich zu ihr, wenn sie abwusch. Dann erzählte sie von früher, von der Zeit, als wir uns noch nicht kannten, vom Krieg, als sie in die Berge gezogen waren und Gras und Schnecken gegessen hatten, weil es sonst nichts zu essen gab. Oder aber, noch besser – sie erzählte mir Geschichten.

Eine von ihnen handelte von Helena von Troja und zeigte, wie vernünftig bereits in der Antike die Frauen von Lindos gewesen waren. Als die gefährlich schöne Frau nach der Beendigung des Trojanischen Krieges auf der Insel Rhodos Halt gemacht hatte, hatten diese zur Selbsthilfe gegriffen und die Tochter der Leda und des Zeus kurzerhand an einem Baum aufgeknüpft, damit sie nicht auch hier wieder Schaden stifte. Ich konnte mir durchaus vorstellen, dass Eftichia eine von ihnen gewesen wäre.

Ihre Lieblingsgeschichte aber war die von der Panajia

von Skiadi, einer silberbeschlagenen Ikone, die in der Hoffnung auf Regen über die Insel getragen wurde. Einst waren die Türken, neidisch auf die Wundertaten der Muttergottes, vor der Küste unweit von Skiadi erschienen, und einer von ihnen hatte der Ikone, und damit der Wange des heiligen Gesichtes, mit dem Säbel eine Wunde versetzt, aus der es seitdem blutete. Zur Strafe verwandelte sich das Schiff, mit dem die Ungläubigen gekommen waren, in ein Felsenriff, das dort, wo sie gelandet waren, heute noch geisterhaft aus den Wellen starrt, wovon ich mich selbst überzeugt hatte.

Gegen Ende der Geschichte erschien auf Eftichias Gesicht ein Ausdruck der Genugtuung über die Bestrafung der Missetäter – »*Etsi itane*, so war es«, sagte sie befriedigt. Ich dagegen hatte von keinen Wundertaten zu berichten, dafür erzählte ich ihr von meinem Leben in der Welt der Musik, ehe ich hier vor Anker ging.

Als einmal die Rede auf die chaotischen Tage vom vergangenen Herbst kam, sagte sie nur *»allo kosmo«*, das sei eine andere Welt, was wohl so viel heißen sollte wie – denk nicht mehr daran. Eftichias Welt war die Erde, *»i ji«*, und ein hellerer Laut war selbst im Griechischen nicht denkbar. Dunkelheiten liebte sie nur in der Kirche.

Einen Kummer hatte Eftichia allerdings, und der war, dass ihre Tochter keine Lust verspürte zu heiraten – zumindest nicht um jeden Preis. Kiriaki war ein schönes Mädchen mit einem Busen wie eine kretische Prinzessin, dabei genau so aufrichtig und herzlich wie ihre Mutter. Sie hatte eine Zeit lang in Athen die Schule besucht, und ich konnte sehr gut verstehen, dass ihr ihre

Freiheit mehr bedeutete als die Traditionen ihres Dorfes.

Daher versuchte ich, bei Eftichia etwas für sie auszurichten. Offenbar mit Erfolg, denn eines Morgens meinte sie ganz nebenbei, vielleicht habe Kiriaki gar nicht so Unrecht, dass sie so wählerisch sei. Mit der Hochzeit allein sei es ja nicht getan, schließlich ginge die Sache danach noch eine ganze Weile weiter. Mehr sagte sie nicht, sondern widmete sich daraufhin dem Fegen der *Koklakia*. Ich war so überrascht, dass ich es für das Beste hielt, das Thema vorerst nicht weiter zu berühren.

Als ich Kiriaki bald darauf zu Hause allein antraf, sah sie mich sehr liebevoll an und sagte:

»Auf dich kann man sich verlassen, *agapi mou.*« Aus Kiriakis Mund brachte mich dieser kleine Zusatz, der den Angeredeten auf die zärtlichste Weise in einen Besitz verwandelte, leicht um meinen Seelenfrieden, denn wenn man Kiriaki ansah, war es schlechterdings unmöglich, *nicht* auf sündhafte Gedanken zu kommen.

Den kretischen Busen habe ich bereits erwähnt. Aber das war nicht alles. In merkwürdigem Gegensatz dazu hatte sie Hüften wie ein Jüngling, was Kiriaki zu einem ausnehmend reizvollen, ein wenig androgynen Mädchen machte. Als sie mir einmal auf der Treppe zum Paulushafen entgegenkam, noch dazu mit einem großen, glänzenden Fisch in der Hand, verschmolz ihr Anblick in meiner Phantasie mit dem Bild des jungen, minoischen Fischers im Nationalmuseum von Athen.

Um mich abzukühlen, tauchte ich anschließend besonders lange in die Paulusbucht, aber auch unter Wasser ließen mir ihre aufregenden Brüste keinen Frieden, sondern erschienen mir dort als wunderbar verführende Meereswesen, und als es am nächsten Tage stürmte, verwandelten sie sich am Strand von Pefkos in die mir entgegenrollenden Wellen. Und ich warf mich in sie hinein, um meinen erhitzten Kopf in ihnen zu begraben. Seitdem hatte ich einige Mühe, in Kiriakis Gegenwart unbefangen zu sein.

Natürlich war dergleichen vollkommen unstatthaft, ich weiß, und zwar nicht allein wegen Eftichia und ihrem in mich gesetzten Vertrauen, sondern auch weil sich Kiriaki inzwischen zur Freude ihrer Mutter nun endlich doch verlobt hatte, und zwar mit einem sympathischen jungen Mann aus Archangelos, mit Namen Panajotis, der in Deutschland studierte, um Arzt zu werden.

Hätte Eftichia gewusst, mit welchen Gedanken ich ihre Tochter ansah, hätte sie vermutlich zur Selbsthilfe gegriffen und mich mit Hilfe ihrer zahlreichen Schwestern an demselben Baum aufgeknüpft, an dem Weiland die männermordende Helena gehangen hatte. Der Überlieferung nach existiert er noch immer und wartet oben beim Grab des Anachretos auf sein nächstes Opfer.

Meine Phantasie war, als ich eines Tages mit Kiriaki zu einer Wanderung aufbrach, längst wieder zur Ruhe gekommen, und meine ausschweifenden Gedanken hatten sich entsagend in eine Art brüderliches oder onkelhaftes Wohlwollen verwandelt.

Es war an einem Abend im Herbst, die Sonne hatte bereits an Kraft verloren. Wir hatten meinen kleinen Wagen einige hundert Meter nach der Eisenbrücke an der alten Straße geparkt und wanderten langsam das Tal hinan. Noch immer blühte der Oleander rosa und üppig in dem vollkommen ausgetrockneten, steinigen Flussbett. Von Zeit zu Zeit blieb Kiriaki stehen, um Zweige von Salbei und Thymian zu einem Strauß zu pflücken, dabei sprachen wir über Eftichia. Kiriaki fand ihre Mutter und deren in die Tradition eingebundenen Ansichten bisweilen ein wenig mühsam.

»Du tust ihr Unrecht, man kann nicht mit allen Traditionen so mir nichts dir nichts brechen«, meinte ich, »sonst verliert man seine Identität.«

»Das sagst du als Fremder, aber sei einmal hier geboren, und noch dazu als Mädchen, du kannst dir gar nicht vorstellen, wie sehr man von ihnen auf Schritt und Tritt eingeengt wird. Manches davon ist ganz einfach barer Unsinn, aber Eftichia hält daran fest, als wären es unumstößliche Wahrheiten.«

»Du verlangst zu viel von ihr, wenn sie alle Vorstellungen aufgäbe, in denen sie aufgewachsen ist, wäre es in etwa so, als zöge sie auf ihre alten Tage noch einmal in ein fremdes Haus. Deine Mutter ist eine bemerkenswerte Frau – ich habe eine ganze Menge von ihr gelernt.«

»Und da hatte ich gedacht, du seist auf meiner Seite.«

»Das bin ich auch, aber ich versuche, euch beide zu verstehen.«

»Weißt du, was sie von dir sagt? Du seist ein frommer Mensch, du liebtest Gott.«

»Vielleicht denkt sie das, weil ich den ganzen Tag singe. Aber wenn sie es sagt, wird es schon stimmen.«

Sonst redeten wir nicht mehr viel, bis wir zu dem kleinen Kloster kamen. Hier war alles beisammen, was für mich Griechenland ausmachte – ein paar weiß getünchte Mauern, ein Baum für den Schatten, ein Topf mit Basilikum für einen Strauß mit auf den Weg und ein Ständer mit Sand, in dem ein paar Kerzen brannten. Dazu ein Rundplatz zum Tanzen an Feiertagen, und in nicht allzu weiter Ferne ahnte man das Meer.

Im Innenhof des Klosters setzten wir uns auf ein Mäuerchen, das einen schlichten Garten umschloss. Die Levkojen dufteten stark, schon fing es an zu dunkeln. Mein Blick fiel auf die *Koklakia*, die nur an einigen, wenigen Stellen unter einer trockenen Schicht Erde hervorschaute.

»Wenn man bedenkt, dass hier noch vor kurzem alles unter Wasser stand. Wie verschlammt der Boden ist, es muss nur so aus den Bergen heruntergeschossen sein.«

»Denk nicht mehr daran«, lächelte Kiriaki, und ihr Lächeln war das ihrer Mutter. Sie steckte ihre Nase in den Strauß, den sie gepflückte hatte, und reichte ihn mir.

»Was habt ihr nur für schöne Namen – *Kiriaki* und *Eftichia*, Sonntag und Glück. In eurer Nähe muss es einem ja wohl sein«, sagte ich, und bekam daraufhin ein weiteres Lächeln geschenkt. Ehe wir uns auf den Heim weg machten, zündete ich in der kleinen Kirche eine Kerze an. Gemeinsam blickten wir in die Flamme, die langsam an Kraft gewann.

»Für Eftichia.«

»Glaubst du an so etwas?« fragte Kiriaki.

»Deine Mutter jedenfalls glaubt daran. Wenn man mit ihr redet, spürt man es ganz deutlich. Dann ist mir immer, als solle ich mich zu ihr setzen, damit ich auch etwas davon habe.«

»Und du selbst glaubst nicht daran?«

»Doch, denn hier muss man ganz einfach daran glauben, an Gott, an die Götter, oft weiß ich allerdings nicht so genau, an wen, vielleicht an beide zugleich. Manchmal spürt man in Lindos eine ganz besondere Kraft, wie neulich während des Sturms. Dann hat man das Gefühl, als hockte lastend eine mächtige Energieglocke über dem Ort – das ist gar nicht leicht auszuhalten.«

»*Megali dynami*, sagt Eftichia immer.«

»Ja, man kann wohl nicht *Glück* heißen wie sie, ohne an dergleichen zu glauben.« Wir schwiegen eine Weile.

»Warum ist die große Engländerin eigentlich plötzlich wieder verschwunden?« fragte Kiriaki dann.

»Ja, warum, das frage ich mich auch. Sie hat einen Mann, der sie schlecht behandelt. Aber sie liebt ihn eben.«

»Das muss schwer für dich gewesen sein. Eftichia dagegen war froh, dass sie dich wieder allein hatte.«

»Na so was.«

»Ich glaube, sie war richtig eifersüchtig. Sie redet nämlich so gern mit dir, und während der Zeit, als Lukrezia hier war, bekam sie dich kaum zu Gesicht – jedenfalls nicht allein. Ich bin froh, dass Eftichia dich hat, denn von meinem Vater wird sie in dieser Hinsicht nicht gerade verwöhnt. Wenn er abends müde nach Hause kommt, bekommt er den Mund nicht auf. Das holt sie jetzt mit dir nach.«

Damit machten wir uns wieder auf den Heimweg.

34

Nach einem windigen und kalten Winter war es endlich Frühling geworden, und aus der verbrannten Erde, in der ich kein Leben mehr vermutet hatte, zauberte der Regen ganze Teppiche von Blumen hervor. In jeder Mauerspalte blühte es, ja, es wurzelte selbst noch an den Felsen. Auf dem Weg nach Pefkos versank man buchstäblich in den Margariten, dazwischen standen, zart wie ein Aquarell, die Anemonen, und nach der vorausgegangenen Kargheit herrschte nun Überfluss.

Ich war dankbar für dieses Wunder, und doch saß ich in der Sonne wie ein Alter. Ich fühlte mich erschöpft – erschöpft vom Winter und vom vielen konzentrierten Üben. Noch war das Ende der Wüste nicht gänzlich abzusehen, denn zwischendurch hatte es immer wieder böse Tage gegeben, Tage an denen sich die Sache von neuem heimtückisch verknotete.

Etwas in mir sehnte sich voraus in eine utopische Zukunft, in der ich wieder würde singen können so wie früher, anstatt Töne zu konstruieren. Es bedurfte ganzer Berge von Gleichmut, um die Ungeduld niederzuhalten. Ich musste es lernen, und ich lernte es.

Dies war zweifellos meine schwerste Zeit in Griechenland. Noch immer hatte ich mich nicht an die Leere im Haus gewöhnt. Auch wenn das Glück mit Lukrezia nur wenige Wochen gedauert hatte, so wusste ich doch, wie es war, nicht allein, sondern zusammen mit einem Menschen, den ich liebte, in diesem Haus zu wohnen.

Auch sah ich Kiriaki sehr viel seltener als sonst. Unser gemeinsamer Spaziergang war eine schöne, sonntägliche Ausnahme geblieben. Mit den Vorbereitungen zu ihrer Hochzeit beschäftigt, war sie ständig nach Rhodos unterwegs oder selbst nach Athen, um ihre Aussteuer einzukaufen. Und dabei konnte sie mich nun einmal nicht gebrauchen, denn das war ganz allein Frauensache.

Alles schien sich verabredet zu haben, mich meine Einsamkeit noch bitterer als sonst spüren zu lassen. Jorgo hatte es endlich erwischt, als Resultat seines Kettenrauchens lag er mit einer Lungenentzündung zu Bett. Pavlos' Bar war geschlossen, denn er war, frisch verheiratet, mit seiner Frau in die USA geflogen. Er müsse einmal in seinem Leben New York sehen, hatte er, der für amerikanische Filme schwärmte und seine Bar mit entsprechenden Postern dekorierte, beim Abschied zu mir gesagt.

Am schwersten zu verkraften war jedoch, dass Nikolas Rhodos verlassen hatte, um nach Athen zu gehen.

Eines Morgens, kurz nach Lukrezias Abreise, war mein Blick mitten im Üben auf einen seiner Teller an der Wand gegenüber gefallen. Sie waren so sehr zu einem Teil der Sala geworden, dass ich sie mit der Zeit betrachtet hatte, ohne sie weiter mit ihm in Verbindung zu bringen. Beschämt stellte ich fest, dass ich Niko vergessen hatte. Eine Erklärung dafür zu finden, war indessen nicht schwer – Lukrezias Erscheinen hatte alles andere aus meinem Gedächtnis gelöscht.

Wie mochten sich die Dinge für ihn weiterentwickelt haben? Als wir uns das letzte Mal gesehen hatten, war er mit dem Leben, das er in Rhodos führte, wenig zufrieden gewesen. Ich erinnerte mich seines außerordentlichen Klavierspiels, hörte das kühle Geriesel von Ravels *Ondine*, und begriff immer weniger, wie ich auf das inspirierende Gespräch mit ihm hatte verzichten können. Es zeigte mir einmal mehr, wie vollkommen mein Glück mit Lukrezia gewesen war.

Warum hatte er keine Anstrengungen gemacht, mich wieder zu sehen? Etwas stimmte da nicht. Und da er kein Telefon besaß, was seinerzeit auf der Insel noch durchaus die Norm war, setzte ich mich in meinen kleinen Wagen und fuhr nach Rhodos.

Die riesigen Eukalyptusbäume seinem Laden gegenüber wirkten so ungekämmt wie immer. Aber als ich auf sein Geschäft zuging, sah ich, dass das mir vertraute Schild mit ›*Nikolas Keramika*‹ verschwunden war. Dabei waren nicht einmal zwei Monate seit meinem letzten Besuch vergangen. Entsetzt starrte ich auf das ausgetauschte Schild. Der Freund, der Ravel und Aragon liebte, sollte nicht mehr hier sein?

Ich betrat den Laden. Er war vollkommen umdekoriert, statt Nikos schöner Teller, statt seinen Schallplatten und Büchern lagen teure Ledersachen in den Regalen, Gucci, Hermes, Armani – das genaue Gegenteil von Nikos Welt.

Eine arrogante Person antwortete mir auf meine Frage, nein, ein anderes Geschäft in Rhodos habe Niko ihres Wissens nach nicht. War er bankrott, oder hatte er nur plötzlich endgültig genug gehabt von dieser Insel und ihrem Touristenbetrieb, und versuchte es trotz aller Skepsis nun doch mit seinem Klavierspiel in Athen? Ich wünschte ihm das Letztere, und mir und meinem schlechten Gewissen wünschte ich, dass wir uns wieder begegnen würden.

Zurück in Lindos übte ich mit doppeltem Einsatz. Dabei wütete ich nicht mehr gegen mich selbst, sondern versuchte ruhig und logisch vorzugehen. Und da ich auf diese Weise entspannter an die Sache heranging, fingen die einzelnen Entdeckungen an, sich wie von selbst zusammenzufügen.

Nur in Hinblick auf meine Höhe machte ich offenbar immer noch etwas falsch. Da ich an ihr gescheitert war, schien eine verborgene Angst sie zu blockieren. Aber bei der Stimme ließ sich nichts erzwingen, alles musste durch ein ständiges Zielen, ein Vorwagen und wieder Zurückweichen erobert werden, ähnlich wie beim Fechten, um sich auf diese Weise in eine Spannungsbalance einzupendeln, die sich von Ton zu Ton lebendig veränderte.

Ich war nicht wenig stolz, als ich mir diese Definition zusammengebastelt hatte, aber sie nützte mir nicht viel, denn beim Singen ging es um Erfahrungen, und diese hatten mit dem Ablauf der Zeit zu tun, für die es keinen Ersatz gab. Wieder einmal schwindelte mir vor der Geduld, die aufzubringen war. *Ipomoni* war eben nicht umsonst das erste Wort, das ich auf dem Flughafen von Athen gehört hatte. Vielleicht war die alte, schwarz gekleidete Frau, die auf den Abflug zu ihrer Insel wartete, so etwas wie eine griechische Norne gewesen.

Fürs Erste war es also wieder einmal besser, abzubrechen. Allerdings waren die lokalen Möglichkeiten der Zerstreuung begrenzt. Ich konnte einen Gang durchs Dorf machen oder bei Eftichia einen Kaffee trinken und dabei mit ihr übers Leben sprechen. Ein Gesprächsthema mit fast unbegrenzten Möglichkeiten.

Aber vielleicht war es doch besser, ich ging einkaufen. Nektarios hatte seinen Laden vergrößert, und das versprach einige Abwechslung. Zeitungen und Gemüse, stellte ich fest, befanden sich noch immer am gleichen Platz, was mich an den kleinen, feinen Herrn erinnerte. Eine Unterhaltung mit ihm wäre jetzt genau das Richtige gewesen, aber er und seine Begleiterin waren seit ihrer Abreise unter chaotischen Umständen wie vom Erdboden verschwunden.

Es hätte gut getan, wieder einmal über Salzburg oder Aix-en-Provence zu reden, obwohl es sich, wie ich festgestellt hatte, eigentlich auch ganz gut ohne Festspiele auskommen ließ. Aber wenn diese Behexung durch meine Stimme einmal vorüber sein würde, und die Zeichen mehrten sich, dass ein Ende abzusehen war, wollte ich doch wenigstens Glyndebourne wieder sehen. Schon allein des eleganten Picknicks wegen. Gedankenverloren verzehrte ich, in meinem Hof sitzend, einen Joghurt mit Honig und eine Hand voll Trauben, wozu hier kein Smoking nötig war.

Nach Beendigung meiner kargen Mahlzeit fragte ich mich, ob ich nicht doch noch etwas üben sollte. Aber spätestens um fünf Uhr würde ich aufhören und schwimmen gehen. Kein Alkohol und früh zu Bett, das wäre es dann für heute. Ich führte das Leben eines Heiligen.

Während der nächsten Tage merkte ich, dass der Ton von Mal zu Mal schlanker, federnder wurde. Ich hatte den Eindruck, dass meine Stimme anfing, die Technik zu diktieren und nicht mehr umgekehrt. Ich weiß nicht mehr, nach wie vielen Tagen oder Wochen, aber eines Morgens trug mich der Elan, ohne dass ich darauf vorbereitet war, wieder wie von selbst in die höchste Höhe.

Als es mir zum ersten Mal gelang, erschrak ich und staunte mit offenem Mund dem Klang nach, der bis zur Decke der Sala gestiegen war. Aber ich schaffte es auch ein zweites, ein drittes Mal, konnte den Ton halten, ihn schwellen, ihn zurücknehmen, mit ihm spielen. Ich hatte das Gefühl, wieder fliegen zu können, und wusste dabei ganz genau, wie ich es anstellte.

Noch immer stand das Echo meiner Stimme im Raum. Ich öffnete die Türe – von draußen kamen die vertrauten Geräusche des Dorfes herein. Die Sonne schien wie nun schon seit vielen Monaten, denn inzwischen hatten wir Oktober. Der Sommer war wie im Flug vergangen. Es war ein Tag wie alle anderen, und doch hatte sich für mich mit diesem Moment etwas ganz Entscheidendes verändert – etwas hatte sich bereinigt.

Es war kein Gefühl des Triumphes, dazu war der Weg viel zu dornenvoll gewesen, aber es korrigierte den Riss, der durch mein ganzes Dasein gegangen war. Ich hatte das Gefühl, wieder aus einem Stück zu sein – ich wüsste wahrhaftig nicht, wie ich es anders ausdrücken sollte.

Ich setzte mich auf die Außenstufen der Sala. Macht Genugtuung die Farben transparenter? Jedenfalls bildete ich mir ein, nie zuvor einen solch tiefblauen Himmel gesehen zu haben. Die Blüten der Bougainvilleen boten sich, karmesinroten Lippen gleich, den Schmetterlingen dar, die sie umflatterten, und der vertraute Felsen der Akropolis mit den drei Säulenfingern des Athenetempels schien sich tatsächlich in eine Götterburg aus goldbraun geädertem, glänzendem Marmor verwandelt zu haben.

In der Realität sah die Sache dagegen bescheidener aus. Großen Belastungen, dessen glaubte ich sicher zu sein, würde meine Stimme kaum mehr standhalten, denn inzwischen kam sie nicht mehr aus der Fülle, sondern war ein mit unendlicher Mühe und Sorgfalt wieder errichtetes, fragiles Gebäude. Vielleicht blieb ihre Existenz tatsächlich an diesen Raum gebunden, in dem sie sich noch einmal hervorgewagt hatte. Verließ sie ihn, könnte es ihr so ergehen wie dem kleinen, herkulischen Fischer.

Es war gut, dass in diesem Augenblick Eftichia kam. Sie brachte zwei Hemden, die sie für mich gebügelt hatte. Hatte sie vielleicht am Ende auch schon für den einsichtigen Ritter die Hemden gebügelt, der seine allzu hohen Ideale hier ein wenig reduziert hatte?

»Wie geht's mit deinem Singen?« fragte sie.

»Es geht sogar ganz ausgezeichnet«, sagte ich nur. Ich hörte, wie sie die Hemden in den Schrank legte. Als sie seinerzeit in der Dämmerung in den Hof trat, nachdem mein Haus gerade fertig geworden war, hatte sie gesagt, ich müsse sehr stolz darauf sein, es sei das schönste der Insel.

Damals wusste ich noch nicht, auf was ich mich eingelassen hatte, dass es sich dabei um sehr viel mehr handelte als um ein Haus. Man weiß ja nicht immer, auf was man sich einlässt, und manchmal ist es vielleicht auch besser, dass man es nicht weiß.

»Ich komme am Nachmittag wieder«, sagte Eftichia und ging. Glücklich lehnte ich mich zurück, für den Augenblick verspürte ich keinerlei Bedürfnis mehr, über meine Stimme nachzudenken.

35

Ich lag in meinem Hof und belohnte mich. Lange Zeit hatte ich gelebt, als ob jemand mit der Peitsche hinter mir her wäre. Über mir wölbte der Federbaum seine transparente Kuppel in sanfter Bewegung, aber seine goldgelben Blüten hatte er längst verloren. Zur Feier des heutigen Tages hätte ich es nicht übertrieben gefunden, wenn er sie über mich gestreut hätte, wie in einem gewissen Lied von Gustav Mahler, obwohl bittersüße Sentimentalität sonst nicht unbedingt mein Fall war.

Ich hörte, dass unter der Hoftüre etwas durchgeschoben wurde – Catherine hatte geschrieben. Dass ihr Brief ausgerechnet an diesem Morgen kam, betrachtete ich als eine gezielte Belohnung, denn heute bezog ich alles auf mich. Es war von morgens bis abends Feiertag.

Catherines Brief beigelegt fand ich ein Programmheft der Münchner Staatsoper. Klopfenden Herzens blätterte ich darin und studierte den Spielplan. Aber nicht nur auf ihn, auf die ganze Sendung reagierte ich mit einem völlig unkontrollierbaren Heimweh, einem Heimweh gleich in dreierlei Gestalt, nach Catherine, der Münchner Oper und der Welt der Musik ganz im Allgemeinen.

Catherine schrieb, dass sie in der *Frau ohne Schatten* den *Falken* gesungen habe. Dies sei ihre erste Begegnung mit der symbolträchtigen Oper, aber sie versichere mir, dass es nicht die letzte sei. Eines Tages werde sie auch die *Kaiserin* singen. Nun, hoffentlich ließ sie sich dafür noch lange Zeit, es war eine Partie, die ständig an die Grenzen der Stimme ging.

Dass sie Catherine reizte, konnte ich indessen nur zu gut verstehen. In unserer schnöden Epoche die hohen Ideale des Menschen in dieser Weise gefeiert zu sehen, fuhr sie fort, habe sie sehr bewegt. Ich war überrascht, das zu lesen, denn es war frei von ihrer gewohnten Ironie. Endlich einmal sprach sie von ihren Gefühlen, wenn auch nur in Bezug auf eine Oper, die ihr offenbar viel bedeutete.

Während ich mich in meinem Liegestuhl zurücklehnte, glaubte ich, den Ruf des Falken zu hören, und die Strausssche Musik zauberte vor meine Augen ein Idealbild Münchens – ein München ohne Katastrophen. Ich saß im Café Anast und freute mich an dem barocken Ocker der Theatinerkirche, das sich leuchtend gegen einen blassblauen Föhnhimmel abhob. Es war nicht Winter wie damals, auch war ich keineswegs verzweifelt, vielmehr fühlte ich mich erlöst und glücklich.

Auch ein paar Schritte weiter, auf dem Maximiliansplatz, gab es ebenfalls keine schmerzlichen Erinnerungen mehr, segnend hob der kolossale, gusseiserne Landesherr auch über mir den Arm, während sich gegenüber, auf der Treppe zur Staatsoper, festlich gekleidete Menschen unterhielten. Andere wieder, die die Botschaft des anspruchsvollen Stücks erreicht hatte, zogen es vor, schweigend auf den nächsten Akt zu warten.

Ich wagte mich die Treppe hinauf und, ohne dass mir jemand Beachtung geschenkt hätte, weiter hinein ins

Foyer. Die Schande, von der ich mich nie erholen zu können geglaubt hatte, interessierte offensichtlich niemand mehr.

Der Ruf des *Falken* entfernte sich, und damit verschwand auch das Bild der Staatsoper. Von neuem vertiefte ich mich in Catherines Brief, aber heute schien es nur gute Nachrichten zu geben – sie habe sich von ihrem Mann getrennt, denn sie hätten einander nichts mehr zu sagen gehabt. Nur dies und kein Wort mehr. Da war sie wieder, die kühle, rationelle Catherine.

Trotzdem fand ich, was ich gerade gelesen hatte, denkbar erfreulich, ja, es erleichterte ganz entschieden meine Situation, weil ich von nun an nicht mehr mit ihrer Loyalität ihrem Mann gegenüber zu rechnen brauchte.

Auch wenn ich mich weiterhin hinter meinem Schweigen verschanzt hatte, war Catherine während der letzten Monate zu einer Art jugendlicher Instanz geworden, an die ich mich mit meinen Fragen wandte, wenn ich in der Sala mit meiner Stimme kämpfte. Dabei hatten meine Gedanken in erster Linie der *Sängerin* Catherine gegolten, die mir bei unserer Diskussion in der Glyptothek so vehement widersprochen hatte. Ja, ich bin sicher, dass meine verbissene Suche gleichzeitig auch ein Ringen um ihre Anerkennung gewesen war, denn ich bewunderte sie dafür, dass sie mit ihrer Stimme so klug und haushälterisch umzugehen verstand.

Durch ihren Brief gewann ihr Bild neue Realität – eine Realität voller Hoffnung. Vielleicht war die schönste aller Möglichkeiten doch keine Unmöglichkeit? Hatte Lukrezia am Ende Recht gehabt, als sie gesagt hatte, wir beide liebten einander nur stellvertretend für die, die uns im Augenblick unerreichbar wären?

Natürlich würde ich diesmal Catherine antworten, darüber gab es gar keinen Zweifel, denn nun hatte ich ihr weiß Gott etwas zu berichten. Es war mir gelungen, mir die geschundene Haut noch einmal überzuziehen, und wer konnte besser verstehen als sie, was dies für mich bedeutete. Nach der harten Schule, durch die ich gegangen war, fiel es mir leicht, auch ihr gegenüber vernünftig und logisch zu reagieren, und meine einstige Reaktion als gekränkten männlichen Stolz zu entlarven.

Ich sah sie vor mir, wie sie an jenem letzten Abend neben mir auf der Bühne gestanden hatte, groß gewachsen wie die Athena im Ostgiebel der Ägineten. Um mir genügend Zeit zu geben, mich wieder zu fangen, hatte sie sogar, an einer für mich besonders ermüdenden Stelle, ihre Kadenz improvisierend verlängert. Dass sie zunächst gewissermaßen ihren Schild über mich gebreitet hatte, um mich dann aber wegzuschicken, hatte ich nie begreifen können. Da ich mich aber in ihre Lage versetzte, erschien es mir auf einmal durchaus verständlich.

Ich würde ihr nicht nur schreiben, sondern würde versuchen, sie hierher zu locken, und da sie Griechenland liebte, würde sie mit einiger Wahrscheinlichkeit auch kommen. Die Schwierigkeiten lösten sich auf mit solcher Geschwindigkeit, dass es mich geradezu euphorisch machte.

Von Apathie oder philosophischer Gelassenheit konnte gar keine Rede mehr sein. Nein, mir war nach Feiern zumute, so, als müsse jeden Augenblick etwas Überraschendes geschehen. Doch die Reaktion der anderen fiel eher enttäuschend aus – niemand im Dorf schien von meinem Glück auch nur das Geringste zu merken. Aber das mochte wohl eher an der Art des Sieges liegen, den ich feierte – er war praktisch nicht kommunizierbar. Es sei denn, ich hätte mich mitten auf die Platea gestellt und lauthals gesungen. Wieder einmal war ich allein mit meiner Stimme.

Als ich mich nach einem ernüchternden Gang durchs Dorf zu Eftichia unter ihren Zitronenbaum setzte, sagte sie:

»Du siehst unzufrieden aus, dabei warst du heute Morgen doch noch so glücklich. Ich finde, du solltest etwas unternehmen, warum fährst du nicht nach Chalkis?« Aber ich hatte keine Lust, nach Chalkis zu fahren.

»Oder auch nach Simi oder Kos, wenn dir das lieber ist.« Als ich auch darauf nicht reagierte, sagte sie, noch immer geduldig:

»Am besten, du redest mit Kiriaki. Vielleicht hat sie eine Idee.« Kiriaki saß im Büro ihres Onkels, einer Autovermietung, vor einer Illustrierten, auch sie langweilte sich sichtlich, denn im Augenblick gab es im Dorf so gut wie keine Touristen. Als sie mich eintreten sah, lächelte sie und nannte mich *Agapi mou*, aber ich hatte gelernt, diese immanente Zärtlichkeit nicht allzu wörtlich zu nehmen.

»Warum fährst du nicht nach Athen?« meinte sie. »Das wolltest du doch schon lange. Immer wieder hast du mir von den dortigen Museen erzählt.« Die Idee gefiel mir. Kiriaki war ähnlich praktisch wie ihre Mutter, daher griff sie sofort zum Hörer und rief die Olympic in Rhodos an. Es gab alle Plätze im Flugzeug, die ich haben wollte.

»Siehst du«, sagte sie, «es soll offenbar so sein.«

Nun nahm ich selbst den Hörer in die Hand und bestellte mir ein Zimmer im *Megali Britannia*, denn mit einem Mal hatte der Gedanke an das Ambiente einer eleganten Hotelhalle etwas ungemein Stimulierendes.

Inzwischen hatte Kiriaki angefangen, die Kassenzettel verschiedener Ausgaben für ihre Aussteuer zu addieren, was mich auf den Gedanken brachte, auch selbst einmal nachzurechnen. Dabei stellte ich fest, dass ich mir das in Aussicht genommene Vergnügen bestenfalls vier oder fünf Tage leisten konnte. Und falls ich mir etwas zum Anziehen kaufen wollte – denn für ein Hotel wie das *Megali Britannia* sah ich in meinen alten Jeans und meiner immer gleichen Windjacke etwas schäbig aus –, schrumpfte die Dauer eines Aufenthaltes in Athen auf drei Tage zusammen.

Und dann saß ich nach über drei Jahren wieder in einem Flugzeug. Als meine Insel unter der Tragfläche verschwand, tat es in meinem Herzen einen Ruck, als hätte ich tatsächlich den Boden unter den Füßen verloren.

Am Flughafen in Athen steckte ich als erstes meinen Brief an Catherine in den Kasten. Danach hatte ich es so eilig, in die Stadt zu kommen, dass ich nicht den Bus, sondern ein Taxi nahm. Als der livrierte Voiturier des *Megali Britannia* bei meiner Ankunft elegant den Hut vor mir lüpfte, kam ich mir vor wie ein Bauer.

Während ich mir am Empfang den Zimmerschlüssel geben ließ, blickte ich voller Befriedigung in die weitläufige Halle – genauso hatte ich es mir vorgestellt. Eine gänzlich andere Art von Griechen als meine Linder, Geschäftsleute, Politiker, Advokaten, gut angezogen, mit kostbaren Aktentaschen. Ich hatte das Gefühl, noch einmal auf Gastspielreise zu sein. Nun musste ich denn doch ein wenig schlucken.

Während ich in meinem Zimmer meine Sachen auspackte, warf ich aus Versehen einen Blick in den Spiegel – nein, so ging es wirklich nicht, ich hatte ja bereits in Lindos meine Zweifel gehabt. Ich plünderte also am Bankschalter in der Halle mein Konto und ging einkaufen. Staunend stand ich vor der Eleganz der Vitrinen – ich hatte vergessen, dass es so etwas überhaupt gab. Nach einigem Zögern entschied ich mich für einen graublauen Zweireiher, mit einigen Abstrichen sah ich wieder aus wie auf meiner Reise hierher vor drei Jahren.

Im Hotel wurde ich daraufhin um einiges aufmerksamer behandelt. Ich kaufte mir eine *Neue Zürcher Zeitung* und setzte mich mit ihr in die Halle – natürlich war diese vollklimatisiert – und kam mir in meinem ungewohnten Anzug vor, als sei ich inkognito in Athen.

Als ich mich an der Rezeption erkundigte, ob es am Abend in der Stadt ein Konzert gäbe, standen plötzlich der sympathische, kleine Herr und die Dame neben mir. Wir begrüßten uns. Die Dame war so elegant, dass die Halle mit einem Mal aussah, als sei sie ausschließlich dafür da, den passenden Rahmen für ihre Extravaganz abzugeben. Um irgendetwas zu sagen, sagte ich:

»Die Götter führen uns erneut zusammen«, und machte ihr ein Kompliment für ihren Geschmack.

»Auch Sie haben gegenüber Ihrem dörflichen Tenue

gewisse Fortschritte gemacht. Im ersten Augenblick hielt ich Sie allerdings für einen Stewart Ihrer heimatlichen Fluggesellschaft.« Sie war so impertinent wie immer, und da hatte ich mich im ersten Moment gefreut sie wieder zu sehen!

Der kleine Herr war unruhig geworden und versuchte abzulenken, indem er einen gemeinsamen Museumsbesuch vorschlug. Aber ich bedauerte – leider sei ich bereits verabredet.

»Wir waren schon verschiedene Male im Nationalmuseum«, sagte er, »Sie müssen sich dort unbedingt den Poseidon anzusehen. Das heißt, die Gelehrten sind sich immer noch nicht einig, wen er in Wirklichkeit darstellt, und ich für mein Teil möchte eigentlich lieber den Zeus in ihm sehen. Hier ist das Göttliche ausgedrückt in einer einzigen, federnden Bewegung. Im Vergleich damit erscheint einem alles Römische bereits eine Dekadenz.« Sein Enthusiasmus wich einer gewissen Bitterkeit:

»Wie waren sie uns gegenüber im Vorteil, diese alten Griechen, denn sie fingen erst an, die Möglichkeiten der Künste zu entdecken. Sie lebten, wenn Sie mir diesen Ausdruck gestatten wollen, in einem kreativen Frühling, wohingegen wir uns bereits in einer Art kultureller Eiszeit befinden. Sagen Sie – ist Ihnen nicht auch das Wort ›Postmoderne‹ so verdächtig? Es schauert mich vor seiner Endgültigkeit, es erweckt den Eindruck, als habe man alle Hoffnung endgültig zu Grabe getragen.«

Amüsiert sah ich ihn an, den sympathischen, streitbaren Herrn, und doch verabschiedete ich mich jetzt lieber. Waren nicht auch er und seine Begleiterin gewissermaßen postmodern? Und ich, war ich es am Ende auch? Aber ich weigerte mich, so wohlfeil zu philosophieren, ich glaubte, es mir verdient zu haben, wenigstens im Augenblick nicht weiter über mich nachzudenken.

Ich freute mich darauf, allein ins Museum zu gehen, und sah das ungleiche Paar erleichtert durch die Drehtüre verschwinden, die der Hotelboy für sie in Bewegung gesetzt hatte.

Als ich danach in dem überraschend reichhaltigen Veranstaltungskalender blätterte, fand ich unter den kleineren Konzerten, die im Saal eines Hotels der Innenstadt stattfanden, die Ankündigung eines Klavierrezitals. Und der Pianist war niemand anderer als Niko. Ungläubig überflog ich die Anzeige noch einmal, aber da ausschließlich französische Komponisten auf dem Programm standen, schien es sich tatsächlich um Niko zu handeln.

Ich war bereit, an die hilfreiche, gütige Athene zu glauben, die als Mentor auch diesen Zufall arrangiert hatte. Noch einmal blickte ich in die Broschüre. Das Konzert fand erst am nächsten Abend statt, aber um Niko spielen zu hören, wäre ich auch noch eine Woche länger in Athen geblieben.

Den Rest des Vormittags vertrödelte ich bei einem Bummel durch die Plaka. Das Wetter war frisch und sonnig. Am frühen Nachmittag dann wanderte ich den Rundbögen des Herodes Attikus entlang zur Akropolis.

Noch immer schienen hier, an einem strahlenden Tag wie diesem, alle Wege der Welt zusammenzuführen. Trotz seiner grausamen Beschädigung ging eine ungeheure Kraft vom Parthenon aus, er hatte nichts von einer Ruine. Wieder wehte es mich fast von den Tempelstufen, aber diesmal war ich auf der Hut und ließ mir nicht so leicht das Heft aus der Hand nehmen.

Trotzdem flüchtete ich mich doch lieber ins Akropolis-Museum zu den fünf originalen Karyatiden des Erechteions, die sich hier von dem zersetzenden Schmutz der einst so glasklaren Luft Attikas erholten. Auch wenn sie unzähligen Schwestern des Klassizismus und Historismus als Vorbild gedient hatten, besaßen sie eine strenge Schönheit, die nicht nur mit dem Wissen um ihr ehrwürdiges Alter zu tun hatte.

Während ich sie betrachtete, glaubte ich, das Gewicht ihrer leicht gebeugten Schenkel in den meinen zu spüren und versuchte, die Asymmetrie ihrer Haltung auf mich selbst zu übertragen. Wie sie trug ich die Last eines imaginären Daches. Für einen Augenblick stand ich von neuem in meiner lindischen Sala bei dem hartnäckigen Versuch, dieses natürliche Gleichgewicht auch in mir selbst wieder zu finden.

Aber ein Abend in der Plaka, allein, ohne Gesellschaft – das brachte nicht viel. Achtlos schlang ich hinunter, was man mir servierte, fühlte mich leicht deprimiert, aber viel trinken, nur um in Stimmung zu kommen, wollte ich auch nicht.

Hatte ich bereits genug von der Großstadt?

Auf dem Weg ins Hotel fand ich eine gut bestückte, internationale Buchhandlung noch offen. Und sofort pries ich die Großstadt wieder und blätterte, stöberte und las dort bis kurz vor Mitternacht. Mit einem ganzen Paket von Büchern verließ ich den Laden und ging damit auf mein Zimmer.

36

Am nächsten Morgen hatte sich der Himmel bezogen, es war unangenehm schwül. Noch dazu lärmte der Verkehr wie nicht gescheit, wie hielten das die Leute nur aus? Als ich jemand nach dem Weg zum Nationalmuseum fragte, bekam ich kaum Antwort. Wo war die Herzlichkeit und Ruhe meiner Linder? Die Bewohner Athens schienen nicht weniger gestresst zu sein als die Menschen anderer Großstädte. Am liebsten wäre ich mit der nächsten Maschine nach Rhodos zurückgeflogen, aber ich hatte am Abend noch etwas vor, und das war mir wichtig.

Es hatte angefangen zu regnen. Ich ging bis zur nächsten Ecke und kaufte mir dort einen Schirm, umringt von einem ganzen Bus zwitschernder Japaner, die alle ebenfalls Schirme kauften. Darauf machte ich mich in den vom Regen dampfenden Straßen auf den Weg zum Nationalmuseum.

Dort glaubte ich mich zunächst in München – Klassizismus wie am Königsplatz. Aber dann fiel mir ein, dass die ersten Könige der Griechen Wittelsbacher gewesen waren. Im Museum selbst Schätze über Schätze, man musste selektiv vorgehen, denn es war unmöglich, sich alles, und sei es auch nur flüchtig, anzusehen.

Oben im ersten Stock fand ich auch den minoischen Fischer von Santorini. Er ließ mich an Kiriaki denken, wie sie mir, in der Hand einen glänzenden Fisch, auf der Treppe zur Paulusbucht entgegengestiegen war.

Dort wehte, wenn im Winter der Sturm die Wellen über die Felsen warf, wirklich noch der Atem jener Urzeiten, von denen in den Schaukästen, die sich vor mir aneinander reihten, nur Überreste zu sehen waren. Wollte ich in Lindos bleiben, oder wieder zurück nach Mitteleuropa? Ich konnte mir darüber nicht schlüssig werden, während ich die mit Kostbarkeiten gefüllten Säle durchwanderte.

Endlich stand ich vor dem seinen Speer schleudernden Poseidon oder Zeus – die Begegnung mit ihm hatte ich mir bis zuletzt aufgespart. Trotz seiner ungeheuren Spannkraft wirkte er leicht, ja, beinahe zierlich, in jedem Fall aber gänzlich anders, als ich ihn mir nach den Abbildungen, die ich von ihm kannte, vorgestellt hatte. Es war tatsächlich die Sicherheit seiner zielenden Bewegung, die den Eindruck göttlicher Überlegenheit vermittelte. Diese nahm ihren Ursprung in der abgehobenen Ferse und setzte sich bis in den Arm fort, der den Speer schleuderte, wobei man diesen gar nicht sah, dessen Existenz und Wurf aber gleichwohl empfand.

Die Augen, hieß es, wären eingesetzt gewesen aus mehrfarbigem Stein. Nun fehlten sie, aber aus den leeren Höhlen schienen sie dennoch einem imaginären Ziel entgegenzublicken.

Ich konnte mich von diesem Wunder an geistdurchdrungener Physis nicht losreißen, denn es schien die Bestätigung all dessen zu sein, was ich im Hinblick auf meine Stimme begriffen hatte: Nur *die* Spannung konnte sie unbeschadet aushalten, die von der Gesamtheit des

Organismus getragen wurde. Alles Partielle war der Tod.

Auf den Weg zurück ins Hotel fragte ich mich, wie mein Leben wohl weitergehen würde. Aber mit dem Bild des Poseidon vor Augen, konnte diese Reise nach Athen nur ein neuer Anfang sein.

Im *Megali Britannia* setzte ich mich mit einem Buch in die Halle. Dann, gegen halb neun, machte ich mich auf den Weg, den ich mir vom Concierge hatte beschreiben lassen. ›*Cheap hotel*‹, war dessen einziger Kommentar gewesen. Kurz vor neun hatte ich es endlich gefunden und den Saal dazu, in dem Nikos Konzert stattfinden sollte. Ich löste eine Eintrittskarte und setzte mich nach hinten.

Der Saal füllte sich, ein nüchternes Kino der Fünfzigerjahre. Ich schaute ins Programm – ja, Ravels *Ondine* war auch hier wieder dabei, daneben drei späte *Nocturnes* von Fauré und die beiden Hefte der *Etudes* von Debussy. Niko hatte Mut, dies alles auf einmal seinem Publikum vorzusetzen. Mit dem Beginn des Konzertes schien man es hier nicht gerade genau zu nehmen, denn als ich auf die Uhr sah, war es bereits viertel nach neun. Ich war so nervös, als hätte ich selbst zu spielen.

Endlich betrat Niko das Podium und verbeugte sich. Er wirkte schmal und fragil in seinem Smoking, doch bereits mit dem ersten Stück verlor sich dieser Eindruck. Es gab keinen Zweifel – am Flügel saß einer, der sein Instrument beherrschte. Der hässliche Saal verschwand, und mit Faurés *Nocturnes* glaubte man sich in einen Pariser Salon der Jahrhundertwende versetzt.

Ihn dort oben auf dem Podium zu sehen hatte, nach den Gesprächen, die wir in seinem Laden geführt hatten, war etwas sehr Bewegendes für mich. Aber je länger der Abend fortschritt, umso überzeugter war ich, dass er recht daran getan hatte, den Absprung zu wagen.

Am Ende des anspruchsvollen Programms applaudierten die zwei- bis dreihundert Leute mit einer Lautstärke, dass ich mich in die ausverkaufte Salle Pleyel versetzt glaubte.

Als ich anschließend zu ihm nach hinten ins Künstlerzimmer ging, war er merkwürdigerweise gar nicht sonderlich überrascht, mich zu sehen. Er sagte nur immer wieder: »Dass du hier bist«, und hörte nicht auf, mir die Hände zu schütteln. Darauf nahm er mich beiseite, während er sich die Stirn trocknete:

»Weißt du, dass ich es letzten Endes dir verdanke, dass ich heute Abend hier gespielt habe? Ohne dich hätte ich nie den Mut gehabt, meinen Laden in Rhodos zuzumachen. Und dieser Abend ist nur der Anfang, morgen spiele ich in Korinth und am Samstag in Thessaloniki, danach geht es nach Italien.« Er lächelte glücklich. »Aber was rede ich von mir, ich möchte viel lieber wissen, wie es dir geht. Warum bist du plötzlich nicht mehr gekommen?«

»Ich erzähle es dir ein andermal.« Damit verabschiedete ich mich, denn ich sah, dass noch viele andere Begeisterte mit ihm reden wollten. Auch musste er ins Bett, wenn er bereits am nächsten Abend wieder das gleiche, anspruchsvolle Programm zu spielen hatte.

Aber als ich dann noch allein an der Bar meines Hotels saß, bedauerte ich es, dass ich ihn so ohne weiteres hatte gehen lassen. Der Ravel war noch bedeutend besser gewesen als damals in Rhodos – wässriger, irisierender, dabei die so eng liegenden Stimmen wunderbar deutlich gegeneinander abgesetzt. Dass er es schaffen würde, stand ganz außer Frage.

Nikos Impressionisten ließen mich zurückdenken an meine Zeit in Paris. Ich hatte damals in meiner Lieblingsgegend gewohnt, dem siebten Arrondissement, in der Rue des Saints Pères. Ich spürte noch den Geschmack des bitteren *café noir* auf der Zunge, den ich jeden Morgen an der Ecke zum Boulevard St.Germain getrunken hatte. Serviert wurde er in einer goldgeränderten, grünen Tasse mit einem noch warmen *croissant*. Es kam mir vor wie gestern und doch wie aus einem anderen Leben.

Ich hatte mich in Paris aufgehalten, um mit einer renommierten Korrepetitorin, einer alten Dame, an Debussys *Pelléas* zu arbeiten. Dass sie den Komponisten, wie sie erzählte, noch persönlich gekannt hatte, war für mich ein gänzlich abenteuerlicher Gedanke.

Aber damit hatte es durchaus seine Richtigkeit, denn an der Wand ihrer mit Erinnerungsfotos und *objets* vollgestopften Wohnung hing, sozusagen als Beweisstück, dem Flügel genau gegenüber, ein Skizzenblatt aus dem zweiten Akt der Oper, das ihr der Komponist mit einer Widmung geschenkt hatte.

Dergleichen konnte man unmöglich vergessen. Durch Nikos Klavierabend war mir endgültig klar geworden, dass ich nicht in Griechenland bleiben konnte. Ich musste wieder meine eigene Lebensluft atmen. Und plötzlich war mein Heimweh nach jener Zeit so übergroß, dass ich aufstand und mich an der Rezeption nach der Abflugszeit der nächsten Maschine nach Paris erkundigte.

Aber dann begriff ich, dass ich dort etwas suchen würde, das es nicht mehr gab, den Anfang meiner Karriere nämlich, eine Zeit voller Hoffnung und Erwartungen. Ein Flug nach Paris wäre nichts als der vergebliche Versuch einer Wiederholung.

Auf diese Einsicht hin hätte ich gern noch etwas getrunken, aber der Mann hinter der Bar bewegte die Gläser und Flaschen bereits demonstrativ. Also stand ich auf und ging auf mein Zimmer.

Obwohl ich mir das Benaki-Museum nicht angesehen hatte, verspürte ich am nächsten Morgen keine Lust, noch länger allein in Athen herumzusitzen. Daher beschloss ich, gleich den ersten Flug zurück nach Rhodos zu nehmen. Aber auf dem Weg zum Flughafen war dann der Verkehr so enorm, dass ich es nur noch im letzten Augenblick auf die Maschine schaffte. Entnervt fiel ich in meinen Sitz und merkte auf diese Weise erst beim Aussteigen in Rhodos, dass die Dame und der kleine Herr im gleichen Flugzeug gewesen waren.

Gemeinsam warteten wir auf unser Gepäck. Als sich das Fließband in Bewegung gesetzt hatte, erwies sich das ihre als so umfangreich, dass in meinem Wagen unmöglich für alles Platz war. Ich muss gestehen – ich hatte nichts dagegen.

»Haben Sie sich übrigens den Poseidon angesehen?« fragte der kleine Herr, bevor wir uns trennten, und sah mich über den Rand seiner Lesebrille erwartungsvoll an.

»Das habe ich und gebe Ihnen vollkommen Recht.«

Aber ich war mit meinen Gedanken noch bei Nikos Konzert, und so empfand ich kein Bedürfnis, mich zu unterhalten und dabei etwaige Aggressionen von Seiten der Dame zu parieren. Doch sie verhielt sich überraschend zuvorkommend. Das hatte, wie ich erfuhr, seinen Grund.

»Man hat ihr eine Rolle angeboten«, ließ mich der kleine Herr wissen, »allerdings handelt es sich dabei um eine Mutterrolle, und nun ist sie sich nicht ganz schlüssig, ob sie diese annehmen soll.«

»Was ist es denn?« fragte ich.

»Racines *Phaedra*.«

»Da sehe ich keine Gefahr, denn in diesem Fall ist das Mütterliche nur sehr relativ, im Grunde genommen handelt es sich ja dabei um eine Liebesgeschichte, wenn auch um eine etwas *einseitige*. Und was die Mutterrollen betrifft – man kann gar nicht früh genug mit ihnen anfangen.«

»Ich fürchte, ich verstehe nicht ganz, wie Sie das meinen«, sagte die Dame.

»Nun ja – dass Sie auf diese Weise völlig neuartige Komplimente bekommen werden, nämlich die, dass Sie für die Rolle zu jung sind.« Damit verabschiedete ich mich.

Es war das einzige Mal, dass es mir gelang, sie außer Gefecht zu setzen. Ich verstand selbst nicht, warum ich so in Fahrt geraten war, aber irgendetwas an dieser Frau forderte mich jedes Mal wieder heraus.

Nach meiner Reise fühlte ich mich in Lindos nur sehr wenig glücklich. Zum ersten Mal war ich wieder mit der

Welt, aus der ich kam, in Berührung gekommen. Dass es gleich auf eine derartig intensive Weise geschehen würde, die meine kaum erlangte Ruhe bereits wieder in Frage stellte, war nicht vorauszusehen gewesen.

Natürlich erwartete Eftichia, dass ich ihr alles Mögliche von Athen erzählte, aber ich blieb einsilbig.

»Wie war das Hotel, hast du etwas gekauft?« fragte sie in einem Atemzug. Statt einer Antwort verschanzte ich mich hinter einem der mitgebrachten Bücher. Eine Weile ließ sie mich in Ruhe, aber dann hielt sie es doch nicht aus und fragte:

»Hat es dir denn nicht gefallen in Athen?«

»Gefallen hat es mir schon.« Doch damit war ich bereits am Ende meines Lateins, denn wie sollte ich ihr erklären, dass Musik von Debussy und Ravel etwas in mir in Bewegung gesetzt hatte, das mich Lindos mit einem Mal nicht mehr als meine Heimat empfinden ließ.

Warum ich nicht noch ein paar Tage angehängt hätte, wollte sie nun wissen. Ich ließ mein Buch sinken. Sie schien mich also nicht sonderlich vermisst zu haben, und darüber war ich nicht wenig enttäuscht. Es war wie eine Ehekrise, vielleicht brauchte auch sie einmal Ferien von unserer Beziehung?

Nach einer Woche, während der ich muffig im Dorf herumgelaufen war und allen auf die Nerven ging, fragte ich mich: Was wollte ich eigentlich? Wollte ich hier bleiben und unzufrieden sein, oder abreisen, um es gleich wieder zu bereuen? Abends saß ich mit Pavlos zusammen in seiner Bar und hörte mir die internationalen Nachrichten an. Aber sobald er anfing, mit mir über Politik zu diskutieren, stand ich auf und ergriff die

Flucht, denn damit langweilte er mich bereits seit Ewigkeiten.

Der wirkliche Grund meiner schlechten Laune aber war, dass Catherine noch immer nicht geantwortet hatte. War ihr mein persönlicher Erfolg am Ende gleichgültig, oder war sie lediglich zu beschäftigt?

Da setzte ich mich hin und schrieb ihr einen zweiten Brief. Um ganz ehrlich zu sein, hatte ich ihn bereits in Athen angefangen und dabei von einem Kafenion aus immer wieder zu meiner Lieblingskirche, der Mikri Mitropolis, hinübergeschaut.

Das sieht geradeso aus, als hätte ich beim Schreiben dieses Briefes die Absicht gehabt, Catherine zu heiraten. Und möglich ist es immerhin, dass mein Unterbewusstsein mir tatsächlich aus diesem Grund einen Stuhl in besagtes Kafenion stellte. Denn ich hatte dieses ewige Hin und Her von Annäherung und erneuter Distanz zwischen Catherine und mir endgültig satt.

Es wurde ein langer Brief daraus, und er war mir so wichtig, dass ich ihn noch am selben Abend zur Post trug. Ich nahm dazu den oberen Weg, von dem aus man über das ganze Dorf bis hinüber zur Akropolis schauen kann. In Gedanken schrieb ich dabei an meinem Brief immer weiter. Bei diesem Gang durch die Dämmerung war ich mir nur einer Sache absolut sicher – dass ich Catherine wieder sehen musste.

Aber davon, wie es weitergehen sollte, hatte ich nicht die geringste Vorstellung. Am liebsten hätte ich erst einmal Ferien gemacht und schaffte es doch nicht so recht, denn wie macht man eigentlich Ferien, wenn man als Fremder bereits auf einer griechischen Insel lebt?

Auch gingen meine Finanzen ganz bedenklich zur Neige. Ich hatte mir, als ich wieder in Lindos angekommen war, meinen Kontoauszug geben lassen, und was ich da hatte sehen müssen, erfüllte mich mit Besorgnis. Ich konnte sparen, so viel ich wollte – das Ende meiner griechischen Existenz war eindeutig abzusehen, auch wenn ich diese Erkenntnis bislang mit Erfolg verdrängt hatte.

37

Die Ankunft der Post um elf Uhr vormittags wurde für mich zum wichtigsten Ereignis des Tages. Die eingegangenen Briefe wurden von Panajotis jedes Mal fein säuberlich in zwei kleine Haufen sortiert, in einen für die Einheimischen und einen für die Fremden. Doch von Catherine war nichts darunter, obwohl ich zur Vorsicht auch noch jedes Mal die Griechenpost durchsah.

Mit den Nachmittagen danach war nicht mehr viel anzufangen. Ich sah ja durchaus ein, dass sie meinetwegen nicht plötzlich alles liegen und stehen lassen konnte, um hierher zu kommen und mit mir zu feiern. Wie man sieht, war ich bescheidener geworden. Auch würde man sie in München während der Spielzeit nicht so ohne weiteres gehen lassen. Warum aber schrieb sie nicht?

Ich musste mich oft zu Eftichia in die Küche setzen, um die Zeit wieder flüssig zu machen, die sich mit jedem ergebnislosen Gang zur Post mehr verdickte. Während Eftichia darauf wartete, dass der obligate *metrio* für mich kochte, riss sie behutsam ein weiteres Blatt ihres kleinen Kalenders ab. Sie wird gespürt haben, wie wichtig sie gerade während dieser Tage für mich war.

»Du wartest auf etwas, man sieht es dir an«, sagte sie, »und das ist nicht gut für deine Nerven. Sobald du aufhörst zu warten, kommt es bestimmt – du wirst schon sehen.«

Wie rasch sich die Genugtuung über einen Erfolg in Missmut, wie rasch sich Zufriedenheit in Unruhe verwandeln konnte! Was mir zu schaffen machte war nicht nur, dass Catherine nicht schrieb, sondern auch Nikos Konzert. Wie glücklich seine Augen geleuchtet hatten, als er mir von seiner Italientournee erzählte. Niemand gönnte ihm seinen Erfolg mehr als ich, aber dies änderte nichts an meiner eigenen Situation. Vielmehr machte es mich auf unangenehme Weise darauf aufmerksam, dass auch in meinem Leben etwas in dieser Richtung zu geschehen habe.

Schließlich war ich kein griechischer Fischer und konnte, bei aller Liebe zu diesem Land, nicht auf ewig hier bleiben. Die Hauptsache fehlte – die Beschäftigung, die Aufgabe. Wie ausgefüllt war ich gewesen, als ich noch mit meiner Stimme gekämpft hatte, im Vergleich zu dem Gefühl der Stagnation, das sich immer lähmender in mir ausbreitete. Wer am erreichten Ziel sitzen blieb, über den ging die Zeit hinweg.

Meine Stimme lag indessen, fein säuberlich auseinander genommen und wieder zusammengesetzt, wie ein Instrument in einem schonenden Futteral. Gewiss, es ging ihr gut, aber auch sie wartete auf weiteres. Eine Stimme war ein Werkzeug und musste, selbst wenn sie repariert war, noch zu irgendetwas taugen. Es galt also, sie umzufunktionieren, sonst blieb ich der Gefangene dessen, was ich mit solcher Besessenheit gesucht hatte.

Meine Zeit der Klausur hatte nur dann einen Sinn, wenn sie mich wieder auf irgendeine Weise aus meiner Isolation befreite. Selbst Beethovens letzte, einsame Streichquartette spielt man schließlich zu viert.

Ich hatte mich daran gewöhnt, von der Straße her ein Echo zu haben, wenn ich in der Sala übte. Früher hatte mich das irritiert, weil ich mich dann beobachtet fühlte, jetzt aber wartete ich geradezu darauf und glaubte, daraus so etwas wie Solidarität heraushören zu können.

Mit der Zeit hatte ich gelernt, die Stimmen zu unterscheiden, die mich nachäfften. Pavlos zum Beispiel erkannte ich daran, dass er vor lauter falsch eingesetzter Energie ständig heiser war. Wagte er sich einmal höher hinauf, kippte ihm sofort die Stimme um. Dann fluchte er, so sehr ärgerte er sich darüber. Dimitri dagegen schaffte selbst noch ein hohes G, wie ein Kavaliersbariton. »*To akus?* Hast du's gehört?« rief er mir dann jedes Mal selbstgefällig über die Mauer, ehe er wieder abzog.

Immer waren es Männerstimmen gewesen, die mir antworteten, eines Tages aber war es die einer jungen Frau. Sie klang zart, schwang sich jedoch ohne Mühe hoch hinauf, und wenn sie dort oben opernhaft outriert und ein wenig albern geträllert hatte, endete das Ganze in einem Gelächter. Dies wiederholte sich mehrere Tage. Eines Morgens dann erzählte mir Eftichia, seit zwei Tagen wohne eine junge Frau aus der Schweiz mit einem kleinen Kind bei ihr.

Nun hat man mich also doch noch aufgespürt, dachte ich. Ich gebe zu, meine Reaktion war vollkommen lächerlich, aber vor lauter Warten sah ich im Augenblick grundsätzlich alles negativ. Dabei war die neue Mieterin so diskret, dass ich sie zunächst gar nicht zu Gesicht bekam. Erst einige Tage später, als ich auf meiner Terrasse in der Sonne saß und las, sah ich sie dann.

Das Licht war frühlingshaft weich, und der wilde Wein hatte angefangen, sich zartgrün zu belauben. Ich sah zu, wie sich an der Hauswand die ersten Eidechsen hervorwagten, winzig kleine Exemplare waren darunter, kaum größer als mein kleiner Finger. Bewegten sie sich, so geschah es mit äußerster Nervosität, dabei glänzten sie metallisch, beinahe als wären sie flüssig. Aber meistens speicherten sie vollkommen regungslos die Wärme der Sonnenstrahlen.

Als ich aufblickte, saß dort, wo einen Augenblick zuvor noch niemand gesessen hatte, eine junge Frau, fast noch ein Mädchen, und blickte, die Arme um die Knie geschlungen, von der etwas höher liegenden Terrasse, die zu Eftichias Haus gehörte, unverwandt zu mir herüber. Das musste die Schweizerin sein. Sie war auffallend hübsch und auf den ersten Blick viel zu jung, um bereits ein Kind zu haben.

Später war ich mir nicht mehr ganz so sicher, ob nicht Eftichia, in der Absicht mich zu beschäftigen, diesen Zufall arrangiert hatte.

»Ich möchte Sie nicht stören, aber ich hätte eine Frage«, sagte sie ernsthaft.

»Und die wäre?«

»Eftichia behauptet, Sie seien ein bekannter Sänger.«

»Nun, sie muss es ja wissen. Aber ich bin hier in den Ferien und möchte meine Ruhe.«

»Was ich fragen wollte ist, ob Sie nicht Lust hätten, mir ein paar Stunden zu geben.«

»Da muss ich Sie enttäuschen.«

»Denken Sie einmal darüber nach. Ich würde es auch bezahlen.«

»Tatsächlich, würden Sie das? Von Künstlern erwartet man ja im Allgemeinen, dass Sie alles umsonst tun, aus Idealismus sozusagen, der immer dann bemüht wird, wenn es ums Geld geht.« Sie ignorierte meinen Sarkasmus und sagte:

»Schließlich ist es ja eine Arbeit wie jede andere auch.«

»Nun, da bin ich nicht so sicher.«

»Wenn Sie keine Lust haben, können Sie es mir ruhig sagen.« Das klang jedoch keineswegs beleidigt, sondern lediglich nüchtern. Auf jeden Fall weiß sie, was sie will, dachte ich. Und das gefiel mir.

»Im Augenblick möchte ich allerdings lieber lesen, aber ich verspreche Ihnen, darüber nachzudenken. Singen ist eine schwierige Kunst, Sie würden bald die Geduld verlieren«, sagte ich, nicht gerade ermutigend.

»Das werden wir ja sehen«, und nach einer Pause: »Wenn Sie genügend nachgedacht haben, können Sie es vielleicht Eftichia sagen«, das fand ich nun doch ein wenig frech. Sie war aufgestanden und verschwand. Offenbar war sie gewohnt, das letzte Wort zu haben. Ärgerlich versuchte ich zu lesen. Aber das Buch, auf das ich mich gefreut hatte, interessierte mich plötzlich nicht mehr, immer wieder schob sich das junge, entschlossene Gesicht dazwischen.

Auch wenn ich spazieren ging, wenn ich in der Sala saß oder übte, selbst während ich unten am Meer mein Boot flottmachte – überall belästigte mich dieses Gesicht mit den flinken Augen. Ich stellte fest, dass ich auf ganz kolossale Weise von mir selbst genug hatte, weil mir alle meine Gedanken und Reaktionen bereits im Voraus bekannt waren. Ich war neugierig auf die eines anderen Menschen. Auch würde das Warten auf Catherines Brief auf diese Weise nicht mehr allein und quälend im Mittelpunkt meiner Tage stehen. Als Eftichia am nächsten Morgen zum Aufräumen herüberkam, war ich entschlossen:

»Sag der jungen Frau, sie könne um zwei Uhr herüberkommen.« Es sollte beiläufig klingen, immerhin wollte ich mir keine Blöße geben.

»Mach es aber nicht umsonst«, meinte Eftichia, die längst begriffen hatte, um was es ging. Grundsätzlich aber schien ihr die Idee zu gefallen. Ich dagegen hatte das Gefühl, mich auf etwas eingelassen zu haben, für das der zu leistende Einsatz nicht abzusehen war.

Es war gut, dass die junge Frau nicht wusste, wie nervös ich war, als sie zu ihrer ersten Stunde erschien. Selbst vor dem schwersten meiner Konzerte war ich so unruhig nicht gewesen. Sie dagegen schien von der ungewohnten Situation keineswegs eingeschüchtert.

»Wie viel kostet übrigens eine Stunde?« fragte sie, bevor wir anfingen. Darüber hatte ich noch gar nicht nachgedacht, aber sie brauchte ja nicht unbedingt zu wissen, dass sie meine erste Schülerin war.

»Warum bezahlen Sie mich nicht in Naturalien?« antwortete ich. »Auf diese Weise brauche ich nicht ständig einzukaufen, das *Wie* überlasse ich Ihrer Phantasie. Wenn Ihnen die Sache Spaß macht, können Sie ja am Ende ein paar Flaschen Wein zulegen.« Der Gedanke schien ihr zu gefallen.

Wie aber fing man an? Ich hatte nicht die leiseste Ahnung. Zunächst sang ich ihr etwas vor, kleine Phrasen in bequemer Lage, und die ließ ich sie nachsingen. Dabei versuchte ich, die Klangfarbe zu verbessern, beobachtete ihre Mundform, ihre Haltung. Zu meiner Freude hörte sie ganz ausgezeichnet.

»Wie kommen Sie eigentlich darauf, singen zu wollen?« fragte ich sie. »Ist Ihnen der Gedanke nur deshalb gekommen, weil wir hier zufällig nebeneinander wohnen?«

»Nein, ich wollte schon immer singen lernen.«

»Können Sie definieren, warum?« Sie zögerte:

»Vielleicht, weil man sich beim Singen seinen Gefühlen weniger ausgeliefert fühlt als beim Reden.« Das war allerdings merkwürdig.

»Ich glaube, die meisten Menschen würden eher das Gegenteil behaupten.«

»Die sollten dann eben nicht singen.«

Dem war kaum zu widersprechen. Ohne Zweifel war dies ein Anfang, der auf weiteres gespannt machte.

Wie sich herausstellte, war Sonja – so hieß die junge Frau – höchst sensibel, ohne kompliziert zu sein. Sie war in Harmonie mit sich selbst, was sich wiederum auf mich übertrug und mich locker und erfinderisch machte. Wer von uns beiden sich mehr auf diese Nachmittage freute, vermag ich nicht zu sagen.

Noch besaß ich ja keinerlei Erfahrung, wie meine Erkenntnisse einigermaßen methodisch anzuwenden waren, so gesehen ging meine Suche also weiter. Immer wieder geriet ich in Sackgassen, aber wenn ich mich einmal getäuscht hatte, gab ich dies ganz offen zu. Auf diese Weise hielten sich meine Skrupel in vernünftigen Grenzen. Trotzdem blieb das Ganze eine äußerst knifflige Sache.

Nach dem ersten Teil der Lektionen gab es Tee, und bald war es Sonja, die sich darum kümmerte und in der Küche verschwand, als sei sie hier zu Hause. Ich hatte den Eindruck, als hätte ich plötzlich eine erwachsene Tochter.

Natürlich waren sie im Dorf neugierig, was wir bei mir zu Hause eigentlich trieben. Als ich daher eines Abends zusammen mit Sonja zu Vassilis essen ging und sie sich bei mir eingehängt hatte, waren sie erleichtert – die Sache schien eine denkbar natürliche Erklärung zu finden.

Aber wo kam plötzlich das Kind her? War es am Ende von mir? Ich stellte Sonja als meine Schülerin vor: »Wir arbeiten zusammen«, erklärte ich. »Aha«, sagte Pavlos und lachte. Er konnte einem ganz schön auf die Nerven gehen, weil er immer nur an ein und dasselbe dachte.

Sonja war ein apartes Mädchen von leicht italienischem Typus, wie man ihn in der Schweiz nicht selten antrifft. Ein sehr schmales Gesicht und dunkles, ganz kurz geschnittenes Haar. Auch wusste sie durchaus, was sie kleidete und verstand es sehr geschickt, das Phantastische der Blumenkinder, die damals gerade auftauchten, mit dem Soliden zu verbinden. Ich hatte weiß Gott nichts dagegen, dass sie so hübsch war, denn schließlich musste ich sie ja, wenn sie sang, ständig ansehen, um sie zu kontrollieren.

Im Allgemeinen hütete Eftichia während dieser Stunden das Kind, war sie anderweitig beschäftigt, brachte Sonja den kleinen Buben ganz einfach mit in den Unterricht. Er war von ausnehmend freundlichem Wesen – ruhig spielte er, während wir sangen und ließ sich durch unsere Töne und Tonleitern nicht im Geringsten stören. Seine kleine Gegenwart verlieh unseren Bemühungen etwas Authentisches, denn auch wir spielten ja, wenn auch auf einer anderen Bewusstseinsebene.

Mit jedem Tag bezauberte Sonja mich mehr, denn alles was sie tat, tat sie vollkommen natürlich. Und bezaubert hatte sie, das konnte man sehen, auch Kiriaki, denn diese fing an, sich wie Sonja zu kleiden, was aber, der kretischen Formen wegen, bei ihr nicht ganz so erfreulich aussah. Am Abend gingen sie beide einträchtig, Arm in Arm, im Dorf spazieren, ja, sie kochten sogar miteinander, und ich war es, der von den Resultaten profitierte. Mit Sonjas Erscheinen hatte sich mein Leben auf das Angenehmste verändert.

Mir fiel auf, dass ich nicht mehr jeden Morgen Schlag elf zur Post ging. Der wichtigste Augenblick des Tages war jetzt zweifellos Sonjas Stunde am frühen Nachmittag.

Und unsere Beziehung? Sie war etwas gänzlich anderes als alle Beziehungen, die ich bis dahin gekannt hatte. Eine gewisse Distanz blieb der Arbeit wegen auch weiterhin zwischen uns bestehen. Ich war Sonjas Lehrer und nicht ihr Freund. Aber wenn es der pädagogische Eros war, den ich dabei entdeckte, so war dieser ein Gefühl, das offenbar in mir angelegt gewesen war und nur darauf gewartet hatte, hervorzutreten.

Wenn Sonja mit ihrer Stimme etwas gelang, was ihr bisher unmöglich gewesen war, lobte sie mich. Das geschah vielleicht nicht ganz ohne Absicht, schließlich galt es ja, mich bei Laune zu halten. Aber wenn sie in ihrem heimatlichen Dialekt sagte:

»Ich finde, *wir* waren heute ganz besonders fabelhaft«, so war aus diesem Plural so viel Zuneigung herauszuhören, dass meine strapazierte Geduld sogleich wieder nachwuchs.

Redeten wir von etwas anderem als dem Singen, widersprach sie mir dagegen oft und das mit Heftigkeit – nein, das sehen Sie nicht richtig, pflegte sie dann zu sagen, oder – wenn man jung ist, sieht man das eben anders, was ich bereits etwas weniger gern hörte. Aber im Allgemeinen störte mich ihr Widerspruch nicht, er wirkte eher wie ein Stimulans. Allzu lange hatte ich mir die Antworten selbst geben müssen.

Sonja schwärmte weder für mich, noch betete sie mich an wie früher die Mädchen während meiner Karriere. Auch das war angenehm und zudem zeitsparend. Unsere Beziehung hatte eine gesunde, sachliche Basis – Einsatz stand gegen Einsatz.

Mochten viele der Stunden auch außerordentlich anstrengend sein, so waren sie doch eine Bestätigung dafür, dass das, was ich über das Singen zu wissen glaubte, stimmig war. Behutsam rückte sich durch diese ständigen kleinen Erfolge – und für einen Sänger bedeutet ein gelungener Ton durchaus einen Erfolg – mein brutal beschädigtes Selbstgefühl wieder zurecht.

Hätte ich das, was ich in diesen Stunden weitergab, entdecken können, wenn ich meine Stimme *nicht* verloren hätte? Dieser Gedanke kam mir zum ersten Mal, als Sonja sich nach einer besonders erfolgreichen Stunde leicht euphorisch verabschiedet hatte. Vielleicht ließ sich doch am Ende nach unendlicher Zähigkeit und Ausdauer noch einmal so etwas wie ein Glück oder eine verspätete Gnade aus jenem katastrophalen Verlust herausschälen wie aus einer Zwiebel, auch wenn einem dabei die Augen tränten.

Nun kam Sonja jeden Tag zur Stunde, ja, an manchen Tagen sogar zweimal. Sie wurde ehrgeizig. Als Belohnung für diese Extrastunden brachte sie mir eine Korbflasche Olivenöl, dazu einen kleinen Korb mit Tomaten.

»Ich weiß, es ist ein wenig prosaisch, aber wir Bernerinnen sind nun einmal so. Auch gibt es im Dorf keine Blumen«, sagte sie. Vielleicht musste ich aber doch Acht geben, dass ich mich nicht in sie verliebte. Sie sah aufregend aus in ihrem feuerroten Kleid, und ich wäre ehrlich gesagt lieber mit ihr in meinem Boot gefahren, anstatt zu arbeiten. Aber ich nahm mich zusammen und zeigte ihr, nachdem ich sie eingesungen hatte, etwas Neues.

Ich demonstrierte, ließ sie es selbst versuchen und erklärte es ihr darauf noch einmal auf andere Weise. Es waren ihre ersten Ausflüge in eine höhere Lage. Als es auch jetzt nicht gehen wollte, machte ich eine Pause, lenkte sie ab, indem ich sie zum Lachen brachte und versuchte es dann von neuem, ohne dass sie Zeit gehabt hatte, nachzudenken. Nun klappte es auf einmal, sie war begeistert, und einen Augenblick war ich so glücklich, als hätte ich selbst gesungen.

»Woher wissen Sie das eigentlich alles?« fragte sie plötzlich. »Haben Sie es selbst herausgefunden, oder hat man es Ihnen gezeigt? Manchmal glaube ich fast, Sie könnten zaubern.«

»Zaubern ist nichts anderes, als dass man etwas präziser und rascher kann als die anderen, so dass sie die Schwierigkeit nicht merken.«

»Nun sind Sie zu bescheiden, und dem Singen nehmen Sie damit sein Geheimnis.«

»Es ist auch so geheimnisvoll genug. Erst muss man genau wissen, was man tut, anschließend kann man es dann wieder vergessen. Das Singen ist ein Wunder, einverstanden, aber ein Wunder mit einem durchaus reellen Unterbau, glauben Sie mir, ich spreche aus Erfahrung.« Sie blieb nachdenklich:

»Merkwürdig, wenn man einmal damit angefangen hat, kann man es nicht mehr lassen.«

»Da haben Sie Recht. Es mag viele Wege geben, sich und seine eigenen Möglichkeiten kennen zu lernen, aber so gesehen ist das Singen gar nicht hoch genug einzustufen. Für manchen ist es tatsächlich ein Weg der Erkenntnis.«

»War es das für Sie?«

»Ich weiß nicht, ob ich Ihnen das alles erzählen soll. Schauen wir lieber noch etwas nach Ihrer Stimme«, sagte ich. Aber sie schüttelte den Kopf:

»Nein, für heute ist es genug, auch wollte ich nicht indiskret sein. Es ist nur, weil ich nächste Woche abreisen muss. Mein Mann hat an einem Projekt in der Türkei gearbeitet, aber nun kommt er hierher, um mich abzuholen. Er hat eine Menge Verständnis für mich, aber dass ich hier bleiben würde, um bei Ihnen weiterzustudieren, das könnte er wohl nicht verstehen. Dabei täte ich es am liebsten.« Es hatte mir ganz einfach die Sprache verschlagen.

»Aber Sie können doch jetzt nicht einfach wegfahren,

wo sich die Sache auf einem solch guten Weg befindet.« Es hätte gerade noch gefehlt, dass ich gesagt hätte – Sie nehmen mir ja meine Stimme weg. Wir schwiegen eine ganze Weile.

»Sie brauchen ja nur nachzukommen«, meinte sie dann auf einmal. »Ohne Lehrer geht es nicht, das haben Sie selbst gesagt, und einen anderen als Sie möchte ich nicht. Abgesehen davon sollten Sie aufhören, sich hier zu vergraben, was immer dafür der Grund sein mag. Manchmal habe ich das Gefühl, dass Sie auf etwas warten. Vielleicht sollten Sie es sich holen, wenn es nicht kommt.« Damit schaute sie zum Fenster hinaus, als sei sie selbst erschrocken über ihre Offenheit. Nach einer Weile packte sie ihre Noten zusammen und ging.

In einem solchen Ton hatte sie noch nie zu mir gesprochen. Wenn man ihr zuhörte, klang alles ganz einfach. »Sie brauchen ja nur nachzukommen«, hatte sie gesagt. Aber das bedeutete nichts Geringeres, als noch einmal zu leben. Noch einmal Verantwortung, Beunruhigung, Einsatz über alle Vernunft und Vorstellung hinaus, aber auch Überraschung, Echo, Austausch, Freude, ja vielleicht sogar noch einmal Erfolg.

38

Sonja war abgereist. Zusammen mit Kiriaki stand ich auf der Platea und sah dem Wagen nach, der immer rascher die engen Kurven aus dem Ort hinausfuhr. Sonjas Mann war tatsächlich für zwei Tage aus Istanbul herübergekommen und hatte sie abgeholt.

Er war ein intelligenter Kerl, jung, dynamisch und selbstbewusst. Sich selbst schien er in keiner Weise in Frage zu stellen, aber hatte ich das getan, als ich in seinem Alter gewesen war? Und hinsichtlich der Computer, mit denen er umging, war sein gelinder Hang zur Selbstüberschätzung sicher weit weniger gefährlich, als dergleichen im Bereich des Singens gewesen wäre, denn Maschinen konnte man immerhin austauschen, wenn etwas schief ging.

Neben ihm war ich mir vorgekommen wie von einem anderen Stern, aber trotz der Verschiedenheit unserer Lebenswelten hatten wir durchaus miteinander sympathisiert. Dass er mir Sonja entführte, konnte ich ihm allerdings nicht verzeihen.

An den Nachmittagen war er in der großen Bucht mit ihr Wasserski gefahren, wofür sie offenbar nicht weniger begabt war als zum Singen. Ich hatte den beiden von meinem Boot aus mit gemischten Gefühlen zugesehen. Hatte ich während unserer gemeinsamen Arbeit immer wieder großartig konstatiert, dass ich

Sonjas Lehrer und nicht ihr Freund sei, merkte ich nun, dass das eine vom anderen nicht so ohne weiteres zu trennen war.

Ich war ganz einfach eifersüchtig, wenn auch vielleicht nicht wie ein Liebhaber, so doch wie ein eifersüchtiger Vater, dem einer die Tochter wegnimmt.

Biegsam wie eine Liane fuhr sie dort mit diesem Kerl durch die Bucht und nicht mit mir. Obwohl ich zugeben musste, dass ich dazu gar nicht in der Lage gewesen wäre – bereits nach zwei Versuchen hatte ich wieder darauf verzichtet, das Sportliche war nun einmal nicht meine Domäne.

Während ich Sonja zusah, wie sie sich in elastisch schwingenden Achten durch die Bucht bewegte, spürte ich, wie wichtig sie für mich geworden war. Sie aber schien mich vergessen zu haben, wie sie da im Sprühen des Wassers dahinflog. Ich musste mich erst an dieses Gefühl distanzierten Wohlwollens gewöhnen, das eine solche Beziehung von einem verlangte – es gehörte verdammt viel Selbstlosigkeit dazu.

Sonja war ganz zweifellos begabt zum Singen. Auch störte es sie offenbar nicht, dass es ein langer Weg war, der vor ihr lag, ja ihrer sorgfältigen Natur schien gerade das besonders zu gefallen. Sie konnte es also schaffen. Hoffentlich würden die Flügel, die ich ihr gebaut hatte, wachsen und sie über die Gefahren, die auf ihrem Wege lauerten, hinwegtragen.

In der Gegenwart ihres Mannes war sie mir gegenüber noch zurückhaltender gewesen als sonst. Aber als sie bereits im Wagen gesessen hatte, war sie noch einmal ausgestiegen, um mich zu umarmen:

»Vergessen Sie nicht, was ich gesagt habe«, flüsterte sie mir dabei leise zu.

Immer noch schaute ich dem Wagen nach. Abschiede auf der Platea dieses Ortes hatten für mich jedes Mal etwas von einem Abschied auf hoher See. Aber auch Kiriaki schien bedrückt.

»Immer fahren sie wieder ab«, sagte sie und dachte dabei wohl an Lukrezia.

»Ja, das tun sie«, mir fiel nichts Besseres ein. Etwas verloren setzten wir uns auf die Rundbank unter dem Baum mit der mächtigen Krone. Ohne die Unterbrechung nachmittags um zwei würden die Tage nun wieder einige Stunden zu viel haben. Ich fragte mich, welche Rolle Sonja in meiner Odyssee gespielt hatte – die der Nausikaa? Das Versagte, nur eben Angedeutete, war es nicht am Ende das Allererotischste?

Ich stieg hinauf zur Akropolis, die vielen, flachen Stufen, verziert mit schwarzer und weißer *Koklakia.* Immer wieder blieb ich stehen und blickte zwischen den Agaven und Zypressen hinunter auf das blaue Oval des Hafens tief unter mir. Durch die zwei kleinen Inseln war es fast vollständig gegen das offene Meer hin abgeschirmt. Eine unvergleichlich komponierte Szene, über deren Vollkommenheit ich noch immer ins Staunen geriet.

Am Saum des Weges saßen Frauen aus dem Dorf, die meisten von ihnen kannte ich. Sie boten ihre geklöppelten Spitzendecken an, die sie dazu über die Felsen gebreitet hatten. Über mir stiegen streng und abweisend die Befestigungen der Ritter in den Himmel, mit denen sie versucht hatten, auch noch die letzte Erinnerung an die Götter auszusperren, nachdem sie deren Statuen in frommem Eifer hinunter ins Meer gefegt hatten.

Ich war lange nicht mehr hier oben gewesen – es galt, Abschied zu nehmen. Da riss mich eine Stimme aus meinem Nachdenken:

»Man hat mir gesagt, Sie wollten abreisen.«

In einiger Entfernung lehnte an der Brüstung die Dame aus den Bougainvilleen. Hatte sie bislang hinaus aufs Meer gesprochen, so wandte sie sich jetzt zu mir um. Sie war verändert. Virtuos frisiert glich sie einer Tragödin des *Grand Siècle*, ihr Haar war hoch aufgetürmt und zusätzlich gepudert. Aber wie immer lächelte sie ihr eigentümliches Lächeln, und von den nur schwach geschminkten Lippen stoben winzige Fältchen in das schöne Gesicht. Ihre Gesten waren von ausgesuchter Dramatik, probte sie am Ende für die *Phaedra*?

»Um ganz offen zu sein«, sagte sie, »ich habe Sie erwartet, und zwar um Ihnen zu sagen, dass ich Sie an jenem Nachmittag, der so poetisch begonnen hatte, ganz bewusst provoziert habe.

Vor lauter Trauer waren Sie mir zu sanft geworden. Mit Ihrem Talent hatten Sie auch die Fähigkeit, sich zu wehren, den Biss verloren. Sie waren dabei, sich in Ihrem Unglück einzumauern. Und da ich es nun mal nicht gerne sehe, wenn andere die gleichen Fehler machen wie ich, habe ich sozusagen meine Hunde auf Sie gehetzt, und Sie haben reagiert. Das freut mich.«

Einmal mehr hörte ich ihr mit Erstaunen zu. Sie und ich, welch seltsames Hin und Her zwischen Anziehung und Abstoßung. Wir schienen in einem stark strömenden Spannungsfeld aufeinander bezogen zu sein, eine beruhigte Mitte gab es für uns beide offenbar nur für flüchtige Augenblicke. Als hätte sie meine Gedanken erraten, fuhr sie fort:

»Ich weiß, manchmal benehme ich mich nicht genauso, wie man es von mir erwartet. Aber wenn man schon so vieles erlebt hat wie ich, wird man ganz zwangsläufig ungeduldig.«

»Sie brauchen sich nicht zu entschuldigen. Letzten Endes war ich Ihnen sogar dankbar, dass Sie so direkt waren. Es hat mich aufgescheucht, und ich muss sagen, dass ich mir inzwischen wieder um einiges besser gefalle. Mal sehen, wie lange es vorhält.«

»Wir sollten uns beide die Daumen halten, dass es uns nach diesem sanft gepolsterten Dasein noch einmal gelingt, unsere Ellbogen zu gebrauchen. Ich garantiere Ihnen, es wird nicht leicht sein.

Offen gesagt habe ich Angst vor Paris, vor dem Theater dort, den jungen Kollegen und Kolleginnen. Hoffentlich findet man nicht, dass ich besser daran getan hätte, auf ewig in meinem Versteck zu bleiben. Eigentlich schade, dass Sie nicht den *Hippolytos* spielen, dann hätte ich wenigstens gewusst, mit wem ich es zu tun habe.«

Darauf ging sie ins Französische über, aber da ich Racines Stück nicht im Kopf habe, bin ich nicht sicher, ob das, was sie sagte, tatsächlich im Text steht. Auf jeden Fall aber sah sie phantastisch aus, und ihre geschulte Stimme trug ohne weiteres über die sechs Meter, die uns trennten, wie sie da vor dem Rumpf des hellenistischen Schiffes stand und deklamierte.

Jetzt entdeckte ich auch den kleinen, sympathischen Herrn, er hatte mir bis dahin den Rücken zugekehrt, weil er mit der Entzifferung einer Inschrift auf dem Relief beschäftigt gewesen war. Lächelnd grüßte er mit erhobener Hand.

Vielleicht war an all dem nur die Mittagshitze schuld, denn schon im alten Griechenland waren die Geister und Erscheinungen ja nicht bei Nacht, sondern am helllichten Tag erschienen. Es könnte aber auch meine eigene Verfassung gewesen sein, denn trotz aller Vernunft und Einsicht empfand ich diesen Abschied von Lindos, zu dem ich mich nicht zuletzt wegen Sonja entschlossen hatte, in etwa so, als operierte ich mir etwas Lebenswichtiges aus meinem Organismus heraus.

Ich starrte hinaus aufs Meer, um mir sein Türkis und Tintenblau einzuprägen. Das Felsenriff umarmte das Oval des Hafens, und wie zwei Igel hockten die beiden kleinen Inseln vor dessen Eingang. Als ich mich schließlich wieder nach der Dame und ihrem zierlichen Begleiter umwandte, waren sie fort, und nun hatte ich erst recht meine Zweifel, ob sie tatsächlich hier gewesen waren.

Aber gibt es denn strikt genommen die Wirklichkeit überhaupt, wenn man sich einmal mit ihrer phantastischen Schwester, der Kunst, eingelassen hat?

Langsam stieg ich die vielen Stufen wieder hinab ins Dorf, vorbei an dem rätselhaften Schild mit den zwei einander entgegengesetzten Pfeilen: »*To the square – to the square*«, ging es nun nach rechts oder ging es nach links? Wer konnte das wissen.

Ich blickte auf die Flachdächer, von denen viele noch nach herkömmlicher Weise mit gehäufelter Tonerde bedeckt waren, und suchte mit den Augen nach meinem Haus. An dem großen, alles überwölbenden Baum war es leicht zu erkennen. Zärtlichkeit erfüllte mein Herz, als betrachtete ich beim Abschied einen Freund. Denn ich hatte mir ein Flugticket nach Zürich besorgt, und dies Eftichia zu sagen, lag mir so gewaltig auf der Seele, dass ich es bis zum letzten Abend aufgeschoben hatte.

Nach rechts und links grüßend, wanderte ich durch das abendliche Dorf zu ihr die Straße hinauf. Längst war mir das Labyrinth, in dem ich mich an jenem ersten Morgen verirrt hatte, vertraut. Die Tore zu den Innenhöfen standen einladend offen, seit es genügend Wasser im Dorf gab, hatten sie sich in wuchernde Paradiese verwandelt.

Wer wird dich in Zürich grüßen, wenn du vorübergehst, dachte ich, als ich wieder und wieder stehen blieb, weil man mich ansprach. Auch die Türe zu Eftichias Hof war nur angelehnt, sie saß im Dämmer und schien mich zu erwarten. Sie machte es mir schwer, denn sie hieß mich nicht willkommen. Wieder empfand ich das starke Gefühl, das zwischen uns im Lauf der Jahre entstanden war, dachte an unsere Gespräche und unsere abenteuerlichen Einkaufsfahrten nach Rhodos.

Eftichia ließ mir Zeit, und so wurde dieses Gefühl zu einem großen Heimweh, obgleich ich noch gar nicht fortgereist war. Erst nach geraumer Zeit, als es gänzlich dunkel geworden war, sagte sie:

»Warum willst du plötzlich fortgehen, gefällt es dir denn nicht mehr bei uns?«

»Es hat mir nie besser bei euch gefallen, aber wenn ich jetzt nicht fortgehe, kann ich nicht wiederkommen. Und zwar aus dem einfachen Grund, weil ich kein Geld mehr habe. Es ist aufgebraucht, zu Ende.«

»Du hast einmal gesagt – Kiriaki und ich, wir wären deine Familie. Und doch gehst du fort.« Ihr Gesicht verkrampfte sich, als wollte sie weinen, ich hörte es ihrer Stimme an. Aber dann weinte sie nicht. Ich spürte, dass sie mir mehr bedeutete, als alle anderen Menschen in diesem Dorf.

»Ich habe drei ganze Jahre lang Zeit gehabt, um hier über etwas nachzudenken. Ich hätte wahrhaftig keinen besseren Ort dafür finden können.«

»Und hast du gefunden, was du gesucht hast?«

»Ich glaube, ja. Ich bin dessen sogar sicher.«

»Fährst du ihretwegen weg?«

»Meinst du Sonja? Es hat mit ihr zu tun, aber es ist nicht, was du glaubst. Die Sache ist die, dass ich aus dem, was ich begriffen habe, hier nichts machen kann. Ich würde auf die Dauer verhungern, und die Akropolis habe ich lange genug vergeblich angeschaut – den Goldregen, von dem ich dir einmal erzählt habe, wird es meinetwegen nicht noch einmal geben. Der Federbaum kann ihn, so schön seine Blüten auch sind, leider nicht produzieren.

Auch ist es vielleicht besser, wenn gewisse Dinge nicht zum Alltag werden. Träume sollte man nicht allzu sehr strapazieren, und etwas von einem Traum hat mein Leben in diesem Ort immer für mich gehabt.«

Was den Abschied anbelangte, so gestaltete er sich hier nicht viel einfacher als seinerzeit in Zürich. Die Zeit wurde schwer wie Sirup. Ich wollte gerade aufstehen, da brach es aus Eftichia hervor:

»Weißt du was? Du bist ein richtiger Grieche geworden – einfach davonstehlen wolltest du dich. Aber natürlich weiß ich es bereits seit einer Woche. Kiriaki weiß es von Michalis, und Michalis hat einen Freund bei der Olympic in Rhodos. Wenn du dich also fortschleichen willst, musst du es schon schlauer anfangen.«

Sie pausierte etwas, sah mich aber immer noch tief enttäuscht an. »Wo fährst du hin, hast du gesagt«, fragte sie dann, schon etwas weicher, »nach Zürich? Dann könntest du dort vielleicht schauen, ob sie die Wolldecken haben, die wir neulich in Rhodos nicht auftreiben konnten. Glaub mir, im Winter bist du dankbar für sie. Wenn du willst, kann ich dir die Maße mitgeben.«

Ich war erleichtert, da war er wieder, Eftichias gesunder Realitätssinn, ohne den die Welt nun einmal nicht funktionierte. Ich hatte Zeit genug gehabt, einzusehen, dass es auch beim Singen nicht viel anders war.

Sollte ich doch ruhig abreisen, Eftichia war sicher, dass ich eines Tages wiederkommen würde. *Ipomoni* hieß ihr Zauberwort, und das bedeutet Geduld. Je nach Betonung klang es aus ihrem Mund ergeben, verzweifelt oder triumphierend. In jedem Fall aber war es die Voraussetzung, um zu überleben. Manchmal kam es mir vor, als sei Eftichia die Zeit selbst.

39

Es war mein letzter Tag auf Rhodos. Ich war bereits kreuz und quer über die Insel gefahren, um einige meiner Lieblingsplätze noch einmal wieder zu sehen, und fuhr jetzt durch den Wald zwischen Archipolis und Eleusa, wo die Straße in unzähligen Kurven auf geradezu musikalische Weise beständig ausschwingt. Die Sonne stand inzwischen sehr tief, und durch die Zweige der Kiefern fiel ihr Licht so sanft auf den Asphalt, dass mir war, als dämpfe es selbst noch das Geräusch der Reifen. Ich fuhr mit Absicht sehr langsam, denn wie die Dinge sich auch gestalteten – dies würde für lange Zeit meine letzte Fahrt über die Insel sein.

Der kleine, dunkelgrüne Wagen war ein wenig schäbig geworden in meinen drei Jahren Griechenland. Bisweilen hatte ich ihn missbraucht, indem ich mit ihm Erde und Pflanzen für den Hof transportierte. Auch einen Herd, einen Eisschrank und die Kisten voll mit Büchern und Schallplatten, die in regelmäßigen Abständen am Zoll in Rhodos auf mich warteten, hatte er befördert.

Mit ihm war ich zum ersten Mal nach Lindos gefahren, und jedes Mal, wenn ich ihn startete, erinnerte mich das etwas bockende Geräusch an jenen Tag meiner Ankunft. Ich war nicht mehr der Gleiche wie damals – ich hatte wieder Boden unter den Füßen, und der kleine

Wagen hatte dabei ganz entscheidend mitgeholfen. Ich war ihm dankbar dafür.

Aber heute war ich dankbar aus Prinzip, darum fuhr ich auch so langsam, denn ich musste nachdenken und durfte keinen Fehler machen. Am Morgen war auf dem Postamt ein Telegramm für mich angekommen, das meinen Entschluss noch bestätigte, obwohl es nur vier Worte enthielt: »Bitte kneifen Sie nicht«, und als Unterschrift ein kleines »s«.

Aber das war noch nicht alles.

Mit gleicher Post hatte auch Catherine endlich geantwortet. Ich war so wenig darauf gefasst gewesen, dass ich ihren Brief erst eine Weile mit mir herumtrug, ehe ich ihn öffnete. Er war von einem verdächtigen Enthusiasmus, den ich sonst nicht an ihr kannte – allerdings nicht so sehr in Bezug auf mich, da hätte ich sogar etwas mehr Überschwang gebrauchen können. Immerhin schrieb sie, sie sei stolz auf mich. Im Übrigen sei sie immer überzeugt gewesen, dass ich ein Besessener sei und daher durch die Wand gehen könne. Und so überrasche es sie nicht, dass ich es nun tatsächlich auch getan habe. Sie gratuliere.

Das war vielleicht nicht genau, was ich hören wollte, aber was mich beunruhigte, war etwas anderes. Ihre Figaro *Gräfin*, schrieb sie, sei ein voller Erfolg gewesen, und daraufhin habe man ihr die Partie der *Arabella* angeboten, was sie – wie ich mir denken könne – natürlich nicht abgelehnt habe.

Ich traute meinen Augen nicht – was hieß hier *natürlich*, sie musste den Verstand verloren haben. Wenn dies mein Einfluss war, so bedankte ich mich, denn was sie vorhatte, war Wahnsinn. Auf meine Einladung ging sie lediglich mit einem Nebensatz ein: unter diesen Umständen sei an eine Reise nach Griechenland natürlich nicht zu denken, obwohl sie *liebend* gern gekommen wäre. Durfte ich wenigstens das unterstrichene Wort des Satzes auf mich beziehen? Aber darum ging es im Augenblick gar nicht, sondern darum, dass sie dabei war, die gleichen Fehler zu machen wie ich.

Zwar war sie, vom Typ her, geradezu eine Idealbesetzung für die Rolle – groß, elegant, kühl und intelligent genug für Hofmannsthals subtilen Text. Aber die Partie kam für sie viel zu früh, sie würde sich mit ihr um Kopf und Kragen singen. Am Ende der Generalprobe wäre auch sie am Ende, und dann hätte sie noch die Premiere vor sich.

Während ich meinen Gedanken nachhing, merkte ich, dass ich angesichts der vielen engen Kurven doch ein wenig besser aufpassen musste, denn beinahe hätte ich einen Lastwagen übersehen, der rechts aus den Feldern bog. Mein Ärger über den gefährlichen Unsinn, den Catherine vorhatte, machte mich unkonzentriert.

Nun fuhr ich langsamer und überflog in Gedanken noch einmal den Vormittag. Auf Catherines Brief hin war ich zum Postamt zurückgelaufen und hatte versucht, ein einigermaßen geschicktes Telegramm nach München aufzusetzen. In meiner Aufregung wurde ein ganzer Brief daraus, voll guter Ratschläge – aber damit würde ich ihr nur auf die Nerven gehen. Ich fing daher an, ihn drastisch zu reduzieren, aber erst beim vierten Anlauf brachte ich etwas Brauchbares zu Stande.

Mit Sicherheit war sie jetzt beleidigt, das kannte ich

schließlich von mir selbst. Warum verließ man als Sänger nur so leicht den Boden der Realität? Dabei war bei Catherine die Triebfeder ihres Singen keinesfalls bloßer Ehrgeiz. Die Vermittlung einer Botschaft war für sie das Entscheidende, und damit hatte das Ganze etwas mit Liebe zu tun, und dieser ist mit Vernunft bekanntlich nur schwer beizukommen.

Ich war verärgert, aber gleichzeitig liebte ich Catherine auch dafür, dass auch sie nicht gefeit war gegen sängerische Versuchungen. Es machte sie noch sympathischer, machte sie menschlicher. Die Göttin der Vernunft hatte eine schwache Stelle. Was ich empfand, war jedoch keineswegs leerer Triumph, ganz im Gegenteil, ich hatte lediglich das Gefühl, dass wir einander nun auf ein und derselben Ebene begegneten.

Nein, um sie tatsächlich von ihrem Irrtum abzuhalten, war ein Telegramm mit Sicherheit nicht genug – am besten, ich flog selbst nach München.

Allerdings fiel nun ausgerechnet mir die zweifelhafte Aufgabe zu, auf sie Acht zu geben, der Vernünftige zu sein, der Kühle, Kontrollierte, der Maßvolle. Sollte es tatsächlich so etwas wie eine ausgleichende Gerechtigkeit geben, die zugleich eine Strafe war für meinen eigenen Leichtsinn? Es schwindelte mir ein wenig, denn plötzlich war mein Leben wieder an beiden Enden angezündet. Wo war die Ruhe meines Hauses, die Welt meiner Bücher, in der mich niemand stören konnte? Am besten, man ließ sich auf einen derartigen Wahnsinn gleich gar nicht ein. Und doch konnte ich es nicht erwarten, am Flughafen zu stehen und in die Maschine zu steigen.

Nun hupte einer hinter mir, obwohl ich bereits sechzig fuhr, was in diesen waldigen Kurven mehr als genug war. Aber für die Griechen schienen Verkehrszeichen prinzipiell nicht zu gelten. Ich fuhr rechts ran und ließ ihn überholen.

Als ich wieder Gas gab, dachte ich daran, wie oft mein kleiner Wagen Eftichias sämtliche Schwestern nach Rhodos mitgenommen hatte, doch selbst unter derartigem Schwergewicht hatte er mich nicht im Stich gelassen. Aber nun sah er etwas heruntergekommen aus, wie ein Sohn aus gutem Hause, der sich herumgetrieben hatte. Staubig und verkratzt besaß er nur noch einen Scheinwerfer. Schuld daran war ein Mäuerchen, das sich während der monsunartigen Regenfälle auf ihn gestürzt hatte. Aber immer noch fuhr er, und seine Räder schienen die Schotterwege dieser Insel auswendig zu kennen.

Auch heute schonte ich ihn nicht, daher war ich bereits über Kamiros Skala hinaus, ehe noch die Sonne unterging. Dort ließ ich den Wagen stehen, den Rest des Weges wollte ich zu Fuß hinaufsteigen. Unter mir dehnten sich bewaldete Hügel, in der Ferne ein Kastell, das zu dem Kranz der Burgen gehörte, mit dem die Ritter einst die Insel befestigt hatten. Im Gegenlicht zeichnete sich seine Silhouette schwarz gegen das silbern schimmernde Meer ab.

In der ersten großen Kehre ein Dorf aus schlichten, weißen Kuben, sein Friedhof lag versteckt hinter Zypressen. Auf Eseln reitend kehrten die Frauen von ihren Feldern zurück, Kinder hielten sich ernst bei der Hand und grüßten, müde vom Spielen – auch in ihren Stimmen war bereits Abend.

Der Weg wurde mir lang, ich hatte den Aufstieg unterschätzt. Zwei Hunde umsprangen mich eine Weile, dann verloren sie das Interesse an mir und blieben zurück. Zunächst war ich enttäuscht, als ich oben am Berg anlangte, denn ich war nicht allein. Ein Dreirad mit Anhänger, eine Art fahrbare Bar, stand mitten in der einzigartigen Aussicht. Daneben saßen zwei alte Leute. Ich versuchte, meine Enttäuschung hinunterzuschlucken – immerhin würde ich auf diese Weise etwas zu trinken bekommen. Also ließ ich mir einen Ouzo mit viel Wasser geben, dabei kam ich mit Sawas und Eleni ins Gespräch.

Sie waren aus Kritinia. Ja, Lindos kannten sie auch, denn früher hatten sie, einmal im Monat, ihr Gemüse und Obst dorthin verkauft. Aber inzwischen versorgten ihre beiden Söhne und deren Familien die Gärten und Weinberge. Sie beide säßen lieber hier oben, seitdem sie alt wären, der Aussicht wegen. Nach einer Weile packten sie zusammen – heute würde niemand mehr kommen. Den Karren mit den Getränken hängten sie an ihr Moped und fuhren los.

»Komm einmal wieder«, winkten sie.

Nun war es genauso, wie ich es mir vorgestellt hatte. Ich setzte mich gegen die Felswand, die noch warm war von der Sonne. Vor mir lagen die Inseln, derentwegen ich noch einmal hier heraufgestiegen war.

Sie schienen in der Schwebe zwischen den Elementen, die in der untergehenden Sonne ihre Eindeutigkeit verloren hatten. Dass es nicht ganz so klar war wie sonst, erhöhte noch den Zauber – wurde die eine aus der anderen geboren, in ewiger Metamorphose, oder lagen sie tatsächlich dort im Meer?

Ihren Anblick wollte ich mit auf die Reise nehmen, denn er gab mir die Gewissheit, dass Verwandlung kein Verlust, sondern nur eine andere Beleuchtung der Dinge ist. Und so schaute ich zu ihnen hinüber, bis sie anfingen, sich im schwindenden Licht aufzulösen.

Mich fror, vielleicht war ich kurz eingeschlafen. Ein leichter Wind strich zärtlich über die trockenen Gräser und Gebüsche bis hinunter ans Meer, und mit dem Licht waren auch die Inseln verschwunden. Hierher, auf diese Insel zu kommen, war, das fühlte ich, meine zweite Chance gewesen, ich hatte dadurch vieles über mich erfahren. Seine eigene Stimme konnte man gar nicht verlieren, sie existierte weiter, auch wenn sie eine Zeit lang verschüttet war.

Ein letztes Mal spielte ich mein Odysseus-Spiel. Der Gedanke an ihn, den kühnsten aller Seefahrer und Bruder im Überleben hatte mich während meiner Entdeckungsreise bestärkt. Allzu glücklich solle, dürfe man nicht sein, stand bei Homer zu lesen. Warum eigentlich nicht, kam es uns tatsächlich nicht zu? Aber die Hoffnung, die kam uns zu, die musste uns ganz einfach zukommen, sonst waren wir verloren.

Manchmal nahm sie auch die Gestalt der Athene an – in dieser Beziehung hatte meine Phantasie allerdings ein wenig nachgeholfen. Bei meiner Ankunft in München würde sie – wenn alles gut ginge – endlich in der schönsten ihrer Erscheinungsformen auf mich warten. Dadurch stünde die Geschichte allerdings auf dem Kopf, weil diesmal Athene den Odysseus als Ratgeber brauchte.

Der Zauberin Circe, die sich auf unserer Insel versteckt hielt, war ich mit einiger List aus dem Weg gegangen, dabei hatte sie es im Grunde genommen gut mit mir gemeint. Und selbst der kleinen Nausikaa war ich am Ende meines griechischen Abenteuers noch begegnet, den Umständen entsprechend jedoch weise entsagend.

Und Eftichia? Hatte ich sie nur deshalb nicht erkannt, weil sie in solch bescheidener Gestalt erschienen war?

Ich stand auf und wanderte langsam die Straße wieder hinunter zum Meer. Ja, vielleicht würde ich tatsächlich versuchen, den Begabten Brücken zu bauen, damit sie nicht abstürzten. Nun, da mir die Geschenke, die mir das Schicksal so großzügig in die Wiege gelegt hatte, in gewisser Weise selbst gehörten, erschien mir dies ein vernünftiger Gedanke. Ich würde streng mit denen sein, die sich mir anvertrauten, und sie würden mich dafür nicht immer lieben.

Aber das Fliegen war eine gefährliche Sache, es wollte gelernt sein.

Glossar

Agapi mou	Mein Liebling.
Architrav	Auf Säulen ruhender Querbalken.
Armida	Oper von Lully.
Attaviros	Höchster Berg der Insel Rhodos.
Helios	Sonnengott, wird auf einem von vier Pferden gezogenen, feurigen Wagen dargestellt. Bei der Verteilung der Welt erhielt er die Insel Rhodos geschenkt, die Zeus eigens für ihn aus dem Meer zog.
Hippoton	Ritterstraße in der Altstadt von Rhodos.
Kamiros Skala	Hafen des antiken Kamiros.
Karpusi	Rotfleischige Melone.
Koklakia	Kieselmosaik.
Leda	Geliebte des Zeus, der sie in Gestalt eines Schwans verführte. Mutter der Helena und der Zwillinge Castor und Pollux.
Livani	Räucherharz, wird besonders in den Kirchen verwandt.
Megali dynami	Große Gewalt oder Kraft.
Meltemi	Erfrischender Wind, weht in der Regel über Mittag.

Mesé Auswahl typisch griechischer Vorspeisen.

Metope Mit Reliefs geschmücktes Architekturelement im Fries des dorischen Tempels.

Norne Schicksalsschwester des nordischen Mythos.

Panajia Mutter Gottes.

Parthenon Der Athene geweihter dorischer Tempel auf der Akropolis von Athen.

Phaeton Sohn des Helios, der bei dem Versuch, den feurigen Wagen seines Vaters selbst über den Himmel zu steuern, in die Tiefe stürzte.

Plaka Altstadt Athens.

Platea Griechischer Dorfplatz.

Propyläen Monumentaler Torbau der Akropolis von Athen.

Sala Großer, zentraler Raum des lindischen Hauses.

Tipota Nicht der Rede wert.

Zais Ballettoper von Rameau.